Liz Flores é uma farsa

VICTORIA MENDES

Liz Flores é uma farsa

1ª Edição

Santa Catarina - 2023

Qualis

Editora Responsável	Simone Fraga
Assistente Editorial	Bianca Jung
Projeto Gráfico, produção editorial e Preparação de texto	Setor Editorial
Revisão Ortográfica	Elaise Lima
Ilustradora	Bidu Desenhos
Design de Capa	Renato Klisman
Diagramação	Marcos Jundurian
Imagens Internas	Shutterstock

DADOS INTERNACIONAIS PARA CATALOGAÇÃO NA PUBLICAÇÃO (CIP)

M538l

Flores, Liz - 2000 -
Liz Flores é uma farsa / Victoria Mendes. — [1. ed.] —
Florianópolis, SC: Qualis Editora, 2023.
204 p. : il. ; 23 cm.

ISBN Impresso 978-85-7027-097-9
ISBN Digital 978-85-7027-096-2

1. Literatura 2. Romance Brasileiro 3. Comédia romântica
4. Ficção I. Título

CDD – B869.3
CDU – 821.134.3(81)

1ª edição – 2023 | +16

Qualis

Qualis Editora e Comércio de Livros Ltda
Caixa Postal 6540
Florianópolis - Santa Catarina - SC -
Cep.88036-972

www.qualiseditora.com
www.facebook.com/qualiseditora
@qualiseditora
@qualiseditora
contato@qualiseditora.com

"As pessoas pensam que a intimidade tem a ver com sexo. Mas a intimidade é sobre a verdade. Quando você percebe que pode dizer a alguém a sua verdade, quando você pode se mostrar, quando você fica na frente deles e a resposta deles é: você está seguro comigo."

– Os Sete Maridos de Evelyn Hugo

Para todas as sáficas com tendência a se apaixonar por figuras de autoridade.

Um ano antes

LIZ FLORES SEMPRE PODE CONTAR COM A SORTE.

Murphy fora um filha da puta certeiro quando dissera que, se alguma coisa tem a mais remota chance de dar errado, provavelmente dará.

Liz estava atrasada. E, até aí, aquela era só mais uma quarta-feira comum em São Paulo, o lugar onde todo mundo sempre está atrasado. Ela esperava, do fundo do coração, que a mulher que conduziria sua entrevista de emprego também estivesse ou, pelo menos, levasse isso em consideração. A loira não podia fazer os carros andarem mais rápido, e eles pareciam estar todos fazendo com ela o caminho para a Avenida Brigadeiro Faria Lima.

Olhando pelo lado bom, ela ainda tinha alguns minutos para ensaiar as suas respostas para as perguntas clichês de entrevista. Claro que, dentre elas, pouquíssimas condiziam com a realidade, porque ninguém nunca na história conseguira um trabalho contando a verdade.

"Qual é o seu maior defeito?"

Eu sou impaciente e pouco tolerante com a burrice alheia.

"Como você lida com situações estressantes?"

Deito na minha cama e escuto minha playlist de rock no volume máximo até os problemas irem embora sozinhos.

"Por que quer trabalhar aqui?"

Porque preciso muito do dinheiro, senhora.

"O que você sabe sobre nossa empresa?"

Que vocês pagam bem, que o VR é excelente e que a melhor agente literária de São Paulo trabalha aqui.

E esse é o porquê de a sinceridade dificilmente ser uma boa opção.

Ser uma assistente pessoal estava bem longe de ser a profissão dos sonhos de Liz, mas Valentina Rosa compunha o time de agentes do departamento editorial da STARts[1] e, por

1 STARts: nome da empresa, criado pela autora - a palavra significa "começos" - em inglês com as primeiras quatro letras maiúsculas significa "estrela".

mais que Liz fosse trabalhar a 5 andares de distância dela, algo a fazia acreditar que, de um jeito ou de outro, isso a deixava inevitavelmente mais perto de conseguir sua atenção.

Já tinha o plano arquitetado desde que o anúncio a vaga surgira na *newsletter* semanal da STARts. Ela trabalharia como assistente por alguns meses, enquanto se aproximaria de Valentina, até ficarem bastante amigas, então a convenceria a ler seu livro, que seria vendido para uma das maiores editoras do país. Logo, ela se transformaria na escritora de suspense mais comentada da América Latina, com direito a traduções pelo mundo e adaptações visuais para as plataformas de *streaming*; e nunca mais precisaria passar pelo tormento que era se preparar para uma entrevista de emprego.

Quando, quinze minutos mais tarde, arranjou uma vaga para estacionar, ela parou na calçada para admirar o letreiro da STARts que ficava acima da portaria principal do edifício. Uma estrela rosa-choque acompanhava o nome da empresa em letras minimalistas. O prédio tinha uns 40 metros, espelhado e em forma de torre, com a mesma estrela rosa-choque decorando o topo. Cafona, mas imponente, como uma árvore de Natal. Liz nunca entrara lá, mas sabia que, em algum lugar do prédio, encontraria uma piscina de bolinhas e mesas de sinuca para os funcionários aproveitarem o pouco tempo livre que tinham.

Incapaz de tirar os olhos da estrutura magnificente, Liz deu alguns passos na direção das escadas da porta de entrada. E antes que pudesse alcançar o primeiro degrau, sentiu o corpo colidindo com o de outra pessoa, e depois uma sensação molhada e gelada em seu peito.

Então, o cheiro inconfundível de frappuccino caramelo do Starbucks[2].

Fantástico.

Um banho de café era tudo que ela precisava naquele momento.

Ajustou o campo de visão para, do alto dos seus um e setenta, enxergar uma mulher de cabelos castanhos longos e bem mais baixa com um dos rostos mais bonitos em que Liz já havia colocado os olhos; o que deixava as coisas ainda mais constrangedoras, porque a mulher estava ensopada pelo bege grudento da bebida.

Antes de conseguir dizer qualquer coisa, Liz tentou ao menos ser grata pelo monopólio da cor preta em sua camiseta do AC/DC.

— Puta merda, me desculpa mesmo — disse Liz à outra mulher, enquanto ela encarava perplexa as próprias roupas arruinadas.

A estranha encarou o *smartwatch* dourado no pulso, depois ergueu as sobrancelhas por detrás dos óculos escuros. Ela tinha olhos amarelos-âmbar e seu semblante não era amigável, mas ao menos não estava fula da vida.

2 Starbucks: rede de cafeterias.

Isso não tornava menor a vontade que Liz tinha de enfiar o rosto num monte de terra, deixando bem claro.

As pessoas em volta começaram a reparar, um dos seguranças da portaria acionou o time de limpeza pelo *walkie-talkie*.

— Quer saber? Tá tudo bem. — Ela respirou fundo, depois ergueu a palma da mão, num gesto apaziguador. — Eu estou atrasada.

E então, sem nem esperar por uma resposta, atravessou a portaria e sumiu edifício adentro.

Se Liz não estivesse correndo contra o tempo e, agora, com uma mancha do tamanho de uma maçã bem sobre os seios, ela usaria a educação que recebera de sua mãe e ofereceria para, ao menos, pagar a conta da lavanderia. Mas a moça já havia sumido de vista e, verdade seja dita, ela não tinha dinheiro para pagar nem o amaciante de lavar as próprias roupas, quem dirá a lavanderia para uma desconhecida. Uma desconhecida que, a julgar pelas vestimentas e cabelo impecável, não precisaria gastar o limite do cartão de crédito para ter suas roupas limpas. E, além disso, seria um desperdício de gentileza e dinheiro, com alguém que ela provavelmente jamais voltaria a ver.

Ela verificou a hora no relógio atrás do balcão da recepção assim que entrou.

Nove e dezoito.

A entrevista estava marcada às nove.

Após se apresentar à segurança, Liz perguntou onde era o banheiro mais próximo e usou guardanapos e um secador de mãos para fazer sua camiseta ficar apresentável outra vez; ainda que a mancha caramelo jamais fosse deixar a peça.

Se conseguisse aquele emprego, ia jogá-la no lixo e comprar uma nova. Mas, considerando que já estava mais de vinte minutos atrasada, o provável era que teria que guardá-la no fundo da gaveta por mais um tempo e usar como pijama.

Dentro do elevador, com a sola do tênis pregando no chão, ela deu uma última conferida nos cabelos. O loiro-escuro estava opaco, e ela usava o mesmo corte desde os 2o anos: chanel e curtain bangs, que uma vez a cada dois meses caíam sobre seus olhos cinzentos e ela ajeitava como podia usando uma tesoura parcialmente cega.

Eu podia ter me esforçado mais, pensou; mas isso servia para cada uma de suas ações desde o momento em que decidira pressionar o botão da 'soneca' ao acordar com o despertador esta manhã. E, do jeito que aquela vaga havia caído em seu colo de paraquedas, não esperava mesmo que fosse conseguir. Havia aprendido que nada bom vinha tão fácil e provara dessa verdade vezes demais ao longo de seus 23 anos.

Antes do visor do elevador alcançar o 13° andar, ela checou as notificações do celular. Nina enviara um "boa sorte" e um coraçãozinho amarelo, o aplicativo do banco estava cobrando a próxima parcela do seu empréstimo e sua mãe perguntara como estavam as coisas na faculdade. Há um mês, ela trancara o curso de Letras antes de completar o terceiro semestre e prometera que contaria aos pais quando fosse a hora, mas a hora ainda não havia chegado.

Quem sabe, se ela conseguisse esse emprego e provasse que estava tudo sob controle...

Quem sabe?

Liz saiu do elevador para encontrar um andar amplo repleto de salas envidraçadas, com um sofá redondo e rosa choque no centro, iluminado por um pendente de cristais em formato de estrelas. Cada centímetro daquele lugar expressava modernidade e extravagância.

Sem esconder o quão nada daquilo pertencia à sua realidade, procurou com os olhos alguém que pudesse lhe dizer onde era a sala de Diana Marinho, sua possível futura chefe se, por um milagre, ela conseguisse o emprego. A senhora de cabelos loiros e óculos de leitura atrás de uma bancada com um computador, agendas e telefone lhe pareceu a melhor opção, então ela caminhou até lá, limpou a garganta e disse, enfim:

— Com licença, eu tenho uma entrevista com a Diana Marinho.

A senhora ergueu os olhos pequenos para olhá-la e, sem proferir uma única palavra de resposta, apontou para uma porta que, assim como todas as outras, contava com uma placa metalizada com o nome de sua ocupante.

— Obrigada — ela respondeu, tropeçando nos pés enquanto era ignorada novamente pela mulher.

Liz se dirigiu até a entrada da sala e bateu no vidro jateado. Uma silhueta do lado de dentro aproximou-se da porta e, quando ela foi aberta, revelou que quem ocupava aquela sala era ninguém menos que a mesma mulher em quem Liz havia derramado café minutos atrás. Ela estava usando outras roupas, no entanto.

Com sorte, ela seria somente uma *influencer* agenciada por Diana Marinho, e que fizera gentileza de abrir a porta. Ou a irmã gêmea dela, que seria uma querida e não contaria nada sobre o incidente com a bebida.

— Elizabeth Flores? — perguntou, com o olhar meio descrente.

Ela é nova e bonita demais para ser a chefe de alguém, pensou Liz. *Bom, a minha é que ela definitivamente não vai ser.*

— Liz. Só Liz. — A loira ajeitou os cabelos atrás da orelha, nervosa. — Diana Marinho? — *Porra, claro que era ela.*

Ela não disse nada, só crispou os lábios para suprimir um riso, deu de ombros e fez um gesto resignado para que Liz entrasse.

O jeito que o destino tinha de complicar sua vida nos pequenos detalhes era shakespeariano.

Capítulo 1

LIZ FLORES ADORA O EMPREGO DELA.

"Posso dar Rivotril sublingual pro meu cachorro?"

Pesquisou Liz, enquanto os latidos estridentes de um Lulu da Pomerânia raivoso ressoavam em seu crânio feito ecos numa caverna dos horrores. Ela não deveria estar olhando para o celular enquanto dirigia, mas tinha certeza de que nada podia ser mais perigoso do que ter que aturar aquele tormento por mais cinco quilômetros.

Não encontrou a resposta que queria. Os sites diziam ser arriscado e, se tinha algo que ela não ousaria arriscar era a vida daquele Diabo da Tasmânia em pele de cachorro. Se alguma coisa acontecesse com ele, sua carta demissão seria assinada junto com um atestado de óbito.

Tentou aumentar o volume do rádio e se concentrar na voz da Amy Winehouse cantando *Valerie*, mas o cretino sabia exatamente quando aumentar o volume dos latidos também.

Precisava de um emprego novo.

Um emprego onde sua chefe não a fizesse atravessar três bairros para deixar o cachorro dela na creche.

Uma *creche*.

Para *cachorros*.

— Por isso você é tão mimado — disse Liz ao canino, encarando-o pelo retrovisor com os olhos cerrados. Do cesto de segurança que Liz agora era obrigada a ter em seu banco traseiro, ele disparou a latir outra vez. — Ótimo, agora eu também converso com cachorros.

Ela revirou os olhos e focou na tela do celular quando surgiu uma notificação de ligação.

Era Vanessa, que trabalhava no RH da STARts. Elas eram amigas e, para Van estar ligando àquela hora, das duas uma: ou Liz fora demitida – o que, honestamente, não seria tão ruim assim – ou ela tinha uma fofoca das boas. Em todo caso, Liz achou melhor atender, já que era uma situação de ganho duplo. Ou ela se entreteria com fofoca, ou poderia largar aquele cachorro no meio da rua com seu cesto e um bilhete desaforado.

— Cadê você? — perguntou Van, assim que Liz atendera.

—Eu tô dirigindo. O que você quer?

— Quanta grosseria. Só por isso eu não vou te contar.

Liz revirou os olhos.

— Você sabe que vai me contar.

Liz riu.

— Tá, eu vou, mas só porque eu preciso mesmo passar essa informação adiante. Tá preparada?

— Van...

— A jararaca vai aposentar!

— Pera aí, o quê? — Ela estava prestes a fazer uma curva e quase invadiu a pista da esquerda. — Você tá mentindo.

— E eu lá sou de mentir? Acabei de participar de uma *call* com ela e a Cassandra Campos, diretora do departamento, e parece que daqui a alguns meses ela vai estar cultivando orquídeas numa chácara ou fazendo qualquer outra coisa de gente velha, rica e aposentada.

— Bom pra ela. O pessoal do departamento vai soltar foguetes quando descobrir. Menos a Diana, é claro.

A "jararaca" era ninguém menos do que Carmen Alvarenga, coordenadora de todos os agentes do departamento de *influencers*, da STARts. Tudo bem que ela tinha uma carranca imutável e estava com os pés na cova, mas ainda era inusitado ver alguém se aposentar no Brasil depois da reforma da previdência. Ela chefiava 5 pessoas ao todo, e a chefe de Liz era uma delas. Carmen era uma mulher arrogante demais para quem tinha só 1,57 de altura e usava sapatilhas; uma senhora da classe média, que fazia um trabalho igualmente mediano, e que não dava nem bom dia para qualquer pessoa que estivesse abaixo dela na hierarquia da empresa.

Porém, por algum motivo, ela e Diana Marinho eram unha e carne.

— Deus nos ouviu. Mal posso esperar para todo mundo ficar sabendo e a gente sair para comemorar — disse Van.

Liz gargalhou, enquanto descia do carro para pegar o cachorro. Todas as vezes em que precisava encostar no bicho, a cicatriz em forma de meia-lua logo abaixo de seu polegar queimava. Era uma lembrança do primeiro encontro dos dois, quando ela esticara a mão para fazer carinho nele e recebera dentadas em retribuição.

Eles nunca seriam amigos.

— Somos duas. — Ela ergueu o cachorro pela guia da coleira e o colocou no chão para arrastá-lo para dentro da creche enquanto ele fincava as unhas no asfalto para tornar a vida dela mais difícil. — Vou ter que desligar, tenho que deixar o filho da minha chefe na creche outra vez.

— Espero que ela nunca escute você chamando ela de cadela pras outras pessoas.

Liz caiu no riso outra vez.

— Ela chama ele de *filho*, tem literalmente uma foto desse bicho na mesa dela. Não estou fazendo nada de errado.

— Essa mulher nunca ouviu falar em uma coisa chamada desvio de função? Sabe que posso fazer a denúncia se você quiser.

— Também me consegue um emprego novo?

— Não, mas posso entrar no sistema e trocar o seu cargo de assistente pessoal para babá de pet, que tal?

Liz bufou e revirou os olhos.

— Tchau, Van. Ah, e *vai se foder*.

Liz entrou arfante na STARts. A fila do Starbucks do outro lado da rua estava enorme, ela tinha tipo uns 20 e-mails a serem respondidos na caixa de entrada. Além disso, havia o celular vibrando em sua bolsa com mais de cinco ligações perdidas de Diana Marinho, que ela não conseguiria atender porque estava segurando um frappuccino caramelo numa mão e um expresso duplo na outra. Tinha visto num filme um cara que tomava o mesmo café de sua chefe, só para o caso de acabar derramando o dela no caminho e, por mais que essa fosse uma grande ideia, Liz seria incapaz de beber aquele pseudo café gelado e hediondamente doce.

Era desumano.

Quando entrou na sala, Diana estava com seus AirPods e os olhos focados na tela do seu computador. Estava em uma *call*, e Liz sabia disso porque ela sempre cruzava as pernas e entrelaçava os dedos com os cotovelos sobre a mesa para se concentrar quando alguém estava falando. O jeito com o qual ela estava a todo momento mexendo a cabeça em concordância para parecer cordial era irritante. Diana não era cordial coisa nenhuma, era só uma puxa-saco.

Foi a conta de Liz colocar o frappuccino sobre a mesa dela e Diana a olhou nos olhos, bateu com dois dedos sobre o *smartwatch* em seu pulso e depois focou na *call* outra vez enquanto prendia os cabelos castanhos no alto com o elástico preto que ela sempre usava no pulso.

Liz quis responder que ela teria chegado bem antes se não tivesse que deixar aquele pulguento na creche e buscar o xarope que Diana chamava de café, mas sempre que pensava em retrucar como a chefe merecia, pensava nas taxas insanas de desemprego lá fora e em seus boletos a vencer.

Só preciso respirar fundo, pensou. *Bem fundo, até os meus pulmões implodirem.*

Ela se sentou à sua mesa e começou a responder aqueles e-mails ao som de Alice in Chains nos fones de ouvido, o rosto aos poucos voltando à palidez usual. Vez ou outra tentava espiar o que acontecia na mesa ao lado, se perguntando do que se tratava uma *call* tão longa. Ou era só o tempo que estava se arrastando feito lesmas subindo na parede outra vez?

Seja lá qual fosse a resposta, Liz assistiu a chefe encerrar a chamada, tirar os AirPods e marchar para fora da sua sala não muito tempo depois. Faltava mais de uma hora para o seu horário de almoço, então ela cruzou os dedos para que Diana não voltasse até lá. Ela finalizaria seus relatórios, responderia os últimos e-mails e teria sessenta minutos de sossego para trabalhar na terceira versão do seu livro, que estava escrevendo desde o ano passado. Aprendera a "esquecer" o celular corporativo no escritório em seus intervalos, após ter precisado almoçar no intervalo do café da tarde vezes demais.

Diana voltou exatamente quarenta minutos depois, e a julgar pela intensidade com a qual suas botinhas batiam contra o carpete da sala, ela não estava feliz. A porta de vidro foi fechada com um barulho mais alto do que de costume, e Liz estava certa de que se a chefe tivesse batido com um pouco mais de força, ela teria se estilhaçado.

Quando seu olhar encontrou Diana, a loira piscou diversas vezes para ter certeza de que estava enxergando direito porque Diana Marinho estava *devastada*.

E isso era fácil dizer, porque a Psicologia classifica seis emoções básicas e como elas se expressam nos rostos dos seres humanos, independendo das suas culturas. Liz já testemunhara Diana sentir cinco delas: alegria, medo, nojo, surpresa e raiva, mas tristeza era a primeira vez.

A vermelhidão dos olhos marejados e na ponta de seu nariz diziam que ela estava prestes a chorar e isso deixou Liz nervosa. Não sabia lidar com gente chorando, e certamente não queria ter que consolar Diana Marinho por qualquer que fosse a razão.

— Desmarca tudo que eu tiver que fazer hoje — disse Diana, dando o máximo de si para manter a voz firme e falhando miseravelmente —, aliás, para a semana toda.

Liz piscou várias vezes, atordoada.

Sua chefe era tão viciada em trabalhar, que Liz tinha certeza de que seu caso poderia convencer a Organização Mundial da Saúde a criar um CID[3] para classificá-la

3 CID: Classificação Internacional de Doenças.

como doente e fazer intervenções terapêuticas. Ela não deixara de vir na empresa nem quando contraíra uma infecção alimentar e fora admitida no ambulatório com 38 ºC de febre antes das 10 da manhã.

— Tá — respondeu Liz, saindo do transe e corrigindo a má postura na cadeira.

Sentiu-se uma pessoa terrível por ficar feliz com o comando, afinal, se Diana não pretendia trabalhar, isso significava que ela também não precisaria. Entretanto, ao checar a agenda, se tocou que adiar todos aqueles compromissos só faria com que eles precisassem ser encaixados com outros, o que resultaria numa sobrecarga ferrada, no fim das contas. De um jeito ou de outro, ela ia se dar mal.

— Aconteceu alguma coisa? — perguntou Liz à chefe, que estava sentada à sua mesa, com a cabeça entre as mãos e encarando nada em particular.

— A Carmen vai se aposentar — respondeu Diana. Seus olhos estavam secos outra vez, porque é óbvio que ela não se permitiria chorar no meio do expediente, nem estragar aquela maquiagem impecável.

— Ah... É mesmo? — *Em nome de tudo que é sagrado, você não tá fazendo esse drama todo porque aquela bruxa vai descansar a vassoura, né?* — Mas já? — Liz relaxou na cadeira outra vez, dando tudo de si para segurar a língua afiada dentro da boca.

— É. Ela vai deixar a cadeira daqui a uns meses.

— Olha pelo lado bom, tem muitas chances da Diretoria promover um dos agentes para ficar no lugar dela.

— Eu sei. Mas eu não sou uma opção para eles, então que se foda.

Que. Se. Foda.

Para virar ainda mais o dia de cabeça para baixo, Diana Marinho havia soltado um palavrão. E um dos feios. Só podia ser uma pegadinha, ou o apocalipse iminente, porque ela conversava feito uma candidata ao Miss Universo o tempo inteiro.

— Há. Até parece. Você é literalmente a pessoa que mais trabalha nesse andar. Se juntar todas as suas horas extras dava para tirar férias-prêmio. — Liz sabia disso como ninguém, porque as horas extra *dela* também somavam quase três meses. — A vaga é sua.

Um riso sarcástico escapou da garganta de Diana, mas não durou muito.

— Isso importa muito pouco por aqui se você é "uma mulher jovem", que só é outro jeito de dizer que meu útero ainda pode gerar um bebê e obrigar eles a me pagarem uma longa licença-maternidade e achar alguém pra ficar no meu lugar. — Ela fez aspas com os dedos, depois cruzou os braços sobre a mesa e projetou o torso sobre eles.

Era isso, então.

Se fazia Liz ficar melhor ou pior, ela descobriria mais tarde, porque tudo que experimentou naquele momento foi um amargor na boca. Não pôde acreditar que, pela primeira vez em muito tempo, estava sentindo-se mal por Diana não conseguir o que ela queria. A sensação era de anomia generalizada. Sua chefe era a prova viva de que mesmo que você caminhe por aí com a arrogância de quem tem o mundo na palma das mãos e atitude de "eu não preciso do feminismo", o patriarcado ainda pode morder o seu calcanhar.

— Isso não faz o menor sentido. A STARts não é do tipo super progressista?

— Bom, era o que eu pensava. Porra, eu sou a pessoa mais competente desse andar e enchi o bolso desses filhos da... — *Puta. Você quer dizer 'puta'.* — Desses filhos da *mãe* durante esses anos todos para ouvir que eu "*não sou o perfil que a Diretoria está procurando*".

— Que esquisito. Quem disse isso?

— A Carmen. Ela estava numa reunião com a Cassandra e ela recomendou que indicasse para o cargo uma pessoa que se encaixasse nos valores da empresa, e que pudesse *se dedicar ao cargo de forma integral.* — Ela forçou uma vozinha aguda. — Ou seja, um homem.

Ah... Vanessa tinha deixado de fora essa parte da fofoca.

— Mas essa diretora não tem tipo uns 38 anos? Isso é ser jovem. O que não muda nada, porque a Cláudia Raia anunciou uma gravidez aos 55 outro dia, então não faz o menor sentido essa lógica.

— Todos os diretores respondem a alguém do *C-Level*[4], que é de onde vêm esses critérios de merda. Além disso, ela é *lésbica*.

Liz deu uma piscada longa e respirou fundo, torcendo o nariz pelo jeito enfático com o qual a palavra "lésbica" fora pronunciada. Diana sendo Diana. E Liz não entraria numa discussão sobre isso, principalmente com a tensão na sala estando tão elevada, mas precisava tentar achar algum sentido no que tinha acabado de ouvir.

— E daí? Ela ainda pode ter um bebê.

— Pode, mas todo mundo sabe que não vai. Num cargo alto desses, tirar uma licença tão longa é pedir para tomar uma rasteira, então por que engravidar se tem alguém que pode fazer isso por você?

Liz quase riu da ironia. As campanhas de marketing da STARts escancaravam em todos os cantos o orgulho de serem uma empresa inclusiva. De fato, ela jamais estivera numa empresa com tanta gente *queer* e não-branca, o que era fantástico, mas a real era que essas pessoas ainda não ocupavam nem um terço dos cargos do alto-escalão. Se para Diana Marinho, o retrato do privilégio branco-hétero de classe média, havia obstáculos tão ultrapassados, quem dirá para quem estava na base da pirâmide.

---

4 C-Level: nível mais alto de executivos na hierarquia de uma empresa.

Só mais um dia comum na iniciativa privada.

Liz não suportava mais olhar para a chefe e seu semblante de autopiedade. A única coisa pela qual podia torcer era para que ela não tivesse um colapso nervoso e acabasse colocando os empregos das duas em jogo. Não podia ir para rua antes de ter uma chance de conversar com Valentina Rosa. Ela e a agente estavam cada vez mais próximas, trocavam acenos quando se encontravam nos corredores da empresa, e a loira tivera até mesmo a chance de se aproximar dela na cafeteria durante o horário do almoço semana passada e dizer que gostava do seu trabalho. Era só questão de tempo até se tornarem amigas e depois darem início a uma longa relação profissional.

— Sinto muito por isso — disse Liz, balançando os ombros para depois se levantar e caminhar até a porta. Já passava do seu horário de almoço e ela não queria permanecer mais nem um minuto dentro daquela bolha de tensão. — Volto em uma hora para desmarcar aqueles compromissos, se você não tiver mudado de ideia. Mas, se serve de conselho: arranja uma namorada e problema resolvido.

Depois de dizer isso e sair fechando a porta atrás de si, Liz riu sozinha a caminho de seu almoço. Diana Marinho, que parecia ter saído direto de uma das boates da Vila Olímpia, sendo barrada em sua vida profissional por ser heterossexual.

Enfim, uma vitória para as lésbicas.

Capítulo 2

LIZ FLORES NÃO PODE SER COMPRADA.

— Com todo respeito, mas você é maluca? — perguntou Liz de forma retórica. — De jeito nenhum que eu vou fingir que sou sua namorada só para você conseguir uma promoção.

Liz e Diana tinham alguma intimidade. Um ano e alguns meses de convivência fazem isso por uma relação. Ainda assim, Liz nunca tinha falado daquele jeito com a chefe, mas diante da proposta escandalosa que acabara de receber, não saberia como dizer "não" de um jeito mais formal.

— E por que não? — perguntou Diana, cruzando os braços em sua cadeira ergonômica, e encarando Liz de baixo para cima. Atrás dela, uma visão panorâmica da zona sul de São Paulo se estendia no horizonte de prédios incontáveis, contrastando com o pânico generalizado dentro da mente de Liz. — Você é lésbica, não é?

— Ai, meu Deus. — Liz bufou, sentindo uma fisgada no lado direito da cabeça. — Sim, eu sou. *Muito* lésbica, a propósito, mas nós não estamos num filme do Adam Sandler ou num livro da Alexandria Bellefleur. Isso é a vida real.

Diana cerrou os olhos para o último. Ela já assistira 'Esposa de Mentirinha', mas nunca lera 'Presságios do Amor'; o que não era nenhuma surpresa, já que ela não era fã de livros, quem dirá um livro sáfico. De qualquer forma, entendeu o recado, mas não se deu por convencida. Ela *nunca* se dava por convencida.

— Eu sei que parece loucura, mas...

— Não parece loucura, *é* loucura. — *E eu acho que você andou bebendo muito para cogitar uma coisa dessas, mas se eu disser isso, perco o emprego que nem tenho certeza se ainda tenho.* — Você acha mesmo que pode convencer a Diretoria a te promover se aparecer por aí com uma namorada? — Está tatuado 'heterossexual' na sua testa. Acorda. — Eu não consigo te explicar que isso não tem a menor chance de funcionar. Além do que, se relacionar com um colega de trabalho pode ser considerado antiético. Você deveria saber disso.

— É, mas você sabe quem é a esposa da diretora desse departamento?

— O que isso tem a ver com...

— A ex assistente pessoal dela.

— E daí?

— E daí que isso gerou um alvoroço na empresa quando elas começaram a namorar porque não era permitido se relacionar com subordinados. Pense o que quiser, mas ela lutou muito com os chefes para fazer eles entenderem a relação era consensual e não causaria problemas pra STARts no futuro.

— E aí a sua ideia é fingir que tem um relacionamento com sua assistente? Um relacionamento que poderia ser tudo, menos consensual? Só o fato de você ter se sentido confortável o suficiente para me pedir uma coisa dessas já explica o porquê de essa ser uma regra válida.

Liz sentiu o rosto esquentar, com raiva, então começou a caminhar pelo entorno da mesa de Diana na tentativa de esfriar a cabeça. Queria poder ter um dia de sossego, fazer seu serviço como uma funcionária qualquer e chegar em casa para continuar trabalhando em seu livro, sonhando sobre um mundo onde alguém não precise fazer dezenas de contatos, bajular gente chata ou aturar seus chefes terrivelmente invasivos para ter a chance de conseguir alguma notoriedade no mercado editorial.

— Eu não vou te demitir se você não aceitar. — Diana suspirou, se colocou de pé e encarou Liz, que torceu para que seus olhos opacos e distantes estivessem reconsiderando. — Essa... *ideia* surgiu quando eu estava conversando com a Carmen durante o almoço e ela deixou escapar que era provável que eles promovessem o Arthur Fraga, porque ele é gay e os Diretores querem tirar a Comissão de Diversidade do pé deles por um tempo.

— O mesmo Arthur que sugeriu contratarem um influencer asiático para fazer publicidade para aquela escola de matemática?

— O próprio. Perder a vaga para um cara desses é ainda mais deprimente. Mas ele consegue ser o melhor dentre as opções, já que o Giovanni até hoje não descobriu o que ele está fazendo aqui, ou como usar o Google Meet.

As outras duas agentes eram mulheres hétero, até onde Liz sabia, que não teriam a mínima chance contra Diana, se a STARts não estivesse empacada nos anos 50. Getúlio Vargas garantira o direito de as mulheres trabalharem, mas não dissera nada sobre elas terem um plano de carreira, afinal.

— Não é justo, eu sei — disse Liz. — Mas, se você pensar melhor, vai ver que fingir um namoro comigo não é solução. *Não pode* ser a solução.

— Isso é um não?

Diana a encarou, os olhos âmbar escurecidos por uma mágoa latente. Era difícil dizer 'não' para aquela mulher, e talvez fosse por isso que ela era tão talentosa no que fazia. Quando Diana Marinho dizia que ia fechar um contrato, ela fechava o contrato. Quando queria surrupiar o cliente de um concorrente, não demorava nem um mês para ele aparecer na porta da STARts com um trabalho. Por isso Liz se enfiara nessa relação tóxica com o emprego. Tudo começara como simples atos de boa vontade para agradar a chefe nova; aquela mulher excepcionalmente bonita, que a deixava meio nervosa e que tinha lhe dado o trabalho mesmo Liz tendo chegado atrasada e derramado frappuccino nela inteira. Até que atos de boa vontade – que iam desde a levar o cachorro na creche, a supervisionar a visita de um encanador no apartamento dela em pleno sábado – se tornaram uma obrigação tácita, porque ela não sabia como negar.

— É um: me dá um tempo para pensar. — *E, depois que eu fingir que pensei o suficiente, aí sim, vai ser um não.*

O resto da tarde correu feito um livro do R. R. Martin: devagar e cansativa. Liz podia jurar que via o relógio retroceder os minutos enquanto ela agendava reuniões e preenchia planilhas. Diana tinha recuperado um pouco do senso, e repensara a decisão de cancelar os compromissos, então a rotina seguiu como num dia normal, ainda que a tensão de mais cedo jamais houvesse se dissipado por completa; levaria mais do que um dia para isso acontecer.

Vez ou outra Liz ouvia os suspiros lastimosos da chefe, enquanto ela saltava entre uma *call* e outra, mas não cairia num nível tão baixo de chantagem emocional. Ela estava triste porque não conseguira o que queria.

Grande coisa, Diana Marinho, entra na fila.

A cena dela sugerindo que as duas fingissem um namoro ainda era tinta fresca na mente de Liz, tão inacreditável e ficcional que ela sentiu vontade de contar para alguém para ter certeza de que não havia alucinado.

Mandou uma mensagem para Van, convidando-a para tomar uma cerveja depois do expediente. Teria chamado Nina também, mas sabia que ela estaria com a namorada, e ir da Liberdade até a Faria Lima em horário de pico era algo que Liz não desejaria nem para o seu pior inimigo.

Mais tarde, livre de um peso que ela só percebeu estar carregando nos ombros quando deixou o prédio da STARts, ela estava sentada num bar de esquina perto do serviço, com um copo lagoinha de cerveja pela metade na mão e narrando toda a história para Vanessa.

— Você tá me zoando? — perguntou Van, com a boca aberta e as sobrancelhas arqueadas.

Liz não sabe como, mas as duas tinham se tornado muito próximas. Mais do que isso: eram almas gêmeas, que se encontraram no dia em que Liz entregara os documentos da sua admissão no RH e sorriu para moça chinesa que estava usando na blusa o mesmo pin em formato de coração que ela; porém, ao invés de ter as cores da bandeira lésbica, era uma bandeira bi.

— Dá pra acreditar? Eu quase tive um piripaque. E ela falou na maior naturalidade do mundo, como quem pede um favor do tipo, sei lá, *me empresta vinte reais.*

Van riu. No fundo, o barulho dos carros e das pessoas passando se misturavam como um ruído cinzento, enquanto a noite fria de sexta-feira se erguia no céu, sem nenhuma estrela.

— E o que você disse?

— Que era loucura.

— Mas, você aceitou?

Liz quase cuspiu a cerveja.

— Vanessa?! — A loira piscou repetidas vezes, cada vez mais certa de que, das pessoas que conviviam consigo, só ela tinha um pingo de bom senso sobrando. — É claro que não!

— Não me entenda errado, ela é uma praga, mas não acredito que perdeu a chance de poder sair por aí dizendo que está namorando a mulher mais bonita da STARts. — A fala de Van foi interrompida por um chutinho de Liz em sua canela sob a mesa.

— Não tem graça, tá? Eu tive a minha fase de ser obcecada por ela, mas agora só consigo ter ranço. Essa... essa *maluca* acha que pode chegar para mim e pedir uma coisa dessas assim. E por quê? Por que eu sou lésbica?

— É. Você provavelmente é a única lésbica que ela conhece. Já viu as fotos do Instagram dela com as amigas? Parece que saíram direto de um encontro de estudantes de Odontologia da USP.

Foi a vez de Liz dar uma risada.

— Bom, ela que arranje outra pessoa pra esse teatrinho que, é claro, não tem a menor chance de dar certo.

— Até que tem — disse Van.

— Não. Pelo amor de Deus e todos os santos, isso só pode ser um pesadelo. — Liz não era católica, mas apelar para uma força maior em momentos de desespero parecia uma solução que fazia sentido. — Como caralhos uma coisa dessa poderia dar certo? Me explica.

— Escuta só, lembra dessa reunião que eu te falei mais cedo, com a Carmen e a Diretoria? — Liz assentiu. — Elas também conversaram sobre como vão escolher uma pessoa nova para ocupar o cargo, e a Diretoria foi bastante específica dizendo que deveria ser alguém que pudesse se dedicar a função e, de preferência, agradasse à comissão de Diversidade. Pelo que ouvi falar, eles fizeram um levantamento e mais de sessenta por cento das posições de liderança são ocupadas por homens brancos que se declaram héteros. Isso pega muito mal para uma empresa que adora surfar no *hype* das marcas inclusivas e LGBT *friendly*. Juntando isso com o fato da Diana ser a melhor do departamento, é uma situação de ganho para os dois lados. Na verdade, é meio impressionante que ela tenha tido essa ideia.

— Van, na última confraternização o ex-namorado dela fez uma cena e foi embora puto da vida porque ela disse 'não' pro pedido de casamento que ele fez depois de beber todas. *Ninguém* vai acreditar nessa farsa.

— Eu discordo. Quase todo mundo pensa que lésbicas são só héteros que se decepcionaram com um homem mesmo.

Liz revirou os olhos, reconhecendo a verdade incômoda daquela afirmação. Essa teoria não tinha a menor chance de ser verdadeira porque, se decepcionar-se com um homem fizesse as mulheres virarem lésbicas, a heterossexualidade feminina teria sido varrida da face da Terra em menos de duas décadas.

— E digo mais, as sapatonas são as mais unidas da sigla. Vocês andam em bando e formam comunidades, então eu consigo ver por que a sua chefe acha que fingir que é lésbica pode fazer com que a diretora se sinta inclinada e escolher ela.

— Você não pode estar falando sério — disse Liz, virando os últimos goles da cerveja. — A gente detesta ela. Lembra?!

— Lembro. Mas já parou para pensar no quanto *você* pode sair ganhando com esse namoro de mentira?

— Estresse? Mais trabalho? Fama de mentirosa se alguém descobrir essa história? — Liz deu um sorrisinho de canto e assistiu ao brilho de Van sumir. — Porque se, num universo distante, ela conseguir mesmo essa promoção, eu vou virar assistente da Coordenadora e isso vai destruir qualquer possibilidade de eu terminar de escrever o meu livro e ter uma carreira.

— Um agenciamento, Liz. — A palavra "*agenciamento*" captou imediatamente a atenção da loira, que começou a piscar incontáveis vezes, desentendida. — Ela pode falar com a Valentina por você. É só você propor uma troca de favores.

Liz abriu a boca para retrucar, mas uma avalanche de pensamentos atropelou seu raciocínio tão rápido que ela ficou estática por muitos segundos, enquanto Vanessa a olhava com uma expressão maquiavélica.

— Ela... — *Puta merda, é verdade.* — Será?

— É claro que sim. Não acredito que você não tinha pensado nisso!

— Bom, eu meio que entrei em pânico quando ela tocou no assunto, então sei lá o que eu tava pensando! — Liz se recostou na cadeira, para deixar a ideia sorver um pouco mais.

Não havia dúvida alguma de que uma mulher influente como Diana Marinho pudesse colocá-la em contato com outra agente, mesmo que de um departamento diferente. Mas isso implicaria ter que se revelar como escritora para a chefe, e correr o risco de ela querer ler o livro que ela estava escrevendo. Isso não seria problema, se ela não tivesse colocado o nome dela numa personagem que morre de um jeito meio trágico logo nas primeiras cenas; *bom, nada que um Ctrl+F não resolva*. E por último, mas não menos importante, implicaria que ela ia precisar mesmo fingir um namoro com Diana.

Liz só precisava escolher se queria tentar enfim construir uma carreira ou manter a dignidade. E para ela era simples: a dignidade se restitui, eventualmente, mas uma chance de ter seu livro lido por Valentina Rosa só acontece uma vez.

Como a boa amante de quotes famosos que era, lembrou-se daquela frase de Evelyn Hugo: *"Quando surge uma oportunidade para mudar sua vida, esteja pronta para fazer o que for preciso. O mundo não dá nada de graça para ninguém, só tira de você."*

E isso a reconfortou.

— Talvez eu possa *tentar* conversar com ela. Mas é um talvez.

— Há. Eu aposto que você manda mensagem para ela amanhã mesmo. O que seria de você sem a minha mente brilhante?

Liz revirou os olhos.

— Disse Vanessa Ming, após usar todos os recursos pra me enfiar numa furada.

— É pra isso que servem os amigos. — Van levantou-se da mesa e acenou para a garçonete trazer a conta. — Mas, agora eu preciso ir, porque o Júnior já mandou três mensagens perguntando onde fica o sal.

Liz riu. Júnior era o noivo de Vanessa. Eles já estavam juntos há três anos quando as duas se conheceram.

— Você ainda está adestrando ele?

— É um trabalho que nunca termina.

Liz se levantou também, meio cambaleante pelos goles de álcool e pela excitação da possibilidade de um futuro sem Diana Marinho e uma carreira de escritora que podiam estar bem na sua frente.

— Boa sorte! Também estou indo pra casa. Preciso ensaiar minhas falas, tenho uma Diana Marinho para chantagear.

Capítulo 3

LIZ FLORES SABE CLARAMENTE O QUE ESTÁ FAZENDO.

Liz [09:54]: Bom dia, Diana

Liz [09:55]: Podemos conversar?

Eram onze da manhã de um sábado, e Liz encarava fixamente o contato da sua chefe no aplicativo de mensagens. Diana Marinho, que sempre andava pra lá e pra cá com o rosto enfiado no celular, não ficava online por nada nesse mundo.

Será que ela morreu?, disseram as vozes da cabeça de Liz num pensamento intrusivo.

Como escritora de suspense, essa era sempre a primeira coisa que vinha na cabeça dela, quando alguém não dava notícias. Passava tempo demais assistindo noticiários e ouvindo podcasts de *true crime* para conseguir evitar pensar o pior. Sequestro, assassinato, tráfico de órgãos... Era meio inquietante saber como o mundo estava cheio de gente sombria e degenerada, mas era o seu passatempo favorito.

Amava o suspense, porque ele é o gênero da ficção que as pessoas procuram para se entreter com os lados mais criativamente obscuros que a mente de um escritor pode apresentar. E, por mais que a história possa ter tons sobrenaturais, é sempre a perspectiva do contato com uma realidade chocante que atiça a curiosidade, nem que seja com extrapolações e metáforas. Fora movida por essa mesma curiosidade que Liz decidira embarcar no mundo dos *thrillers* e abandonar os romances que escrevia.

Era mais fácil buscar por inspirações sangrentas e mórbidas do que românticas, em especial porque sua vida amorosa era mais parada do que a Marginal Pinheiros em horário de pico.

Escrever suspense a desafiava como nenhuma outra atividade, a ideia de guiar o leitor no escuro por um caminho falso era excitante. Por isso estava há tanto tempo trabalhando num único livro; porque ele precisava ser perfeito. Precisava prender os leitores e fazê-los comprar tudo que ela lançasse para que ela provasse aos seus futuros editores que era digna do tempo e do investimento deles.

Mas, para que o livro chegasse em um editor, primeiro, ela precisava de Valentina Rosa e, para que Liz chegasse até Valentina, ela precisava de Diana Marinho; que, até então, não havia respondido suas mensagens.

Algumas horas mais tarde e Liz já tinha dado uma faxina completa em seu apartamento quarto e sala, lido vinte páginas do livro novo do Raphael Montes e assistido dois episódios de *How to Get Away With Murder*. Estava prestes a buscar um salgadinho de cebola no armário para assistir ao terceiro quando ouviu batidas na porta.

Por um instante, pensou que pudesse ser sua chefe, aparecendo sem avisar, porque ela era invasiva a este ponto. Mas Diana não tinha seu endereço, então só podia ser uma pessoa.

Nina passou voando pela porta assim que ela foi aberta, tirou os sapatos e se esticou no sofá pequeno diante da TV.

— Boa tarde? — disse Liz, meio atordoada. — A que devo a honra da visita?

— Que cheiro bom! Você usou aquela cera de piso que eu gosto? — perguntou Nina.

Ela estava estranha.

— É. Usei. — Liz caminhou até o sofá e sentou-se ao lado da amiga, cruzou os braços e a encarou, ainda esperando uma resposta.

A julgar pelo olhar inquisitivo da amiga, Nina sabia que não escaparia da pergunta.

— Eu chamei a Érika para morar comigo — disse Nina, como quem confidencia um segredo.

— Ah!

Por mais que Liz dissesse a si mesma que a paixão platônica que sentia por Marina já chegara ao fim, ela não podia evitar ficar estranha quando o assunto era a namorada da amiga. Érika não era a pessoa favorita de Liz, mas ela acabou se convencendo de que a birra podia ser apenas ressentimento. As duas tinham começado a namorar bem quando a loira decidira contar a Nina sobre seus sentimentos por ela, meses após elas terem se conhecido. Graças a sua mania de adiar as coisas, Nina jamais saberia que Liz já fora perdidamente apaixonada por ela um dia.

Talvez fosse melhor assim. Tudo bem que podia ser complicado coexistir com Nina, seus lábios bonitos em formato de coração no rosto triangular e as sardas que marcavam a pele bege como respingos de água da chuva. Sem falar no cheiro fantástico do creme de camomila que ela usava para modelar os cachos.

Entretanto, Liz gostava de ter uma amiga fora do trabalho. As duas se conheceram na faculdade e eram vizinhas de porta. Fora Nina quem conseguira o apartamento para Liz alugar; por menor que fosse, era numa localização muito boa e o aluguel cabia em seu bolso. Quando precisava de um álibi para fingir para os pais que estava na faculdade, Nina era sua principal fonte de evidências falsas.

— Acha que é cedo demais? — perguntou Marina.

— Eu acho que... — *Sim.* — Acho que é um passo e tanto.

— Ai, meu Deus, você acha que eu enlouqueci, né? Quer saber? Talvez eu tenha me precipitado.

— Ei, Nina, respira. — Liz segurou a mão da amiga e a olhou nos olhos com toda a compreensão e calma que podia transmitir. — Eu só disse que acho que é um grande passo, não que você enlouqueceu.

Mas se pudesse ter certeza de que não eram seus sentimentos conflituosos contaminando seu julgamento, Liz perguntaria se Nina estava pronta para lidar com a compulsão por limpeza de Érika, ou para abrigar todos os 48 tipos de plantas que ela cultivava. Ou ser acordada às 5 da manhã porque a namorada vai arrastar os móveis para acomodar seu tapete de ioga.

Mas Liz não diria nada disso. Não queria fazer Marina repensar sua decisão e acabar sabotando seus planos. As duas provavelmente deviam ter conversado sobre isso e se acertado, como um casal responsável faria.

— Vai dar certo — disse Liz.

Quem era ela para querer dar conselhos de relacionamento, afinal? Nunca tinha estado em um, porque algo entre nunca ter seus sentimentos correspondidos e ser altamente volátil ficava no caminho.

— Se não der, você pode vir dormir no meu sofá. — Nina deu uma risada baixa e deslizou o corpo para mais perto de Liz, recostando a cabeça no ombro da loira; o creme de camomila inebriou os sentidos dela.

Imóvel, como uma raposa flagrada no galinheiro, Liz ouviu da cozinha seu celular tocar. Dessa vez, só podia ser uma pessoa e, por mais que ela não quisesse interromper o momento que estava tendo com a amiga, a ansiedade falava mais alto. Desvencilhou-se de forma suave e imediatamente sentiu falta do calor e dos cachos de Marina fazendo cócegas em sua pele.

Você me paga, Diana Marinho.

— Alô?

— Oi, Liz. Você disse que queria conversar. Aconteceu alguma coisa? — A preocupação na voz de Diana era clara, mesmo com toda a barulheira no fundo da ligação.

— Mais ou menos. É melhor eu falar pessoalmente.

Após alguns segundos em silêncio, Diana enfim respondeu:

— Eu tô num almoço de família. — Isso explicava a sonoplastia de estádio de futebol. A família de Diana era grande e barulhenta. — Pode ser mais tarde?

— Tá.

Para ser honesta, ela pensara que não fosse ser assim tão simples.

— No Pátio Paulista às sete?

Não era bem o que Liz estava imaginando, mas considerando que era um sábado e o shopping era no meio do caminho entre o apartamento dela e o de Diana e ficava relativamente perto de uma estação de metrô, ela concordou.

— Pode ser.

— Ok.

— Ok.

Quando a ligação foi encerrada, Liz sentiu a queimação das marcas de unha na palma da sua mão e recuperou o ar dos pulmões. Era isso. Ela teria uma conversa direta com a chefe para ditar suas condições e, se Diana não concordasse, podia tratar de arranjar outra namorada de mentira.

— Quem era? — perguntou Nina, do sofá.

Liz pensou em dizer a verdade, mas para isso ela ia ter que contar tudo do começo. Explicar sobre a proposta da chefe e sobre a conversa com Vanessa. Mesmo que ela e Nina não tivessem segredos, a loira não queria assumir estar prestes a trocar a possibilidade de realizar seu maior sonho por um favor vulgar. *Não*. Não queria que Nina soubesse de nada, porque podia custar sua admiração e era algo que ela odiaria perder.

— Era a Van. Assunto do trabalho — disse Liz, caminhando de volta para a sala e sentando-se outra vez.

— Poxa, eu queria ter mandado um beijo.

— Eu mando outra hora.

— Acho bom. Quer ver um filme? Eu posso assar as minipizzas de calabresa que meu pai trouxe para mim e para Érika ontem e ela não comeu porque ele esqueceu que ela é vegana.

Liz riu, depois olhou no relógio de parede para constatar que já passava da hora em que ela deveria estar reescrevendo o livro. Ainda mais porque duvidava que ia conseguir ter energia para trabalhar nele seu encontro com Diana mais tarde. Mas, olhando por outro lado, se tudo corresse como ela estava esperando – e ela esperava um 'sim' – ia ter que dedicar todo o seu tempo para o livro em breve e talvez não sobrasse espaço para Marina. Especialmente com a namorada morando na casa dela.

— Quero. Mas é a minha vez de escolher, então pode esquecer as suas comédias românticas sem graça.

Nina fez uma careta, mas aceitou.

Liz escolhera um terror leve sobre uma casa assombrada após a Segunda Guerra Mundial do catálogo na Netflix e, durante o filme, Liz fingiu não se incomodar enquanto Nina trocava mensagens com a namorada, porque, afinal, ela estava com a cabeça deitada nas pernas dela e tudo era confortável.

Ela podia se contentar.

O Pátio Paulista tinha uma porção de lojas de luxo que só podiam se sustentar de lavagem de dinheiro. Liz evitava olhar demais para as vitrines e não se assustar com o preço de um relógio que poderia servir de entrada para um apartamento.

Quem fazia compras ali precisava se submeter com urgência a terapia contra compulsões consumistas.

A única loja em que ousava entrar era a livraria, para conhecer os livros novos que ela compraria na Amazon mais tarde.

Marcara o encontro com Diana na praça de alimentação, dentro do restaurante de uma franquia famosa de hambúrgueres artesanais caros. O lugar era aconchegante, a fachada verde-água e o estilo rústico das mesas redondas com aspecto de tronco de árvore deixavam o ambiente com aspecto quentinho e receptivo, por mais que a elite paulistana e os preços no cardápio causassem o oposto.

Ao passar pelas portas, Liz inspirou bem fundo antes de procurar sua chefe com os olhos e caminhar até ela com as pernas vacilantes.

Perto de um vaso com uma árvore de folhas curtas, Diana Marinho encarava Liz com olhos ansiosos enquanto as unhas longas e pintadas tamborilavam contra a madeira. O cabelo iluminado caía sobre os ombros em ondas longas, preso no topo por dois grampos dourados, ressaltando a maquiagem sóbria e os lábios pintados de carmim; despretensiosamente bonita, como uma flor no meio da taiga.

— Senta — disse Diana, depois que Liz já tinha passado tempo demais de pé olhando de volta para ela.

Ao ouvir a sugestão – que soou mais como um comando –, Liz respirou outra vez e puxou a cadeira para se acomodar. Estava nervosa, o incômodo que sentia na boca do estômago parecia prestes a se espalhar por seu corpo todo, borbulhando feito ácido.

— Eu queria falar sobre a conversa que tivemos sexta. Aquilo que você me pediu...

— Preciso te pedir desculpas.

— O quê?

— Eu não devia ter pedido aquilo, foi completamente invasivo da minha parte, e você tem todo o direito de se sentir incomodada e ofendida. Não sei onde estava com a cabeça. Se você quisesse, caberia até uma denúncia por abuso de poder com o RH e...

— Eu aceito.

Os olhos de Diana, que estavam em algum lugar perto do chão, se ergueram para encarar os de Liz, os ombros caídos sob o blazer magenta.

— Tudo bem. É seu direito.

— A denúncia não, Diana. A proposta. Eu aceito ser sua namorada de mentira.

Diana ficou muda. As sobrancelhas muito bem feitas se erguendo de forma sutil enquanto a informação era processada em seu cérebro, lenta como uma atualização do Windows quando você precisa usar o computador.

— Ah... — murmurou ela. — Eu não estava esperando por isso.

— É, deu pra ver. — Porque o rosto dela ficara lívido quando Liz dissera que topava. — Só que eu tenho umas condições. Uma só, na verdade.

— Eu ainda tô em choque, mas vai em frente. Pode dizer.

Agora, com as bochechas mais coradas e uma empolgação crescente, Diana corrigiu a postura e entrelaçou as mãos sobre a mesa. Liz não tinha muitas convicções fortes nessa vida, mas uma delas era que havia poucas coisas que sua chefe não faria por aquele acordo.

— É mais uma troca do que uma condição. Você conhece a Valentina Rosa, do Departamento Editorial?

— A espanhola com vitiligo que saiu na capa da edição de abril da revista da STARts depois que a cliente dela conseguiu um contrato de adaptação audiovisual com a Netflix? É claro que eu conheço.

Liz recordava-se de ter visto essa edição da revista dando sopa na mesa de Diana um tempo atrás. Pedira para ficar com ela e, após admirar a beleza de Valentina por tempo suficiente, lera a matéria dos *backstages* da produção pelo menos umas 5 vezes. Fantasiava sobre o dia em que seria ela a sentar com uma equipe de roteirista, selecionar o *cast* e enlouquecer com o ritmo insano de filmagens da adaptação de um de seus livros.

Sonhava com uma carreira consolidada, estável o suficiente para pagar suas contas enquanto a mantinha fazendo o que amava. E tudo isso estava bem ali, sentada diante dela. Diana era a porta de entrada para o mundo dessas possibilidades tentadoras e, para destrancar, ela só precisava dançar conforme a música.

— Quero que você apresente nós duas, e convença ela a ler o livro que eu estou escrevendo.

— E desde quando você escreve livros? — Diana arqueou uma das sobrancelhas, sua expressão num limiar entre surpresa e descrença.

— Desde muito tempo, sei lá, tem uns oito anos.

— Oito *anos*? E como eu nunca soube disso?

— Não é uma coisa que eu saio falando pra todo mundo.

Liz cruzou os braços, se revolvendo na cadeira. Podia ser entediante falar sobre essa parte da sua vida. Nem todo mundo entende o que faz um escritor, e as chances de perguntas desconfortáveis surgirem na conversa eram grandes demais.

— Sobre o que é o seu livro? — *Perguntas como essa.*

— Assassinatos em série. A gente pode voltar para a conversa?

— Desculpa, eu só não estava esperando. — Diana bateu as unhas contra a mesa outra vez, causando arrepios em Liz. — Posso tentar falar com ela, sim.

— *Tentar*? Não me convenceu. Quem sabe eu não possa *tentar* fingir que a gente namora?

— Olha só, não é tão simples. A carteira de clientes dela é enorme. É melhor você ter escrito o novo *best-seller* da Veja, ou que ao menos tenha um *pitch* muito bom.

— Um o quê?

— Um *pitch*. Você sabe o que é um *pitch*, né?

— Hum...

— Ai, Deus. — Diana segurou o rosto entre as mãos, massageando as têmporas enquanto Liz sentiu o rosto queimar levemente. — A gente se preocupa com isso mais tarde. O importante é que temos um acordo, certo?

— Vai me ajudar com a Valentina?

— Vou fazer o que estiver ao meu alcance. A parte de convencer ela vai depender mais de você do que de mim.

Liz ia protestar, mas sabia que a chefe estava com a razão. Nenhum agente investiria num escritor ruim só porque uma colega de trabalho insistiu muito, então, só restava garantir que seu trabalho seria bom o suficiente. E ela iria até onde fosse possível.

— Está bem. Temos um acordo.

Diana fechou os olhos e cerrou os punhos, comemorando baixo, depois levantou-se da mesa com um sorriso vitorioso.

— Temos que falar sobre como as coisas vão funcionar, mas eu tô morrendo de fome. O que você vai querer comer? — perguntou ela.

— Aqui? Nada, obrigada.

— Eu pago. — Ela tirou o cartão VR do bolso da calça-jeans e balançou ele no ar. — Considere como um presente de namoro.

Capítulo 4

LIZ FLORES NÃO É NADA COMPLEXADA POR NUNCA TER TIDO UM RELACIONAMENTO AMOROSO.

Enquanto comia o que era certamente o melhor hambúrguer de sua vida, Liz tentava não pensar no valor que Diana Marinho recebia todo mês de vale-refeição. Seus míseros 25 reais diários não pagariam nem as batatas fritas. Marcava almoços executivos para ela nos restaurantes mais caros da cidade e reservava quartos em hotéis luxuosos, mas nunca estivera em nenhum desses lugares, então tudo pertencia a uma realidade distante. A naturalidade com a qual sua chefe ocupava aquele lugar também era de um mundo aparte do seu.

Até aquele momento, pelo menos.

— Você quer começar? — perguntou Diana, deixando no prato a metade do hambúrguer vegetariano.

— Começar? Mas a ideia foi sua — disse Liz, enquanto terminava de mastigar o pão e a carne.

— Eu sou meio nova nessa coisa de namoro de mentira. — Liz arqueou as sobrancelhas de um jeito sarcástico que dizia: *porra, ainda bem*, né? — Confesso que não pensei muito em como seria de verdade. Pra começar, já é muita coisa que você tenha topado.

— Tá bem. — Liz respirou fundo. Muito fundo, repetidas vezes. — Não deve ser tão difícil. É só a gente fazer coisas que casais fazem na frente das pessoas e pronto.

— Ah, sim. — Uma luz pareceu ter acendido dentro da cabeça de Diana, mas logo tornou a apagar. — Tipo o quê?

— Tipo... Hmm... Sei lá, andar de mãos dadas, carregar a bolsa uma da outra, postar stories jantando juntas e comemorando mêsversário de namoro.

— Sobre isso...

— É ridículo, eu sei.

— Não. — Ela riu baixo. — É que a minha família não pode saber de *nada*.

— Ah! — Não era como se Liz estivesse planejando anunciar seu relacionamento falso no grupo da família, era Diana que precisava que os outros soubessem que elas estavam "juntas", não o contrário. Mas a ênfase na palavra 'nada' soou pouco como uma preocupação e mais como medo. — Nada, tipo, nada *mesmo*?

— Nada *mesmo*.

— Família homofóbica? — Liz arqueou a sobrancelha, brincando com o canudo do refrigerante entre os dentes, dispersando a tensão.

— Eu prefiro usar a palavra *conservadora*.

— Há. Tirou a parte da homofobia, deixando só a homofobia. Fala sério, você é uma mulher de vinte e oito anos, quem se importa se você aparecer por aí namorando uma mulher?

Diana bufou, deixando os quadris deslizarem ligeiramente na cadeira.

— Eu me importo. Não é como se eles fossem parar de falar comigo, eu só não quero confundir a cabeça deles.

Liz revirou os olhos.

— Você manda. Mas saiba que o jeito mais fácil de espalhar uma fofoca hoje em dia é com um *story*.

— Tá, espera aí.

Diana tirou o celular da bolsa e, após ficar mexendo nele por um tempo, ergueu os olhos para Liz outra vez.

— Me dá sua mão.

— Hein?

Ela estendeu a mão na direção da loira.

— Agora a sua, vai.

Hesitante, Liz esticou o braço e, com algum custo, deixou que Diana tomasse a mão dela. O toque quente da palma da mais velha contra a frieza da sua pele causou um choque; depois ficou agradável, até confortável. Os dedos longos e macios da chefe alcançaram o dorso da mão de Liz apertando-a um pouco, e a sensação inesperada do encaixe fez com que quisesse se soltar. Então a câmera do celular da chefe estava apontada para àquela cena, enquanto ela escolhia o melhor filtro, Liz tentou dispersar os pensamentos. Sua mente divagando na tentativa de entender como raios havia parado ali, quando bruscamente Diana recolheu a mão para digitar alguma coisa no celular.

Frio.

Frio, e a súbita sensação de não saber onde colocar a mão outra vez, como se ela se sequer fizesse parte do seu corpo.

Momentos depois e o celular de Liz vibrou com a notificação:

"Diana Marinho marcou você em um story."

— Eu ocultei os stories para toda a minha família e qualquer pessoa que tenha contato com eles, também privei o meu perfil. Resumindo, só ficou gente do trabalho, da faculdade e da creche do Louis.

— Não faz mal. As meninas na creche já acham que nós somos um casal. Uma vez uma delas pegou aquele bicho no colo, levantou a patinha dele e disse "dá tchau para a mamãe". Arruinou o meu dia.

Diana revirou os olhos.

— Eu honestamente não sei o que você tem contra o meu cachorro. — Diana cruzou os braços, na defensiva. — O Louis é um amor.

— Não tenho nada contra ele. Ele que tem contra mim. Primeira regra do namoro falso: o cachorro fica longe. Eu sei que você adora levar aquele bicho pros lugares como se fosse uma bolsa, mas não quando estiver comigo.

— Você não tem coração, mas tudo bem. Minha vez: nada de sair em público com outras mulheres enquanto a gente estiver "namorando". Não quero ninguém espalhando por aí que eu sou corna.

Liz quase riu. Isso não seria um problema, já que ela não saía com ninguém desde... Nossa. Fazia mesmo muito tempo. A última vez que beijara alguém fora numa festa universitária que Marina a convidara, e ela mal se lembrava do rosto da garota. Se fosse calcular quanto tempo tinha que não transava, então, poderia se considerar virgem outra vez.

— Por mim, tudo bem. Mas isso também vale para você. Nada de sair por aí com caras ou, sei lá, ter uma recaída com seu ex.

Diana franziu o nariz, as linhas da sua testa formando rugas rasas.

— Não tem o menor risco de isso acontecer.

— Ótimo. — Liz respirou fundo. — Isso é tudo? Quer que eu faça um cronograma ou monte uma planilha?

— Engraçadinha. Eu ainda sou a sua chefe, tá bom? Nada mudou.

— Mudou, sim. Se vamos fazer isso, você precisa saber que todos os olhares estarão em nós duas por um tempo. Não dá pra vacilar e deixarem eles desconfiarem, porque, se o seu plano não der certo, nossas cabeças vão rolar, e se eu acabar desempregada por sua causa...

— Não vai acontecer, tá? — Diana cruzou os braços. — Eu vou conseguir.

— Certo.

Liz soou indiferente, não queria deixar sua descrença transparecer. Era uma pessimista por natureza, e a verdade era que não podia se importar menos com Diana Marinho e sua cadeira de coordenadora, contanto que ela cumprisse sua parte do acordo.

— Vamos ter que começar a almoçar juntas, pelo menos algumas vezes — disse Diana.

— Meu VR não vai durar duas semanas nos restaurantes que você frequenta, então eu escolho.

— Eu não tenho culpa se comida vegetariana pronta é tão cara.

— Você já pensou em cozinhar?

— Já. Mas parei depois de ter acionado o alarme de incêndio do meu prédio duas vezes. — Liz riu. Não era nenhuma cozinheira exemplar, mas sabia se virar caso precisasse. — Talvez a gente possa só pedir um *delivery*. É mais seguro. E aí comemos no refeitório pra todo mundo ver a gente juntas.

— Tá, mas já que você lembrou que ainda é a minha chefe, vamos pegar leve nessa coisa de almoçar juntas. Eu preciso do meu tempo sozinha.

Diana arqueou as sobrancelhas, intrigada com o tom antipático da fala.

— Três vezes na semana?

— *Três*? Eu tava pensando em, no máximo, duas.

— Por Deus… — Diana bufou. — Por que eu sinto que você nunca esteve em um relacionamento antes?

Liz quis dizer que nunca esteve, mas detestava o fato de as pessoas darem tanta importância a relacionamentos românticos ao ponto de ficarem escandalizados por ela, uma mulher de 25 anos, nunca ter namorado na vida. Se a vida dos outros era um livro de romance, *bom pra eles*, porque a dela era uma antologia de poesias góticas; nada de amor, só melancolia e tédio.

— Duas vezes em uma semana, três na outra e assim por diante, tá bem? — disse Liz.

— Tá, né? Só espero que você não deixe transparecer na frente das outras pessoas que está fazendo um sacrifício imenso. Lembra que o objetivo é fazer elas pensarem que estamos apaixonadas.

Apaixonada.

Por Diana Marinho.

Tudo bem, ela podia fazer isso.

Não seria a primeira vez, a propósito. A diferença era que agora teria que durar mais do que algumas semanas, e ela ia ter que demonstrar isso em público.

Depois de as duas terem enfim chegado a alguns acordos, decidiram que certas coisas teriam que ser testadas na prática. Diana conseguia ser ainda mais metódica se planejando para fingir um relacionamento. Ela não permitira que Liz deixasse a mesa até ela repostar o *story* das mãos delas.

E, no caminho para o estacionamento, a loira sentiu o celular vibrando no bolso pelo menos umas cinco vezes.

Duas reações do emoji com a boca em 'o' de pessoas do trabalho, que não tinham intimidade o suficiente com ela para mandar uma mensagem exigindo a fofoca completa. Uma reação de 'foguinho' de Érika, a namorada de Nina, e duas mensagens.

@van.ming: *não acredito????/?/?*

@cindyflores23921: *Oi, filha. Quem é? (emoji de olhinhos)*

É claro que ela tinha esquecido de ocultar os *stories* para certas pessoas antes de postar. E, agora, teria que dizer para a mãe que estava, enfim, saindo com uma mulher – e torcer para ela não descobrir que essa mulher era a sua chefe, e o "sair" era só um relacionamento falso que as duas inventaram para Diana conseguir uma promoção. Por um lado, era um desastre, porque se tratava de mais uma mentira para ela sustentar. Por outro, isso talvez fizesse Cindy Flores mais feliz, ao pensar que a filha dela tinha alguém.

Ainda que Liz mencionasse inúmeras vezes que não precisava de uma namorada, nada nesse mundo tirava de Cindy o medo de ter arruinado a capacidade de a filha de ter um relacionamento amoroso após o divórcio com o pai dela. Para uma criança de pais casados que cresceu num lar amoroso, um divórcio nunca faz sentido.

E fazia menos sentido ainda, para Liz, um pai que sempre estivera presente e a tratava como a menina dos olhos dele, de repente começar a visitá-la a cada 15 dias. 15 dias que se tornaram uma vez por mês e, depois, se tornaram um "quando der".

Talvez Cindy tivesse razão, e em algum livro de psicanálise estaria claro que a fixação de Liz por paixões não correspondidas e a inabilidade de confiar e criar conexões quando se tratava de relacionamentos amorosos podia ser explicada pelo fracasso do casamento dos pais.

Mas ela tinha coisas bem mais importantes com o que se preocupar. Seu livro era uma delas, a *principal* delas. Era através do sucesso daquela obra que ela se livraria da maior parte das coisas que a mantinham presa num ciclo interminável de farsas. E, além do que, ela sempre podia criar uma personagem com o mesmo problema e passar noites pensando em como resolvê-lo, para desvendar a si mesma por tabela e fingir impessoalidade.

Dirigindo de volta pra casa, prometeu a si mesma que, se seu livro fosse um *best-seller*, ela não mentiria nunca mais.

Nina nem sequer esperou que Liz entrasse em casa para saltar para fora de seu apartamento e começar o interrogatório. Com a tela do celular erguida bem na fuça da amiga, exibindo o infame *story*, ela começou:

— Então era esse o assunto de trabalho que a *Vanessa* tinha para tratar com você? — ironizou, com uma das sobrancelhas arqueadas. — Por que não me disse que estava saindo com a sua chefe?

Encurralada contra a porta, Liz sentiu o rosto queimando, e um formigamento nas mãos que a fizeram titubear. Era a hora da verdade, ou melhor, a *hora da mentira*. Ela precisaria verbalizar pela primeira vez que estava saindo com Diana Marinho, e não tinha certeza se era capaz de fazer isso não soar como o maior absurdo imaginável pelas sociedades cívicas.

— É meio recente. — *Tem, tipo, umas 3 horas.* — Eu ia te contar.

Liz afundou os dentes na carne dentro da boca. Ela dava pistas não-verbais demais quando mentia.

— Achei que você não gostasse dessa mulher! Semana passada mesmo você tava reclamando sobre como ela te faz ficar depois do horário e te deixa cuidando do cachorro.

— Ela pode ser mesmo uma megera como chefe às vezes, mas, sei lá, é fácil gostar dela como outras coisas, por outros motivos.

O rosto de Nina suavizou e Liz, impressionada com a própria cara de pau, suspirou aliviada. Ela tinha deslizado para fora dessa saia justa feito manteiga.

— Isso é um jeito muito cafona de dizer que ela é boa de cama.

Liz abriu a boca para protestar, enquanto as pontas de suas orelhas ficavam vermelhas, tal como seu rosto inteiro. Nada havia a preparado para essa insinuação que, parando para pensar, era perfeitamente previsível. Mas algo entre a surrealidade da situação e a cautela para sustentar sua farsa a fizeram esquecer que é comum as pessoas assumirem que duas pessoas num relacionamento fazem sexo.

— Será que a gente pode não falar disso?

— Você começou. — Nina ergueu as mãos em rendição. — Eu tô feliz por você.

Nina sorriu. Ela tinha dentes bonitos, não chegavam a ser perfeitos de um jeito irritante como os de Diana, mas ainda assim compunham um dos sorrisos mais bonitos que Liz já havia visto; branco e com um espacinho adorável entre os dentes da frente.

— Está feliz por que sua amiga solitária do outro lado do corredor enfim arranjou alguém e vai sair do seu pé?

— Para com isso! Eu preciso conhecer essa mulher e saber se ela é tão bonita pessoalmente como você costumava dizer quando começou a trabalhar pra ela.

— Acredite, ela é.

E Liz a detestava por isso.

— Sua palavra não conta mais, agora que está apaixonada por ela. E se a gente marcasse um encontro duplo?

Não era preciso ser nenhum gênio para compreender que aquela era uma ideia péssima. Se quisesse que Nina acreditasse que ela estava mesmo num relacionamento com Diana, precisava garantir que ela nunca visse as duas juntas em hipótese alguma, caso contrário ela perceberia. Marina já tinha visto Liz apaixonada por alguém — ainda que ela não soubesse que o objeto da paixão era ela. Ela notaria em menos de cinco minutos a falta de química e o absoluto abismo emocional que dividia as duas porque, de algum jeito, Nina a lia como poucos conseguiam.

— Quer saber? Acho uma ótima ideia. — *Você tá livre no dia 30 de fevereiro?* — Agora, eu tenho que tomar um banho e dormir, se você me permite entrar na minha casa.

Marina riu e recuou alguns passos.

— Boa noite. E, ah, obrigada pelo filme hoje mais cedo, eu consegui relaxar depois e colocar meus pensamentos em ordem. Acho que estava surtando por conta dessa nova fase com a Érika e, você tem razão, tem tudo para dar certo.

Liz franziu o cenho. Nunca dissera que "tinha tudo para dar certo". Ela dissera um "vai dar certo" da boca para fora, e nem sabia se acreditava nisso. Mas, mais uma vez, não seria ela a frustrar as expectativas da amiga. Por mais que sentisse que devia intervir, queria acreditar que não havia nada como a experiência e, no fim, quem sabe desse mesmo certo?

— Não tem de quê. — Com um sorriso ínfimo, Liz destrancou a porta e girou a maçaneta.

Do lado de dentro, fechada no silêncio de seu apartamento, atirou o corpo contra a porta e deslizou até o chão. Só percebeu o quão estava exausta quando o traseiro encontrou o piso gelado e seus membros se desmontaram como os daqueles bonecos baratos de feira.

Naquele momento, ela precisava de um banho quente e dez horas de sono ininterruptas. Podia sentir culpa por não trabalhar em seu livro amanhã.

Capítulo 5

LIZ FLORES TEM TUDO SOB CONTROLE.

Às sete da manhã de domingo, Liz acordara com uma mensagem de sua chefe. Era um print das visualizações do story das duas e, dentre o monte de rostos e usuários, tinha a *@giselafreire19*. Gisela Freire era ninguém menos do que a esposa de Cassandra Campos.

Liz [07:43]: uau

Liz [07:43]: estamos 1 story mais próximas da sua promoção

Diana [07:44]: Espero que ela tenha mostrado esse para a Cassandra e agora elas estejam comentando sobre como eu sou a escolha perfeita para ser a nova coordenadora do departamento

Liz [07:56]: quanto a última parte eu não sei, mas nada como uma boa fofoca para edificar uma relação

Diana [07:58]: Toda a empresa já deve estar sabendo uma hora dessas

Diana encaminhou um segundo print com os dados do story, que alcançara um total de 532 visualizações e mais de 20 compartilhamentos até aquele momento.

Liz [08:17]: ótimo

Liz [08:17]: significa que o plano deu certo

Diana [08:18]: Tem razão. Agora não dá mais pra voltar atrás

Liz [08:23]: você pretendia voltar atrás?

Diana [08:35]: Não!!!

Diana [08:35]: Foi só uma constatação

Na segunda-feira, Liz e Diana chegaram juntas na STARts. Antes de passarem pelas portas giratórias, elas trocaram um olhar cúmplice e tiveram o cuidado de caminhar lado a lado, ocupando mais do espaço pessoal uma da outra do que normalmente faziam. Para Liz, era agoniante ter que acompanhar os passos de Diana, já que um passo de da loira com suas pernas longas equivalia a dois da chefe.

Enquanto treinava desacelerar o passo, Liz se perguntava se estava paranoica demais ao sentir olhares em sua direção. Até o "bom dia" das pessoas que estavam na recepção soou diferente. Perguntaria a Diana, mas duvidava que ela saberia dizer, já que estava acostumada a ser observada por ser quase sempre a mulher mais bonita nos lugares.

No elevador, enquanto Diana Marinho era um poço de tranquilidade digitando algo no celular, Liz balançava perna feito uma maníaca.

— Será mesmo que todo mundo já sabe? — perguntou. Levou alguns segundos para que Diana erguesse o rosto e encontrasse os olhos dela.

— Tenta não pensar muito nisso. Deixa acontecer.

— Tô tentando, mas eu não pensei que fosse ficar tão desconfortável.

— Desconfortável com o que exatamente?

Liz não sabia dizer. Não costumava ter problema com olhares. Era uma loira de 1,70 que vestia preto demais. Mas receber atenção por algo que não era nada além de uma farsa deslavada podia ser desconfortável; a sensação era de ser uma mentirosa diante dos holofotes.

— Na sexta eu saí daqui como uma funcionária qualquer e agora eu sou a garota que está tendo um casinho com a chefe.

— Ah! — Elas saíram do elevador e, se na recepção tinha meia dúzia de pessoas olhando para elas, agora era um andar inteiro. Os outros agentes do departamento nem sequer se esforçavam para disfarçar. — Você se acostuma.

Sem aviso prévio, Diana reclinou o corpo e deu um esbarrãozinho em Liz com seu ombro de um jeito afetuoso, para depois enlaçar o braço no dela e fazê-la andar; Liz não percebera que estivera parada diante do elevador até então.

Quando enfim entraram na sala, Liz sentou-se em sua cadeira e suspirou mais alto do que pretendia antes de ligar o computador e dar início a rotina de trabalho.

— Acha que as pessoas estão acreditando? — perguntou Diana, de sua mesa.

— Não é como se eles tivessem algum motivo para não acreditar. Que tipo de pessoa sai por aí fingindo que está em um relacionamento no trabalho?

— Atores e atrizes famosos, jogadores de futebol, músicos... Você não faz ideia do que rola por debaixo dos panos. As pessoas fazem de tudo para alavancar uma carreira ou encobrir um segredo.

— Eu ia perguntar, mas deixa para lá. Quem somos nós para julgar? — Liz relaxou, deslizando o corpo na cadeira reclinável. — A propósito, já sabe como vai fazer para falar com a Valentina sobre o meu livro?

— Você já tem o *pitch*?

O bendito pitch.

Ela tinha pesquisado sobre isso no dia anterior e descobrira, para a surpresa de absolutamente ninguém, que era péssima em vender uma ideia. Por mais que conhecesse a história de cor e salteado e soubesse o potencial que tinha como escritora, não sabia como faria para usar as palavras certas para convencer as outras pessoas disso.

— Precisa *mesmo*? Eu não posso só contar a história pra ela e deixar que ela perceba todo os pontos fortes durante a leitura?

— Claro que pode. Mas não vai dar certo, e eu é que não quero ser cúmplice do seu fracasso. Posso ler o livro antes e te ajudar a pensar em algumas propostas, é só você me enviar.

Liz odiou a ideia. Apesar de ser uma ficção de cabo a rabo, o livro era pessoal demais para estar nas mãos da sua chefe, e não estava sequer concluído. Mas, antes que ela pudesse recusar a ideia sem ser indelicada, bateram na porta.

Era a assistente pessoal de Carmen Alvarenga, que solicitava a presença das duas em sua sala com urgência. Liz e Diana trocaram um olhar cheio de desconfiança. O pressentimento dizendo que não podia ser nada de bom e, com toda certeza, tinha a ver com aquele *story* e o burburinho no escritório.

A sala de Carmen possuía duas vezes o tamanho das salas dos agentes. A vista era ainda mais ampla, com um minibar bem abastecido e um sofá espaçoso, sobre o qual Liz e Diana foram convidadas a se sentar. Momentos depois, enquanto Carmen as servia água com um ar de suspense, Vanessa abriu a porta.

Quando o olhar de Liz cruzou com o de Van, a loira precisou usar cada componente racional em seu corpo para segurar a risada. E não era difícil notar que a amiga fazia o mesmo, pelo fato de ela evitar contato visual a qualquer custo.

— Eu chamei vocês duas aqui porque fiquei sabendo de uns rumores que me deixaram bastante intrigada — disse Carmen, sentando-se numa das poltronas diante delas. Enquanto isso, Van permaneceu de pé encarando o chão, o teto, a mobília, qualquer coisa que não fosse Liz ou Diana. — Como líder, tem certas coisas que eu preciso saber e reportar.

Ela apontou para Vanessa com o queixo.

"Reportar" era uma palavra agressiva, tinha um tom de denúncia. E Liz perguntou-se, pela primeira vez, se o fato da analista do RH estar ali era um mau sinal.

— Mas é claro — disse Diana, com a calma de sempre na voz. Nunca dava para dizer se ela estava realmente calma ou se estava fingindo. — De que rumor você está falando?

— De vocês duas. — Ela usou o indicador para apontar Liz e Diana. — Se estão tendo alguma relação que ultrapasse o profissional, eu preciso saber.

Liz quis revirar os olhos. Bem que Carmen podia ter esse interesse todo na extrapolação da relação profissional quando Diana a fazia trabalhar nos finais de semana.

— Nós estamos namorando — disse Diana, a frase causando um estranhamento desconfortável e um calafrio em Liz. Ela não sabia se conseguiria verbalizar assim, sem titubear. Nem sequer soava convincente, mas Carmen arqueou as sobrancelhas grossas e grisalhas e gesticulou para que Diana prosseguisse. — Estamos *oficialmente* namorando.

— Desde quando?

— Fazia alguns meses que estávamos saindo. No começo era algo mais casual, porque não queríamos misturar as coisas, mas foi ficando sério e decidimos que era a hora de contar para as pessoas. — Liz sentiu o olhar da chefe sobre si e virou o rosto para ela. Um sorriso fino surgiu nos lábios da mulher e ela instintivamente retribuiu. Essa era coisa mais esquisita que ela fazia desde que beijara sua prima aos doze anos em uma viagem de família. Do completo nada, a mão de Diana estava sobre a sua, por cima da coxa, quente como brasas. — Não é um problema, certo?

Diana olhou para Carmen outra vez, com o queixo erguido. Era óbvio que ela tinha tudo sob controle, então Liz só precisava manter a boca fechada e os olhos longe de Vanessa.

— Não é um problema, mas tem certas implicações. Por isso eu pedi pra Vanessa subir e orientar as duas sobre o nosso protocolo de relacionamentos dentro da empresa.

— Protocolo de relacionamento? — Liz pensou alto. — Que protocolo de relacionamento?

Foi a primeira vez que ela olhou para Van, enquanto a amiga deslizava para fora de um envelope pardo um amontoado de folhas grampeadas e o entregava para Carmen. O termo "protocolo" rondava sua mente feito um zumbido persistente.

— Depois de alguns conflitos internos — na verdade, ela queria dizer "processos judiciais" —, a coordenação do RH junto com a diretoria formulou um termo para regularizar os relacionamentos entre funcionários. Vou deixar a Vanessa explicar melhor, porque tenho uma reunião daqui a cinco minutos, mas saibam que todos os direitos de vocês duas serão resguardados por esse termo.

Ela se colocou de pé, enquanto Liz tinha parado na parte do "regularizar os relacionamentos" e o que diabos isso poderia significar. Estava tão tensa, que nem mesmo olhar para Van poderia colocar um sorriso no seu rosto.

A única coisa capaz de interromper o fluxo de seus pensamentos foi a ausência do calor da mão de Diana sobre a sua, quando a chefe se levantou para acompanhar Carmen até a porta.

— Estou surpresa — disse Carmen apenas para Diana. — Desde quando você começou a *jogar no outro time*?

A expressão saída diretamente dos anos 90 fez Liz revirar os olhos em silêncio, e outra vez depois que Diana deu uma risada irritante e respondeu com o "*pois é*" mais condescendente da face da Terra.

Ela olhou para Vanessa pela primeira vez em muito tempo e o rosto vermelho da amiga fez com que ela precisasse cobrir a boca e olhar para o lado para segurar a risada. Felizmente, Carmen já tinha saído da sala e, momentos depois, nem Liz e nem Vanessa foram capazes de se segurar.

A risada das duas formou um coro caótico, ecoando nas paredes daquela sala feito ruídos que Diana Marinho não era capaz de compreender.

— Caramba, acho que esse é o melhor dia da minha vida — disse Vanessa. — Eu não acredito que você vai mesmo fazer isso.

— Espera aí — disse Diana num tom bem mais alto para conseguir se sobressair entre os risos. — Ela sabe?

O silêncio constrangedor e os olhares cúmplices entre Liz e Vanessa logo após a pergunta foram autoexplicativos. Diana cruzou os braços, possessa, e marchou até o sofá outra vez, sentando-se a uma distância considerável de Liz.

— De todas as pessoas para quem você podia contar, você foi contar logo pra analista do RH? — Diana deu um suspiro longo, segurando o rosto com os dedos das têmporas. — Tá de brincadeira?

— A Van é a minha melhor amiga. E, pra constar, eu não teria aceitado fazer parte disso se ela não tivesse me convencido, então relaxa. Ela não vai contar.

— O segredo de vocês está seguro comigo — disse Vanessa, após recuperar o fôlego. — O que não significa que eu vá deixar de fazer piada com isso, ou livrar as duas de assinarem o termo de relacionamento.

— O que diz nesses papéis? — perguntou Liz.

— A maior parte é apenas uma formalidade assegurando que a STARts não pode demitir os funcionários por estarem se relacionando, e o resto nem se aplica a vocês. As cláusulas principais são as que dizem que é proibido qualquer demonstração "exacerbada" — ela fez aspas com os dedos — de afeto nas dependências da empresa, se é que vocês me entendem. Tivemos que acrescentar depois que as câmeras de segurança capturaram umas cenas bem explícitas. Tem também a que dá estabilidade de 6 meses caso uma das pessoas seja subordinada a outra a partir que a relação for declarada encerrada. Aliás, eu sou obrigada a perguntar: essa é uma relação consensual, sem coação ou assédio de alguma das partes? — Van suprimiu um sorrisinho sarcástico, olhando as duas.

— Quer saber? É uma zona meio cinza. Eu me senti meio coagida quando ela me propôs um namoro falso sem nem me chamar para jantar antes.

— Devo relatar isso ao meu coordenador para iniciarmos uma denúncia? — Vanessa riu.

— Uau, como vocês são engraçadas. Estou morrendo de rir — ironizou Diana. — O que mais diz aí? Algo com o que a gente deva se preocupar?

— Diz que os envolvidos devem declarar o término da relação e que denúncias de assédio moral e sexual só serão levadas adiante caso tenham ocorrido após a declaração. É para evitar que as pessoas se aproveitem da situação para ferrar a empresa no futuro.

— Só isso? — perguntou Diana.

—Só. Não é nada mirabolante e, como eu disse, a maior parte não se aplica a um namoro de mentira, então podem ficar sossegadas.

Van estendeu uma caneta esferográfica às duas, e Diana foi a primeira a assinar o termo, Liz fez o mesmo em seguida.

— Oficialmente namorando — disse Liz, bufando e se levantando do sofá. Não percebera, mas suas pernas estavam fracas e suas mãos suando frio. — Podemos voltar ao trabalho? Minha chefe é meio cismada com horários.

Vanessa riu enquanto Diana revirava os olhos.

— Eu esqueci de uma coisa: em caso de casamento ou filhos, nós do RH também precisamos saber.

— Vocês duas compartilham um neurônio? É uma piada pior do que a outra — resmungou Diana, se levantando também. — Vamos logo, antes que eu comece a reconsiderar se preciso mesmo dessa promoção.

Quando elas voltaram para a sala de Diana, Liz mal esperou que a porta fosse fechada para perguntar:

— Você sabia que a gente ia ter que declarar o nosso relacionamento falso pro RH?

— Eu sabia que eles iam querer fazer perguntas, mas não sabia daquele termo. Achei meio bizarro e invasivo, mas acho que a gente não tem com o que se preocupar.

— Exceto que não estamos namorando de verdade. E se alguém descobrir?

— Ninguém vai descobrir e, mesmo se acontecer, não existe uma regra que proíba duas pessoas de fingirem um relacionamento.

— Não existe, mas ainda assim pode ser visto como desonestidade, vantagem indevida ou até assédio moral da sua parte.

— Você tá surtando atoa, Liz. Dá pra provar que duas pessoas estão tendo um relacionamento, mas dificilmente dá pra provar o contrário. — Diana sentou-se na cadeira e alongou os braços de um jeito preguiçoso. — Essa conversa me deu dor de cabeça, e me fez lembrar que você não buscou meu frappuccino hoje.

— É, porque a gente combinou de chegar juntas e você não queria enfrentar a fila, lembra?

Diana assentiu, depois checou seu *smartwatch*. Ainda faltavam duas horas para o almoço.

— A fila deve ter diminuído. Traz uma torrada também, tá?

Sem esperar uma resposta ou reação, Diana Marinho colocou os AirPods e se concentrou na tela do computador. Liz queria protestar dizendo que tinha coisas demais a fazer, e que alguma das 20 máquinas de café da STARts tinha que servir um café gelado e doce que ela gostasse, mas aquela manhã já havia sido cansativa o suficiente.

Capítulo 6

LIZ FLORES É UMA BORBOLETA SOCIAL.

— Eu não devia estar aqui — disse Liz, depois de olhar em volta e se ver cercada por subcelebridades e *Faria Limers*.

Era uma quarta-feira. Ela e Diana estavam num pequeno evento externo da STARts, uma convenção de agentes e agenciados do departamento delas, com a presença de um público selecionado de investidores, clientes e convidados.

Liz estava habituada àquele universo somente por detrás das telas, não tinha o costume de frequentar eventos que dispensavam sua presença, e a maioria deles dispensava. Era só uma assistente pessoal. Sua função era certificar-se de que Diana estaria lá.

Sua chefe adorava a coisa toda do contato com as pessoas, o *networking* e dispensar sorrisos gratuitos; Liz era o exato oposto. Costumava usar o tempo que tinha enquanto a chefe estava fora para adiantar todo o trabalho e ter umas horinhas extra do dia para trabalhar em seu livro; o que seria o mais inteligente a se fazer, já que ela precisava acelerar a reescrita e trabalhar no *pitch*.

Mas, ao invés disso, ela estava zanzando por aí com uma credencial da STARts balançando em seu pescoço, e evitando contato visual com as pessoas, porque começara a sentir os olhares curiosos dos colegas de trabalho desde que a notícia sobre seu "namoro" com Diana se espalhara feito fogo em uma pilha de folha secas.

Diana Marinho queria que ela estivesse lá, já que "*O Arthur Fraga sempre leva o noivo dele para os eventos da empresa*".

Que azar o dele, pensou Liz.

As duas já tinham se encontrado com alguns clientes, mas Liz mantinha-se distante o suficiente para não precisar falar ou ser apresentada, apesar da curiosidade por saber se Diana a apresentaria como assistente ou como namorada. Ou como assistente-namorada.

Sua curiosidade não era maior do que sua falta de bateria social, entretanto.

— Liz, eu juro por Deus que se você passar a próxima hora inteira sem reclamar eu te dou um dia de folga — murmurou Diana, depois girou nos calcanhares para cumprimentar uma moça que, a jugar pelo excesso de maquiagem e de lantejoulas na roupa, só podia ser uma dessas blogueiras em ascensão. — As pessoas do departamento precisam ver a gente juntas fora da empresa e do Instagram. A *Cassandra* precisa ver a gente juntas, e ela vai estar aqui hoje.

— Tá. — Liz bufou. Fazia parte do jogo, ela devia saber, quando aceitou a proposta, que namorar Diana Marinho de mentirinha viria com a tortura de ser carregada por aí feito um chaveiro para ambientes que não a comportavam, mesmo que ela nascesse de novo quinze vezes. — Eu só tô entediada. E com fome.

Sua primeira e última refeição do dia fora um pão na chapa com o café ralo da padaria da esquina de seu prédio às 8:30. Ela estava atrasada demais e precisava pegar o metrô para a Zona Norte porque tinha se esquecido de abastecer o carro. Agora, às 11:15, sentia o borbulhar de seu estômago implorando por comida enquanto caminhava por cenários instagramáveis, piscinas de bolinha e estandes de patrocinadores e parceiros do evento. Era tanto rosa e neon que piscar por tempo demais trazia a sensação uma viagem de ácido.

— A gente já vai comer. Mas antes... — Ela caminhou para perto de um dos cenários chamativos. A reprodução do que era para ser um campo de flores, só que com estrelas rosa-choque em caules brancos emergindo do gramado. — Tira uma foto minha aqui.

Liz revirou os olhos. Aquela foto podia muito bem ser tirada depois que ela estivesse alimentada, mas ela preferia ganhar um chute na canela a explicar isso para Diana. Portanto, ao invés de manifestar qualquer comentário, preferiu acabar logo com aquilo e estendeu a mão para pedir celular da chefe.

— Espera. — Diana estava pronta para entregar-lhe o celular, mas hesitou. — Tira com o seu, depois posta um story e me marca.

— Hã?

— Não! Eu tive uma ideia melhor. — No instante seguinte, Diana caminhou para fora do cenário e parou um grupo de pessoas. — Será que vocês podem tirar uma foto minha com a minha namorada?

Com um sorrisinho simpático, uma delas segurou o celular de Diana e esperou que as duas fizessem uma pose, mas Liz ainda estava meio desnorteada.

A mão macia e morna de Diana segurando a sua e a puxando para dentro daquele cubículo rosa e enjoativo a fizeram ficar alerta de novo e, quando menos esperava, estava posando para a foto.

— Cheguem mais perto, para enquadrar melhor — disse a moça com o celular, gesticulando, e as duas deram meio passo na direção uma da outra. Percebendo como aquilo sairia como a foto de dois manequins, Liz tomou a liberdade de encaixar a mão na cintura de Diana por trás, o que a fez empertigar-se, mas sem desvencilhar. — Perfeito.

Nos cinco segundos que seguiram, Liz tentava manter o sorriso no rosto enquanto dispersava seu foco da sensação da pele de Diana esquentando seus dedos sob o tecido da blusa, o suave movimento das costelas contraindo e expandindo com a respiração.

— Muito obrigada — disse Diana, depois de sair andando para pegar o celular outra vez, deixando Liz no mesmo lugar, olhando pro nada.

— Não tem de quê! Vocês são lindas juntas.

Uma risada nervosa e um aceno de despedida sem jeito foi o que a moça recebeu como resposta. Quando Diana se virou para Liz outra vez, as maçãs de seu rosto estavam mais rosadas do que ela se lembrava.

— Ela só estava sendo educada — disse Liz, com um sorrisinho de canto. Educação era a única razão plausível, na cabeça dela, pelo que alguém poderia dizer uma coisa dessas. Liz e Diana eram como peças de lego que, além de não fazerem parte da mesma coleção, também não se encaixavam. — Agora a gente já pode comer?

Enquanto Liz devorava uma fatia enorme de pizza sabor pepperoni, Diana fazia uma curadoria minuciosa de qual filtro usar para postar a foto das duas nos *stories*. Ela estava encarando a tela há tanto tempo, que a omelete de queijo sobre o seu prato permanecia intocada, esfriando.

Elas estavam sentadas na pequena praça de alimentação do evento há minutos, e os olhos focados de Diana nem sequer a permitiam perceber as pessoas ao redor.

— Acho que esse ficou bom. — Marinho ergueu a tela do celular diante do rosto de Liz, que viu a foto das duas pela primeira vez. Com o filtro realçando o rosa das estrelas e o tom de bordô do batom de Diana, também o contraste que suas roupas monocromáticas faziam com o resto da composição, Liz precisava admitir que era uma foto bonita. — O que você acha?

— Acho que você está colocando energia demais numa foto que vai durar 24 horas e depois sumir.

— Estou pensando em postar no *feed* também.

Liz ergueu as sobrancelhas.

— Ousado. E sua família?

— Se eu não colocar uma legenda sugestiva, ninguém vai adivinhar que você é minha namorada falsa. — Diana balançou os ombros. — Quem tinha que saber, já sabe.

— Justo. — Reclinando-se no encosto da cadeira, Liz tomou um longo gole de refrigerante usando um canudo de papel deplorável, que se desintegrava aos poucos dos dois lados. Depois, percorreu os arredores com os olhos outra vez, para identificar 3 rostos familiares. — Não olha agora, mas a Cassandra está vindo para cá com a esposa e o Arthur Fraga.

Liz deveria saber que, no instante em que você diz a alguém "não olha agora", o primeiro reflexo que a pessoa tem é virar-se imediatamente para fazer o que foi dito que ela não fizesse. E com Diana não foi diferente. Ela girou o pescoço num ângulo de quase 90 graus e depois tornou a olhar para Liz, com a expressão de desgosto que só ela sabia fazer. Se tivesse tido tempo, a loira riria, mas Cassandra e os outros chegaram perto da mesa delas e Diana teve que se levantar às pressas para cumprimentá-los.

Eles deram abraços e beijinhos no ar. Liz pôde sentir o calor dos olhares curiosos se esgueirando até ela vez ou outra, como se fosse um animal exótico.

— Que bom rever você, Gisela — disse Diana à esposa de Cassandra. Era uma mulher bonita, jovem, de longos cabelos escuros e rosto redondo. — Vocês conhecem a Liz. Minha assistente, que também é minha namorada.

Enquanto Liz trocava apertos de mão — não era fã de abraços, nem de beijinhos no ar — com aquelas pessoas, Diana contava a 'novidade', mas nenhuma delas ficou surpresa. É claro que não ficariam. Fazia cinco dias que elas estavam sustentando a mentira, postando fotos, almoçando juntas e andando de mãos dadas de vez em quando por aí. Como Diana dissera: quem tinha que saber, já sabia com riqueza de detalhes. Ou ao menos *achavam* que sabiam.

— É um prazer te conhecer, Liz — disse Gisela.

Liz deu um sorrisinho breve como resposta.

— E o que vocês estão achando do evento? — perguntou Cassandra.

Um tédio.

— Está ainda melhor do que o do semestre passado. Tem muita gente nova por aqui, não tem? E eu ouvi dizer que dobraram a capacidade de ocupação, isso é um ótimo indicativo — disse Diana.

— Com toda certeza, mas é só um resultado da excelência do nosso trabalho. — Cassandra tocou o ombro de Diana, deixando a mão descer até o cotovelo. Fora um toque sutil, mas inesperado. — Eu vou dar uma palestra no palco principal em 20 minutos. Espero ver vocês na plateia.

Havia algo diferente sobre ela do que nas últimas vezes em que se viram, algo que Liz só podia assumir como sendo a quebra da defesa natural que acontece quando uma pessoa LGBT+ encontra outra pessoa LGBT+. Ela estava vendo, diante de si, a teoria de Vanessa e de Diana fazer sentido pela primeira vez, e se sentindo idiota por não ter enxergado o que agora parecia tão óbvio.

— Estaremos lá — disse Diana, a animação clara em sua voz enérgica.

Eles se despediram, e a ausência daquelas pessoas foi como poder respirar ar puro depois de minutos presa em fumaça.

— Você viu a cara do Arthur? — perguntou Diana, sentando-se outra vez e enfim comendo sua omelete.

— Vi. Você acha que ele sabe?

— Sabe do que, exatamente?

— Disso.

Com um gesto exagerado das mãos, Liz apontou para si e para a sua chefe, que continuava mastigando a comida, sem nem sequer uma ruga de preocupação.

— Talvez ele saiba e, honestamente, eu não dou a mínima. Você viu como a Cassandra estava empolgada falando com a gente? Ela nunca tinha conversado tão perto de mim antes.

— Você parece uma adolescente depois de ir no show da sua banda favorita. Eu notei que ela estava mais amigável, sim, mas sei lá, pode ser que ela só esteja tendo um dia bom.

— Você é *tão* pessimista.

— Realista. É diferente. — Liz cruzou os braços. — Mas talvez agora eu consiga ver por que você acha que essa coisa de namoro falso vai funcionar.

— É mesmo? E por quê?

— Você é hétero, então não entenderia, mas quando nós LGBT vivemos num ambiente repleto de gente hétero e cis, tendemos a ser mais amigáveis com outras pessoas da comunidade. Nos conectamos mais fácil, sabe? E a Cassandra é Diretora justo do departamento de Influencers, que é tipo a *Vitrinni* da STARts.

— Ei! Eu já frequentei a Vitrinni.

— Esse é o meu ponto.

Diana cerrou os olhos e ergueu o dedo médio. Vitrinni é uma casa noturna de São Paulo, com uma concentração preocupante de héteros por metro quadrado, onde só gente muito rica e muito parecida vai.

— Pelo menos você já admitiu que eu posso estar certa, então vou considerar como uma vitória.

— Chame como quiser. Se conta, eu não me importaria em estar errada, contanto que Valentina Rosa me note e me arranje um contrato com uma boa editora.

Com uma sobrancelha erguida e o garfo com omelete no meio do caminho para sua boca, Diana provocou:

— Eu preciso falar aquela palavra com '*P*?

Liz sentiu o rosto ficar quente.

— Me dá mais um tempo, tá? Eu juro que vou preparar o melhor *pitch* que você já leu.

— Eu já disse que posso ajudar, se você quiser.

— Eu não sei se é uma boa ideia. É um projeto meio pessoal.

— Um projeto pessoal que você pretende expor em livrarias do país inteiro. Que diferença faz se eu ler agora ou depois?

Diana tinha razão. Não tinha nenhuma diferença. Mas elas eram próximas, e a única pessoa próxima com quem Liz se sentia confortável o suficiente para compartilhar seus textos até hoje era Nina.

— Eu tenho que melhorar o texto. E, além do mais, seria bom aprender a fazer isso sozinha.

— Seria. Mas você não precisa. — Diana se levantou, sem antes terminar de comer, a palestra de Cassandra estava prestes a começar. Ela deu uns passos na direção de Liz e apertou seu ombro. — Estou aqui, caso mude de ideia.

— Obrigada pela carona — disse Liz, sentada no carro de Diana enquanto ela dirigia até o bairro Liberdade para deixá-la em casa. — É um milagre um evento da STARts ter acontecido mais perto da minha casa do que da sua.

— E ainda assim você conseguiu se atrasar.

O Chevrolet Prisma cinza-chumbo de Diana era uma verdadeira zona. Não era sujo, porque Liz cuidava de agendar a limpeza e aspiração dos bancos a cada dez dias, mas era entulhado de papéis, pastas, roupas, maquiagem e toda a sorte de objetos pessoais. E, claro, a coleira, o cesto, brinquedos e um reservatório de água e comida para Louis.

Ser metódica com o trabalho vinha com o preço de ser altamente desleixada com a sua vida pessoal. Liz sabia disso como ninguém, assistindo Diana esquecer de fazer compras para a casa, pagar a conta de luz ou comprar presentes de aniversário. Por isso ela assumia algumas dessas funções, mesmo que não fosse seu trabalho; porque Diana acabaria perdendo o controle.

Faria isso por qualquer pessoa próxima.

Ou gostava de pensar que faria.

— Estou ansiosa para a reunião de departamento amanhã — disse Diana, os dedos tamborilando contra o volante.

— Deveria mesmo era ficar ansiosa com a noite de casais que a Carmen prometeu fazer na casa dela. Torce para ela esquecer disso ou desistir de chamar a gente.

— Puta merda. É verdade. Acha que vai ficar óbvia essa coisa do namoro falso?

— Acho que nós estamos nos saindo bem até agora. A gente só precisa... — O celular de Liz começou a tocar em seu bolso. No visor, o contato “Mãe” bem grande. — Desculpa, eu preciso atender.

Diana assentiu com um balançar da cabeça, os olhos, mais do que nunca, focados no caminho outra vez.

— Oi, mãe.

— Oi, desaparecida! Te mandei um milhão de mensagens e você não respondeu.

— Ah! É só o meu celular no silencioso. Desculpa mesmo, eu já vou te responder, tá?

— Era só para saber como estão as coisas. Tá tudo bem por aí?

— Está. E com a senhora?

— Merda — murmurou Diana, seguida por uma freada brusca do carro.

Um gato surgira de debaixo de um carro estacionado e quase tinha partido dessa para uma melhor.

— Tem alguém com você? — perguntou Cindy Flores. — Você não está matando aula pra namorar, está?

— Mãe! — Mesmo que Diana não pudesse escutar o outro lado da linha, as bochechas de Liz ficaram quentes. — Não, eu não estou. É só uma amiga.

— É a Nina?

— Não...

— A Vanessa?

— Também não. Eu tenho que desligar, tá?

— É aquela garota de quem você me falou?

— Mãe, por favor...

— Você já foi mais aberta comigo. Está acontecendo alguma coisa?

Sim. Muitas coisas ao mesmo tempo, mas você não pode saber de nenhuma delas.

— Não está acontecendo nada, dona Cindy. Mas é falta de educação ficar falando no celular perto de outras pessoas, então eu vou desligar, tá?

Ela ouviu o suspiro frustrado de sua mãe do outro lado da linha.

— Está bem. Boa-noite, meu amor.

— Boa-noite, mãe.

Quando Liz enfim tocou no botão que encerrava a chamada, sentiu o peito mais leve. Ligações com a mãe sempre vinham carregadas de uma forte sensação de culpa e pitadas de desespero. Era como se sua mentira ficasse mais insustentável a cada conversa; porque ela queria contar tudo, mas ao invés disso, assistia à bola de neve ficar cada vez maior, pronta para destruir a confiança de sua mãe ao final da ladeira.

— Mãe superprotetora? — perguntou Diana.

— Mais ou menos. Ela sabe que eu sei me cuidar, mas sempre acha que eu estou escondendo alguma coisa para não deixar ela preocupada.

E, parando para pensar, ela não está tão errada assim.

— Ela ainda mora na sua cidade?

— Mora. Ela ama Ribeirão Preto por algum motivo, mas eu não compartilho do mesmo sentimento. Então, quando meu pai se mudou para São Paulo eu convenci ela a me deixar vir.

— Mas você não mora com o seu pai. Mora?

— Não. De jeito nenhum. A gente mal se vê. Só em datas comemorativas ou quando meu carro dá problema e eu preciso pedir ele para levar no conserto já que, segundo ele os caras da oficina vão cobrar mais caro por *eu ser mulher*. Eu deixo, porque ele sempre acaba pagando.

Diana riu.

— O que foi? — perguntou Liz.

— A minha família é muito diferente. — Diana tirou os olhos do trânsito por alguns instantes. Elas já estavam quase chegando. — Meus pais são casados há 33 anos e sempre fomos muito unidos. Eu saí de casa só depois dos 26 porque convenci eles que meu ex-namorado e eu precisávamos de um lugar só pra nós, já que pretendíamos nos casar. Corta pra eu terminando com ele um ano depois.

— Acho que você só queria ficar sozinha. — Liz riu.

— Mais ou menos. Eu sinto falta de ter companhia, alguém para conversar depois que chego do trabalho a noite. Mas os meus pais sabem ser invasivos quando querem, então por mais que a gente se veja com frequência, é bom estar em outro endereço.

— Pelo menos você tem um irmão com quem dividir a atenção. Eu sou a única filha da minha mãe e é meio sufocante precisar carregar todas as expectativas dela sozinha.

Liz sabia que Diana tinha um irmão, porque ela era aquela pessoa apegada à família – de um jeito que nem Freud saberia explicar –, que usava toda e qualquer oportunidade para falar sobre ela.

— É... Pelo menos. — A frase soou reflexiva, seguida por um suspiro sufocado.

Talvez fosse um tópico sensível, no qual Liz não tinha a menor intenção de insistir. Elas já estavam a dois quarteirões do apartamento e a viagem seguiu, até terminar num "até amanhã" que soou como um pacto de silêncio.

Capítulo 7

LIZ FLORES NÃO ACHA QUE VIOLÊNCIA É A RESPOSTA.

Às dez e pouca da manhã, quando todo o Departamento de Influencers estava reunido numa sala para falar sobre *cases, budgets, follow-ups e endomarketing,* Liz estava com um olho em seu café e outro em Adrian Marinho. Diana trouxera o irmãozinho para escritório, porque a mãe precisava resolver alguns assuntos no centro, o pai deles estava viajando e não havia ninguém para cuidar dele até o horário de ir para escola.

Adrian tinha toda a sua atenção na tela de um Nintendo DS, enquanto Liz escutava um podcast sobre amnésia alcoólica para ajudá-la a reestruturar um furo na trama de seu livro. Se sua personagem não se lembrava de ter tentado suicídio, ela precisava ao menos de uma explicação plausível, e só tinha alguns minutos até Diana voltar.

Vez ou outra, ela perguntava se Adrian estava confortável, se precisava beber água ou ir ao banheiro. Era um garoto de 10 anos, de cabelo liso escuro, franzino e meio hiperativo. Porém, como toda criança nascida depois de 2010, não hiperativo o suficiente para achar atividades físicas mais interessantes do que um aparelho eletrônico. Ele só balançava as pernas na cadeira incansavelmente, o que estava prestes a deixar Liz maluca.

Mal sabia ela que aquele dia reservava outros jeitos de se ficar maluca. Após ouvir batidas na porta, ela foi abri-la para encontrar ninguém menos do que o ex-namorado de Diana do outro lado.

Nikolas Borges era um cara alto, vítima de uma calvície precoce que abria entradas em seus cabelos castanhos dos dois lados da testa. Tinha olhos pequenos e usava um pingente de ouro com o símbolo da Medicina para exibir para todo mundo que era médico. Além do que, achava de bom tom chegar no trabalho dos outros sem avisar.

— A Diana não está — disse Liz, bloqueando a passagem para a sala com o corpo.

— Sei que isso não é verdade, ela sempre está aqui pela manhã. Eu preciso *muito* falar com ela — pediu, levando a mão à nuca porque ele achava que era um tipo de charme que o deixava irresistível para as mulheres.

— Ela está na empresa, sim, mas não está na sala dela, então se você puder...

— O que você está fazendo aqui? — A voz de Diana ecoou de longe.

A reunião terminara, e algumas das pessoas que estavam nela voltavam aos seus postos de trabalho. Muitas delas pararam o que estavam fazendo quando ouviram o tom agudo e indignado da voz de Diana.

— A gente tem que conversar — ditou Nikolas, virando-se para ela.

— Outra vez? — Diana estava mais perto agora, os braços cruzados e a expressão nada amigável. — A gente já conversou, Nikolas, todas as outras vezes que você queria. Agora chega, não tenho mais tempo para isso.

Sem parar para olhar o ex nos olhos, Diana adentrou sua sala em passos rápidos, se abaixou para abraçar o irmão e depois ergueu o corpo outra vez massageando as têmporas.

— Di, você precisa me dar essa última chance. Sei que conversamos, e que eu disse aquelas coisas, mas eu posso mudar, nós podemos...

— Não tem mais "nós". — Ela fez aspas com os dedos, abaixando o tom ao perceber que os olhos de Adrian e de todo o andar estavam nos dois, e na pequena comoção que estavam causando. — E, se você não for embora agora mesmo, eu vou chamar os seguranças.

— Você não pode fazer isso comigo — ele choramingou. — Eu ainda te amo.

Nikolas Borges socou a porta de vidro com força o suficiente para causar um som abafado, mas alto. O susto causou uma onda de adrenalina tão intensa em Liz, que ela podia esfaqueá-lo com uma caneta BIC. Os punhos da loira estavam cerrados àquele ponto, sua respiração alterada e uma veia saltada em sua testa. Queria chutar a bunda daquele idiota para fora, e xingá-lo de tudo que era mais ofensivo, mas, quando achou que Diana estava prestes a fazer o mesmo, a chefe suavizou a expressão de raiva em seu rosto.

Diana Marinho engoliu seco, tomou ar e começou a caminhar na direção do ex-namorado, para olhar em seus olhos mais de perto; ele era alto o suficiente para que ela precisasse inclinar a cabeça um pouco para cima.

— Eu nunca te disse isso, mas sabe por que terminei com você? Por que eu terminei com você *de verdade*? — disse a morena, dessa vez num tom mais baixo e suave, brincando com o pingente de ouro do idiota entre os dedos longos. Nikolas respondeu à pergunta balançando a cabeça em negativo, meio extasiado com a proximidade inesperada e abrindo um sorriso presunçoso. — Porque você é egoísta pra caralho, e acha que as pessoas a sua volta devem te servir e cumprir com as suas expectativas. Eu, sua mãe, suas irmãs, seus amigos e colegas de trabalho... Você não me ama coisa nenhuma, Niko. Você ama a pessoa que quer que eu seja, e a prova de que você não mudou nem um pouco é estar aqui no meu local de trabalho fazendo essa ceninha patética sem se importar em como isso me deixa furiosa *e* envergonhada. Então, eu vou pedir pela última vez: vai embora, porque se não for eu vou registrar um boletim de ocorrência e pedir uma medida protetiva. Não pega bem para um médico ter um registro como esse na ficha da polícia, né?

O sorriso de Nikolas havia sumido. A pele branca agora tinha um tom cômico de vermelho e ele enfim deu alguns passos para trás.

— Você não sabe o que está fazendo, Diana. E vai morrer sozinha, porque nenhum homem vai tolerar você e suas frescuras, ou essa obsessão por esse trabalho que você pensa que pode te levar à algum lugar.

Com uma lufada de ar em tom de desprezo, Diana deu as costas e caminhou de volta até sua mesa. Ela se lembrou que o irmão caçula estivera ali aquele tempo todo, pediu desculpas para ele e a criança assentiu com a cabeça, para depois voltar a focar no Nintendo.

Nikolas foi embora, mas precisaria mais do que bani-lo dali para acabar com o mau agouro dentro daquela sala. A multidão lá fora já havia se dispersado, mas o burburinho duraria o resto da semana.

— Você tá bem? — Liz e Diana perguntaram, ao mesmo tempo, uma para outra.

Mas Liz não viu sentido na pergunta.

Não até o sangue esfriar, e ela sentir as pernas trêmulas. Situações de tensão a deixavam nervosa. Das vezes que tentou ir à terapia, a psicóloga dissera que isso podia ter a ver com o fato de seus pais estarem constantemente brigando na frente dela quando criança e, desde então, ela evitava pensar no assunto ou engajar em situações de conflito. Mas as partes psicofisiológicas do trauma nunca pedem permissão para agir.

— Tô — disse Liz, alcançando a garrafa d'água em sua mesa para tomar uns goles. — Que babaca.

— É. — Diana suspirou, resignada, passando a mão pelos cabelos com cuidado para não estragar o penteado. — Você tá parecendo um fantasma de tão branca. Tem certeza que está tudo bem?

— Eu é quem devia perguntar. Seu ex aparece aqui e diz esse monte de merda e você pergunta se *eu* estou bem?

— Olha a boca. — Diana apontou para Adrian, que estava concentrado demais em seu joguinho para escutar o que elas diziam. — Não posso me dar ao luxo de me estressar com o Nikolas hoje, porque tenho muita coisa para fazer. Então, se você puder pegar o Adrian para passear no shopping até o almoço, vai salvar a minha vida.

Liz hesitou. Não era boa com crianças, porque nunca precisara conviver com uma, então a parte do seu cérebro que suprimia palavrões e respondia perguntas constrangedoras estava em subutilização por tempo demais. Mas ela sabia que Diana não precisava que ela levasse Adrian para um passeio para ela trabalhar coisa nenhuma, porque um Nintendo DS tem o mesmo poder que uma Górgona sobre uma criança.

Diana queria ficar sozinha e, como alguém que conhecia bem o sentimento, Liz não ficaria no caminho.

Sentada com Adrian na praça de alimentação do Iguatemi da Faria Lima, Liz tentava tirar da cabeça a cena do ex-namorado babaca invadindo o escritório de Diana e sendo um verdadeiro boçal. O silêncio de Adrian e a monotonia do shopping naquela quinta de manhã eram o cenário perfeito para ela chafurdar em pensamentos obsessivos; enquanto procurava uma explicação para ter tido tanta vontade de perder o réu primário com Nikolas Borges.

Talvez fosse mais simples do que ela pensava. Ele tinha sido um completo escroto, e homens escrotos sempre tiravam Liz do sério sem precisarem fazer muito.

— A Di nunca me deixa tomar sorvete antes do almoço — disse Adrian, enquanto segurava um copo de sundae pela metade. Era a primeira vez que ele não estava sendo monossilábico.

— Então esse vai ser o nosso segredinho, tá bom?

— Meus pais dizem que crianças não têm segredos com adultos, e que alguém me pedir para guardar um segredo é porque estão fazendo alguma coisa errada e eu preciso contar para eles.

Os pais estavam certos, e Liz tinha sido encurralada por um garotinho de 10 anos.

— Ok, sem segredinhos. Mas você quem pediu esse sorvete e eu não tinha como saber das regras alimentares da *sua casa*.

— Tá tudo bem, eu não vou contar. — Ele deu de ombros. — Não quero que ela fique ainda mais brava.

— É uma decisão sábia. — Liz engoliu em seco. — Não por mim, é claro, porque eu não estou te pedindo para não contar.

Adrian riu.

— Você é engraçada. Bem que a minha irmã disse.

— O que ela disse?

Liz arqueou a sobrancelha, tentando fingir que não estava interessada demais no que sua chefe andava dizendo sobre ela para o irmão caçula.

— Que você é engraçada. E que só usa preto. — O menino apontou para a blusa dela.

Era um pulôver preto com o bordado de uma rosa no peito e colarinho branco. *Culpada.*

Era esquisito pensar que Diana a achava engraçada, no entanto. Imediatamente, lembrou-se do meme daquela garota chamada Alixandra Garcia, que escrevera em seu anuário:

"Na verdade, eu não sou engraçada, eu só sou muito maldosa e as pessoas acham que eu estou brincando."

— Você acha que eles vão se casar? — perguntou Adrian, depois de engolir mais um pouco do seu *sundae*.

— Quem? — Liz olhou em volta, mas não tinha ninguém.

— O Nikolas e a Di.

— Ah! — Ela deu uma risadinha pelo nariz. — É claro que eles não vão se casar. Estavam brigando.

— E daí? Os meus pais brigam o tempo inteiro e são casados.

— Isso é bem diferente. As pessoas só se casam quando estão apaixonadas — *não que eu acredite em nada disso* — e, depois, é normal acontecerem algumas brigas. — *Que não deveriam acontecer na frente das crianças.* — Todo relacionamento tem problemas, alguns só começam mais cedo do que os outros e, nesse caso, é melhor que as pessoas se separem.

— Mas, se meus pais se separarem, onde eu vou morar? — Adrian tinha os dois olhos arregalados, a boca aberta em um "o".

— Não foi isso que eu quis...

— Do que vocês estão falando? — Diana surgiu do completo nada, sentando-se ao lado de Adrian na mesa e fazendo o coração de Liz pular uma batida.

— A Liz falou que o papai e a mamãe deviam se separar.

Com o rosto vermelho e o olhar curioso de Diana sobre si, Liz teve que pensar por longos segundos antes de encontrar um jeito de esclarecer o mal-entendido.

— Eu não disse que *seus pais* deviam se separar, eu só disse que casais que brigam muito acabam chegando num acordo de que é melhor se separarem.

— Hã... Então tá. — Diana balançou os ombros e lançou para Liz um olhar que dizia "depois a gente fala sobre isso". — O que você quer comer hoje no almoço, Dri?

— Sei lá. Não tô com fome.

— Hum. Eu me pergunto o porquê — disse Marinho em tom de ironia, os olhos no copo de *sundae* e depois em Liz. — Se eu te der dinheiro você promete que vai comprar um lanche na escola e não doces?

Adrian fez uma careta.

— Tá, eu prometo.

Os dois eram fofinhos juntos, Liz precisava admitir. Acima de tudo, era curioso ver Diana tão cuidadosa com alguém que não era aquele cachorro manhoso.

— Vou levar ele na escola e volto depois do horário de almoço, tá bem? Se der, não marca nada para o resto da tarde.

— Você manda — disse Liz, prestando uma continência breve e divertida.

Ela se despediu de Adrian e, ainda que estivesse feliz por não precisar se preocupar em encaixar nenhum compromisso para sua chefe durante toda a tarde, sabia que uma Diana de bom humor jamais pediria uma coisa dessas.

Num dia comum, a chefe a pediria para tentar encaixar um *meet* durante seu horário do café da tarde, porque dar uma pausa e recusar um compromisso para falar de trabalho a fazia se sentir culpada.

E saber disso deixava Liz muito inclinada a cometer um crime de ódio contra Nikolas Borges.

Diana chegara na STARts bem depois do horário de almoço terminar, mas Liz estava decidida a não tocar em assuntos que pudessem criar um clima desconfortável. Por isso, conhecendo sua falta de tato, mesmo quando terminou todo o serviço, ela continuou rolando a *timeline* do Twitter até Diana falar com ela.

— A gente precisa conversar.

Top 1 dos piores jeitos de se iniciar uma conversa.

— Tudo bem.

Liz não sabia se a conversa giraria em torno do namorado psicótico, o fato de ela ter dado sorvete pro irmão dela depois fazê-lo acreditar que os pais deles vão se divorciar, ou o namoro de mentira que ia de mal a pior.

— A gente vai pra Los Angeles mês que vem, por um fim de semana.

E foi assim que Liz aprendeu que estar errada pode sim ser uma coisa boa.

Ou não.

— *A gente*?

— É. Hoje depois do almoço a Cassandra me chamou para conversar. Eu achei que ela ia me dar uma advertência por não ter tirado a placa do carro do Nikolas da lista de liberação no estacionamento e me culpar pelo que aconteceu. Mas, ao invés disso, ela elogiou bastante o meu trabalho e disse que tem essa marca de maquiagem de uma brasileira que mora na Califórnia, que a STARts está maluca para fechar um contrato. Ela quer que eu tente.

— Tá, mas por que *a gente*? Você faz essas viagens o tempo todo e a minha função costuma ser só achar as passagens e um hotel 4 estrelas. O que eu vou fazer em Los Angeles?

— Bom, ela disse que caso eu quisesse levar minha "assistente" junto, a empresa cobriria os gastos. Como eu ia dizer que não quero levar a minha namorada para Los Angeles comigo de graça? — Diana fazia soar como se fosse pura matemática, mas a cabeça de Liz estava formigando com a informação repentina. Uma viagem ao lado da sua chefe parecia algo inevitavelmente entediante. — A propósito, como anda o seu visto americano? Você tem um, né?

Maldita seja sua viagem de 15 anos para Orlando, que arruinara com as chances de ela escapar dessa.

Capítulo 8

LIZ FLORES SABE DISFARÇAR.

Mal completou duas semanas de namoro falso e Diana Marinho já estava quebrando umas das regras.

Elas tinham concordado que iriam a pelo menos um encontro de mentira por semana e, num sábado de manhã, Diana ligou para Liz perguntando se elas podiam ir ao Ibirapuera, postar umas fotos, tomar sol e voltar para a casa.

O que ela não contou era que elas teriam um terceiro indivíduo participando desse "encontro".

Sentada no gramado de frente para o lago, Liz dividia uma manta com Diana e Louis, o Lulu da Pomerânia, que alternava entre tentar cavar o tecido fino sobre o qual elas estavam e rosnar toda vez que Liz se mexia.

— Eu me lembro muito bem de ter dito que não queria que você trouxesse esse cachorro quando estivesse comigo — resmungou Liz. — Você quebrou uma regra.

— Mas é o Ibirapuera! Quem vem pra cá e não traz o cachorro para correr? — Ela puxou a bola de pelos branca pela coleira e segurou a cabeça dele entre as mãos, para unir a testa dele com a dela e beijar o focinho do bicho. — O Louis adora o ar livre e eu só tenho o fim de semana para passear com ele.

Ver a chefe fora do escritório era inusitado, sem ser num contexto de trabalho. E Diana estava usando menos roupa do que o habitual, já que elas estavam sob o sol quente, e não confinadas no prédio com dezenas de ares-condicionados funcionando ao mesmo tempo. Liz já tivera oportunidades o suficiente para reparar em como ela tinha um corpo bonito, só não gostava de pensar sobre isso porque era algo que a distrairia de seu trabalho. Mas a chefe estava usando shorts-saia bem curto e um top de academia que deixava grande parte do colo exposto; sentada ao lado de Liz, que era uns bons centímetros mais alta, era quase como se ela não tivesse outra opção senão deixar seu olhar escorregar de vez em quando ao conversar com Diana.

— Se ele me morder outra vez...

— Eu te levo pro hospital e a gente dá ponto — disse Diana, fazendo uma voz aguda de bebê enquanto sacudia o cachorro. Liz revirou os olhos.

Ela trouxera o computador para tentar usar as horas improdutivas daquele "encontro" para trabalhar em seu livro, mas o sol estava forte demais para deixá-la enxergar a tela e o Ibira estava cheio demais para deixá-la se concentrar. Então, enquanto Diana gravava um *story* de Louis deitado na manta com as patinhas esticadas e a língua rosada de fora, Liz observava as pessoas ao seu redor sob os óculos de sol, evitando movimentos bruscos. Ela não sabia se ser escritora a fazia fascinada por observar pessoas, ou se ser fascinada por observar pessoas a tornara uma escritora melhor. Por mais que ela não fosse nada extrovertida, algo sobre toda a subjetividade dos seres-humanos podia fazê-la ficar por horas criando e imaginando histórias sobre cada um que ela via passar.

Às vezes ela tinha pensamentos intrusivos que diziam para ela parar alguém sobre quem ela tinha essas teorias e perguntar, para descobrir de quantas maneiras ela estava errada.

Ela errara com Diana, por exemplo.

Se lembrava do dia em que a conhecera e em como havia inevitavelmente criado dezenas de suposições sobre ela, que foram sendo refutadas aos poucos a medida em que ela a conhecia de verdade. A parte chata, é que a realidade nunca é tão interessante. Mas se desfazer da Diana personagem e conhecer a Diana de verdade fez com que ela frustrasse a sua paixonite, e isso sem dúvidas a manteve no emprego por mais tempo que ela achou que conseguiria.

— Você acha que ela gosta dele? — perguntou Diana.

Liz demorou a entender que ela estava se referindo a um casal de adolescentes sentados mais adiante. Ela deu uma risadinha, ao perceber que as duas compartilhavam o mesmo passatempo, bem quando Liz estava começando a ter certeza de que elas não tinham nada em comum.

— Eu acho que ele definitivamente gosta mais dela do que ela dele — disse Liz. — O pobre coitado tá caidinho.

Diana riu.

— Tem razão. Ele sorri muito enquanto fala, e imita os movimentos dela às vezes. Mas ela... Eu não sei. Ela olha muito pro celular e quase não diz nada. Me lembra o meu relacionamento com o Nikolas.

Nikolas.

Ugh.

Só de ouvir o nome do idiota fazia Liz sentir embrulhos o estômago.

— Talvez eles sejam só amigos e ele esteja na *friend zone* — disse Liz.

— Nah. Eu vi eles se beijando antes de se sentarem e, ok, isso me faz soar como uma maníaca que fica reparando nas pessoas em parques, mas eu juro que sou inofensiva.

Liz riu alto e isso fez com que Louis rosnasse outra vez.

— Na verdade, eu faço algo parecido. Gosto de tentar adivinhar coisas sobre a vida das pessoas tipo a profissão, personalidade, o significado de uma tatuagem ou como foi a infância delas.

— Ufa. — Diana colocou a mão sobre o peito. — Achei que eu fosse maluca.

— Eu nunca disse que eu não sou maluca. — Liz sorriu para Di, o que a fez gargalhar.

— Quer brincar de uma coisa que eu inventei? — Liz fez um sinal com o queixo para que ela continuasse. — Vou apontar para um casal ou grupo de pessoas e você tenta adivinhar o que elas são uma da outra, pode ser?

— Tá. Manda ver.

— Aqueles dois ali, perto da árvore grande.

Diana apontou para dois rapazes magros, brancos e bem-vestidos. Eles estavam sentados sobre o tronco da árvore enquanto conversavam dando risadinhas.

— Fácil. Primeiro encontro, provavelmente se conheceram em um aplicativo de relacionamento e vão para a casa de um dos dois transar ainda hoje.

— Que específico. Explica melhor.

— Eles não parecem ter tanta intimidade, e estão arrumados demais para uma caminhada no Ibira. Um deles deve ter escolhido um lugar aberto e público para garantir que o outro não era um *serial killer*.

— Gosto da sua teoria. Agora é sua vez.

— Hmm, deixa eu ver... — Liz cerrou os olhos, analisando as possibilidades. — Certo. Aqueles dois velhinhos ali.

Apontou para o caminho asfaltado, onde dois idosos caminhavam lado a lado. Eram um homem e uma mulher de pelo menos 60 anos.

— Meu primeiro palpite seria que eles são casados, mas não estou vendo alianças, além de serem parecidos demais. Acho que são irmãos.

— Eu assino embaixo. Sua vez.

Diana começou a buscar com os olhos pelo parque. E quando Liz estava achando meio adorável como ela mordia os lábios de baixo enquanto ela pensava, ela apontou para duas meninas que vinham na direção delas com roupas de correr.

— Elas.

O que Liz não estava esperando, era que uma dessas meninas fosse Nina, junto com a sua namorada. E elas estavam caminhando em sua direção para iniciar uma conversa.

— Ai, não.

— O que foi? Não é tão difícil assim.

— Não. É que aquela é a minha melhor amiga e a namorada dela.

— Ah!

— Eu estou tendo uma alucinação, ou minha amiga está no Ibirapuera em pleno sábado de manhã? — disse Nina, ajeitando os cachos sobre os ombros e pousando uma das mãos na cintura.

— Bom... — Liz deu uma risadinha nervosa, trocou olhares com Diana e depois coçou a nuca. — A gente veio trazer o cachorro para passear.

Ela indicou Louis, que estava atento demais às duas novas pessoas em seu campo de visão para se importar com Liz.

— Ai, meu Deus, você é a coisinha mais linda que eu já vi! — Os olhos de Nina brilharam ao olhar para Louis e ela se abaixou, na tentativa de brincar com o canino.

— Ei, só toma cuidado porque ele... — Antes que ela pudesse completar a frase, o bicho já estava dando pulinhos e depois se deitando no chão para receber carinho na barriga. O queixo de Liz caiu, e ela sentiu a cicatriz de sua mão pinicar. — Morde. — Completou em voz baixa.

— Como você pode dizer uma coisa dessas? Ele é um fofo! — disse Nina, coçando atrás da orelha de Louis.

Liz sentiu o olhar de Diana sobre si em seguida, e não precisava olhar de volta para saber que ela estava se divertindo com a situação, enquanto Liz seguia indignada.

— Você vai apresentar a gente? — perguntou Diana.

— Eu... — *Eu ia, se esse cachorro fingido não estivesse jogando um jogo comigo.* — Nina, essa é a Diana, de quem eu te falei.

— Falou bastante, pelo visto. — Com um olhar nada discreto, Nina piscou para Liz, depois estendeu a mão para cumprimentar Diana, que tinha as sobrancelhas erguidas e um olhar surpreso. — E que bom que a gente acabou se encontrando por acaso, porque se dependesse da Liz, acho que eu nunca ia conhecer você. Ah, e essa é a Érika, minha namorada.

Nina puxou a namorada pelo braço, colocando aquela *viking* de 1,77 de altura, braços torneados e cabelo loiro diante das duas. Érika era uma mulher atraente, charmosa e de hábitos exageradamente saudáveis. Em resumo, tudo o que Liz gostaria de ser, mas era preguiçosa demais para fazer algo a respeito.

— É um prazer, Diana. — Ela cumprimentou Di com um aperto de duas mãos demorado demais.

Era claro como a água que Diana estava impressionada com a beleza dela e isso fez Liz revirar os olhos quando ninguém olhava. Érika era só uma grandessíssima *sapadrão*[5], então não era difícil entender o porquê de as sáficas sempre babarem feito buldogues quando ela passava. Mas Diana? Sua chefe heterossexual?

---

5 Sapadrão: mulher lésbica que se encaixa nos padrões da comunidade.

Algo estava profundamente errado.

— Vocês querem se sentar com a gente? Tem espaço de sobra — sugeriu Diana, puxando Louis para seu colo pela guia da coleira.

— Na verdade — disse Nina —, a gente já estava indo embora. — *Ufa*, pensou Liz. — Chegamos cedo, e temos que ajeitar umas coisas em casa antes de... Ei, amor, nós ainda temos a reserva pra quatro na Cantina Gigio hoje?

As mãos de Liz começaram a suar frio. *Não, por favor, não.*

— Temos. Eu esqueci de cancelar quando meus pais desmarcaram. Por quê?

— Liz, você tá pensando o mesmo que eu?

Sim. E eu odiei a ideia.

— No que você está pensando? — Liz se fez de desentendida.

— Bom, você me prometeu um encontro duplo com as nossas namoradas, então por que não vamos todas jantar hoje à noite para aproveitar a nossa reserva?

Antes de dizer qualquer coisa, Liz girou o rosto para Diana, como uma criança em busca de aprovação ou repreensão por suas ações. Diana a olhou de volta, claramente confusa por ter pensado que a melhor amiga de Liz saberia que o namoro delas não era de verdade.

— Eu não sei se é uma boa ideia — disse Liz, ainda com os olhos em sua chefe. — Você não tinha um compromisso? — perguntou-a.

— Não que eu saiba. Você tem?

— Não, mas é que...

— Então vocês vão com a gente, né? — perguntou Érika, uma das mãos puxando Nina para perto pela cintura.

— Por favor? — pediu Nina, enlaçando os dedos na frente do corpo, piscando os olhos do jeito que ela sempre fazia quando queria convencer Liz a fazer alguma coisa.

— Eu não sei — disse Liz. A loira achava a ideia péssima, porque era claro como água que Diana e ela jamais seria um casal convincente. Além do mais, fingir aquele namoro não se estendia a fingir para amigas dela também. — O que você acha? — perguntou à Diana, confiante que ela recusaria de uma forma educada e convincente.

— Por mim tudo bem.

Ok...

Isso não estava no roteiro.

Ela encarou Diana com um olhar confuso enquanto Nina dava pulinhos de alegria e pegava o celular para enviar o horário e o endereço.

— Eu tô tão animada! — Nina deu um gritinho. — Um encontro duplo com a minha melhor amiga está tipo no top 10 das minhas metas de relacionamento.

— Esquisito. Mas tudo bem, a gente se vê lá.

Liz não estava esperando que Nina se jogasse nela para um abraço. Ela só sentiu os corpos se chocando e o cheiro do creme de camomila com um pouco de suor tomando seus sentidos. Suspirou baixinho, apertando a amiga mais forte. Ao menos esse encontro desastroso a faria feliz, e não dava para se ressentir por isso.

Quando o abraço se desfez e Nina foi embora com a namorada, tudo o que ficou para trás foi o clima desconfortável entre Diana e Liz, que a última tentou fingir que não estava lá, tentando, sem sucesso, digitar em seu computador.

Mas Diana era Diana, e ela tinha o dom de não se importar nenhum pouco com o que os outros queriam.

— Eu preciso perguntar? — Di quebrou o silêncio, enfim.

— Não — disse Liz, sem olhar para ela de volta. — Eu preciso responder?

— Eu tô bem curiosa, na verdade.

— A curiosidade matou o gato.

Sem pedir licença, Diana abaixou a tampa do computador bem na fuça de Liz e, com a mão ainda espalmada sobre ele, ela disse:

— Não tem nenhum gato aqui.

— Você entendeu! — Liz puxou o computador para si, depois guardou ele na mochila e abraçou as próprias pernas. — Eu não contei sobre o namoro falso porquê... — Ela puxou o ar, depois soltou aos poucos, mas não foi o suficiente. — A Nina sabe que é o meu sonho trabalhar com a Valentina desde sempre e, quando eu conseguir, *se eu conseguir*, não quero que ela pense que foi só por ter contado uma mentira. Quero que ela continue acreditando em mim, porquê...

— Porque você gosta dela.

O coração de Liz deixou passar uma batida.

— É claro que eu gosto dela, a Nina é uma das minhas melhores amigas.

— Liz, você entendeu o que eu quis dizer. — Diana cerrou os olhos e deu um sorrisinho. — Você precisa ver o jeito que você olha para ela, ou como você estava prestes a pular na frente dela quando achou que o Louis pudesse mordê-la. Isso sem contar que você é péssima em disfarçar que não gosta da namorada bonitona.

— O quê?! Eu não tenho nada contra a Érika.

— Você não tem nada *a favor* da Érika. — Diana riu depois de perceber as bochechas coradas de Liz.

— É só que... Eu acho que elas não combinam nem um pouco. Me incomoda como a Nina parece se transformar numa pessoa diferente todas as vezes que elas estão juntas. Tipo, correr no parque de manhã? Isso é cem por cento coisa da Érika. A Nina que eu conheço estaria estirada sobre o colchão com as cortinas fechadas uma hora dessas.

— Isso soa parecido com alguém que eu conheço.

— É. Nós somos parecidas. Ou éramos, eu nem sei mais.

— E aí a sua amiga está tentando levar uma vida mais ativa por causa da namorada? Qual o problema nisso?

— Não tem problema. Eu só tenho medo que ela esteja se anulando para agradar alguém que deveria gostar dela pelo que ela é.

— Eu penso que não tem nada errado em mudar por quem a gente gosta, desde que sejam mudanças boas.

Liz suspirou outra vez. Não sabia por que tinha se deixado levar naquela conversa sobre relacionamentos com Diana Marinho, de todas as pessoas. Não era difícil perceber todas as formas das quais elas discordavam em termos de como se relacionar com alguém.

— Eu só espero que ela esteja feliz. — Liz deu de ombros, depois sentiu os dedos de Diana roçarem neles de leve, a deixando alerta.

— Não se preocupa, vai ser o nosso segredo.

Capítulo 9

LIZ FLORES SABE ADMINISTRAR BEM UMA CRISE.

Liz queria estar bonita para o encontro duplo com Diana, Nina e Érika. Não existe um *look* ideal para jantar comida italiana, mas a Itália era seu país favorito desde que assistira à trilogia de O Poderoso Chefão, então ao menos isso serviria de incentivo para ela enfrentar aquela noite, que prometia conversas constrangedoras e silêncios desconfortáveis. Em seus mocassins tratorados, blazer creme sobre um corpete preto e calças justas da mesma cor, ela olhou no espelho e decidiu que, sim, estava bastante bonita.

Às 19:30 ela pegou carona com Nina e Érika para o restaurante, e que ótima ideia, porque assim não precisaria ficar sem beber para voltar dirigindo. Checara a Cantina no TripAdvisor, e o cardápio de vinhos deles era extenso.

Sentada no banco do passageiro, ela encarou a janela enquanto tentava não escutar a conversa da amiga com a namorada nos bancos da frente. Era um sábado à noite, e todo mundo sabe que em São Paulo o jeito mais rápido de se locomover nesse dia e horário era pelo metrô, mas "*a Érika odeia o metrô*".

Fazia 4 dias que Érika se mudara para o apartamento de Nina, e as duas estavam numa fase de lua de mel insuportável, como recém-casadas. Isso significava que Liz tinha cada vez menos tempo com a amiga, mas cada vez mais tempo para se dedicar ao seu romance. Longas horas de quietude, sem esperar que Nina fosse bater na sua porta em busca de companhia para ver filmes ou cozinhar alguma receita que ela tinha visto num vídeo do TikTok.

— Ela é mesmo muito bonita, tipo, muito bonita. Do tipo que faz a gente desobedecer ao Nono Mandamento — disse Nina, virando o rosto para trás para olhar para Liz, que estava rindo. — Com todo respeito. — Ela limpou a garganta e trocou um olhar divertido com a namorada.

— Eu te disse — Liz deu de ombros.

— E vocês fazem sentido juntas, tipo, sei lá, você toda *dark* e introvertida e uma patricinha de shorts saia e uma Lulu da Pomerânia.

— E aonde isso faz sentido? — Liz deixou escapar. — Quero dizer, a gente tá junta e tal, mas esteticamente nós somos o oposto.

— Sabe do que você precisa, Liz? — Érika entrou na conversa, encarando Liz pelo retrovisor.

— Do que eu preciso? — Liz arqueou as sobrancelhas, curiosa, e pronta para receber um dos conselhos de *coach* que Érika sempre dava, mas ao invés disso ela recebeu um papelzinho que a loira tirou do porta-luvas.

Era um daqueles recados de biscoito da sorte, onde estava escrito em vermelho e fonte Arial a frase:

"Os opostos se atraem porque as diferenças se completam".

— Sabedoria chinesa — disse Érika.

— Você sabe que essa frase aqui foi tirada do *Tumblr* de alguma menina de 15 anos, não sabe? — perguntou Liz.

Nina e Érika deram uma gargalhada.

— Provavelmente, mas não deixa de ser verdade. Eu guardo aí porque quando eu e a Ni começamos a ficar, a gente teve as nossas dúvidas se daria certo. Somos muito diferentes. Começando pelo fato de que ela é tipo 100 vezes mais bonita que eu. — Nina deu uma risadinha e aproveitou o semáforo fechado para puxar a namorada para um beijo. As duas se olharam por alguns instantes de um jeito piegas até a luz mudar para verde outra vez. — E aí um dia a gente saiu para comer comida chinesa e eles entregaram biscoitos da sorte para nós duas quando fechamos a conta. Essa foi a mensagem que saiu para mim.

— E qual foi a sua mensagem, Nina? — perguntou Liz. Se escutasse mais uma vírgula daquela história melosa, teria que parar numa farmácia para tomar uma injeção de insulina.

— Sei lá, algo sobre acreditar nos meus sonhos ou coisa do tipo. — Ela riu. — Bom, nós chegamos. — Ela apontou para o restaurante mais inegavelmente italiano da rua. — Vai ver se a Diana já está lá e pegando a nossa mesa enquanto a gente acha um lugar para estacionar.

— Que desculpinha péssima para me expulsar do carro — brincou Liz, cerrando os olhos e descendo da EcoSport de Érika. —A propósito. — Ela estendeu o papelzinho de volta pela janela para Nina pegar.

— Fica com ele — disse Érika. — Quem sabe dá sorte pra você como deu pra gente?

Quando o carro partiu, Liz revirou os olhos e enfiou o recado do biscoito no bolso do blazer. Precisava de sorte naquele relacionamento falso com a chefe, sim, mas era para cumprir com seu acordo sem parar numa clínica psiquiátrica.

O restaurante por dentro era aconchegante, meio rústico, as divisórias da parede eram prateleiras de vinho e uma música calma tocava em som ambiente. Ela viu Diana sentada numa das mesas ao centro. Fazia algum tempo que os olhos de Liz estavam treinados para encontrar a chefe. Não seria tão difícil de qualquer forma, não com aquele rosto. E especialmente não naquele dia, em que ela usava um vestido azul-naval com tecido meio aveludado, mangas longas e um decote coração que parecia ter sido costurado no corpo dela.

Perto daquela mulher, Liz se parecia com alguém que estava indo comprar margarina no mercado da esquina, e ainda assim as pessoas insistiam em dizer que elas eram um casal provável.

— Eu gostei do seu cabelo desse jeito — disse Diana, assim que Liz se sentou ao lado dela.

Liz fez uma careta, tentando se lembrar o que fizera de diferente naquele dia. Ela só havia partido ele com uma porção a mais para o lado direito atrás da franja, mas pensara que ninguém ia notar.

Bem, Diana tinha notado, *e gostado*.

— Obrigada — disse Liz, erguendo o cardápio diante de si para evitar contato visual porque não sabia lidar com elogios. E que bom que havia um, porque não daria pra fazer isso com cardápio de *QR Code*. — E obrigada de novo por ter vindo, você não precisava...

— Eu gosto de comida italiana, não fica se achando. — A morena puxou uma ponta do cardápio, para elas olharem para ele juntas. *La Vie Est Belle* era o perfume que ela usava. — E eu gosto de companhia para jantar. Minha família é do tipo que faz todas as refeições juntos e eu sinto falta disso desde que me mudei.

— Isso, sem surpresa alguma, combina muito com o seu personagem — brincou Liz, esquadrinhando aquele cardápio enorme em busca de nomes familiares com um preço acessível.

— Vocês já estão pedindo? — perguntou Nina, chegando junta da namorada e sentando-se à mesa.

— Ainda não. Tem opções demais — disse Diana. — E eu sou vegetariana, então preciso prestar atenção nas legendas.

Os cardápios físicos mais atuais vinham com folhinhas verdes para sinalizar comidas vegetarianas e veganas. Isso era excelente para leigas como Liz não acabarem pedindo um prato com muito churrasco para a chefe vegetariana.

— A Érika também é vegetariana — disse Nina. — Ela está tentando me converter desde que nos conhecemos.

Com um olhar de canto que durou menos que 50 milissegundos, Liz disse à Diana: *"Viu? Eu te falei!"*.

— Top 3 coisas que eu nunca conseguiria ser: hétero, freira e vegetariana. Não necessariamente nessa ordem — brincou Liz. — Eu gosto muito de mulheres, usar calças e comida japonesa.

— Por um momento, eu pensei que você fosse dizer '*sexo*'— disse Érika, fazendo todas à mesa rirem.

— Isso também — retrucou Liz.

— Eu já quis ser freira — disse Diana. Os olhos de Liz passaram pela pulseira de berloques, da qual pendia um crucifixo pequeno em prata, depois recaíram sobre ela de novo. Ela tinha um sorrisinho nos lábios de quem sabia que tinha acabado de provocar uma confusão na mente de todo mundo. — Minha família sempre foi fervorosamente católica. A gente não faltava a missa aos domingos, as crianças eram batizadas do jeito tradicional, de vestidinhos brancos, água na testa e tudo. Eu participava de todas as atividades e gostava tanto da minha igreja a ponto de achar que fazia sentido dedicar minha vida a isso. Eu pensava que era um chamado, tipo, coisa de destino.

— E aí? — perguntou Liz, com a sobrancelha arqueada. Ela estava curiosa e surpresa, porque era a primeira vez que Diana tocava no assunto 'religião'. O terço com a imagem de uma santa no retrovisor de seu carro e os vícios de linguagem deixavam claro que ela não era agnóstica, muito menos protestante. — O que te fez decidir mudar de ideia e trabalhar num dos ramos menos santos do mercado?

— Meus pais.

— Espera, o quê? — disse Nina. — Caramba, se eu tivesse dito para os meus pais que queria ser freira, eles iam abrir uma garrafa de vinho em homenagem a Jesus Cristo e procurar o convento mais próximo.

— Acho que eles só queriam que eu tivesse mais experiências para decidir e, no fim das contas, eu era uma criança emocionada com toda aquela conversa de santidade e castidade. Ainda vamos à Igreja juntos de vez em quando, e sei que Deus está satisfeito comigo por isso.

Me pergunto o que Deus está achando de você agora que está fingindo que está namorando uma mulher para conseguir uma promoção, pensou Liz.

Eram tantos pecados sendo cometidos juntos e à luz do dia que Deus precisaria de uma *checklist* para conferir tudo no dia do Juízo Final.

— Meus pais são evangélicos, então eu tenho quase certeza de que pior do que ter me assumido lésbica seria ter dito que eu me tornaria católica — disse Érika, balançando os ombros enquanto todas riam. — A gente já pode pedir? Eu tô morta de fome.

Elas fizeram um sinal para o garçom e, enquanto Nina e Érika entravam em consenso sobre um prato para dois, Liz pedia um *spaghetti* ao molho de camarão.

— Eu vou querer um *capellini* ao molho quatro *formaggio* — disse Diana, ao enfim se decidir.

— Isso tem queijo gorgonzola. Lembra que você não gosta? — disse Liz à chefe. — Dá pra fazer sem gorgonzola, tipo um *três formaggio*? — perguntou ao garçom.

— Um *três formaggio* para a mesa 15. — Ele anotou a observação em seu bloquinho de pedidos, meio entediado.

Elas pediram uma jarra de sangria e o rapaz se foi.

— Que fofo, vocês se conhecem tão bem — disse Nina.

Foi quando Liz notou que ela tinha acabado de fazer o pedido por Diana, sem consultar a opinião dela sobre, quando ela estava bem ali e outras pessoas estavam à mesa. O que para as duas era perfeitamente comum num contexto de chefe e assistente pessoal, parecia íntimo demais num contexto romântico.

— Eu pedi almoço para ela vezes o suficiente para saber o que ela gosta ou não. — Liz olhou para Diana, que a olhava de volta com um ar de surpresa. — Mas não pergunte para ela o que eu gosto de comer.

— Fácil. Qualquer coisa palatável para uma criança de 5 anos, porque você tem paladar infantil — disse Diana.

Nina riu.

— É, ela tem razão.

— Eu não acredito que vocês estão se unindo contra mim. — Liz cruzou os braços.

Um celular tocando interrompeu a interação. Era o de Diana, e ela se levantou da mesa para atender, dizendo que voltava logo.

Liz não era fã dos momentos em que precisava ficar sozinha com Nina e a namorada. Não que as duas fossem o típico casal sem noção que ignora a presença de uma terceira pessoa no ambiente, mas a ausência de tópicos entre o grupo criava silêncios desconfortáveis e conversa jogada fora.

Ao menos ela tinha aprendido a superar um pouco do desconforto com beijos e toques, que ela sentia no início. Ver Érika segurando a mão de Nina enquanto tomava vinho ainda era patético, mas não era mais doloroso.

— Vocês são *tão fofas* — disse Nina. — Eu estou adorando conhecer ela.

— Que bom que você está se divertindo — disse Liz. — Por mais que eu preferisse estar em casa gastando 30 reais com *delivery*, não dá pra dizer que está sendo uma noite ruim.

— Você não nasceu com um pingo de romantismo dentro de você, Liz — disse Marina. — Esse lugar é tão bonito, a gente vai tomar um vinho e comer macarrão. Se tocarem *Bella Notte*, eu vou me sentir naquela cena de A Dama e Vagabundo.

Por alto, Liz viu a mão de Érika deslizar até a coxa de Nina e as duas trocaram um beijo, do qual ela desviou o olhar instintivamente. Para sua sorte, Diana chegou bem na hora e as duas se apartaram.

— Era a minha mãe — explicou-se, ocupando a cadeira outra vez. — Sobre o que vocês estavam falando?

— Nina estava reclamando sobre como Liz não é nada romântica — disse Érika. — E eu preciso concordar. Quero dizer, pelo menos até onde eu conheço ela.

— Que é quase nada — retrucou Liz, revirando os olhos. — Eu posso ser romântica.

Não havia um jeito confortável de dizer que: sim, ela podia ser romântica, se a vida não tivesse podado todas as suas tentativas de sê-lo a começar pelo oitavo ano, quando mandara uma carta se declarando para sua colega de classe a garota lera tudo em voz alta para a turma inteira. Ela recebera uma advertência e um sermão da professora por isso, sua mãe foi chamada na diretoria e ela ficou de castigo por uma semana.

— O que você acha, Diana? — perguntou Nina. — Você é a melhor pessoa para contar pra gente.

E, sobretudo, também não havia um jeito simples de explicar que: não, Diana não era a melhor pessoa para contar, porque além de elas não estarem numa relação de verdade, sua chefe não tinha como saber de todos os traumas e bloqueios emocionais. Além de *nada romântica*, Liz Flores não falava da sua vida pessoal para qualquer pessoa. Por isso ela não durava na terapia.

— Eu? — Diana hesitou, então olhou para Liz num pedido de socorro sutil. Ela não fazia ideia do que dizer, mas encontrou a resposta na expressão da loira, que estava a um passo de implorar que o assunto fosse encerrado. — Nesse pouco tempo que estamos juntas, nós ainda não temos o costume de demonstrar carinho em público. — A chefe falou isso descansando o braço ao redor do pescoço de Liz, o perfume doce tirando o foco da loira por alguns segundos. — Por conta do trabalho, sabem? Mas vocês ficariam surpresas se vissem como ela é uma pessoa diferente quando estamos só nós duas.

— Eu pagaria para ver. Ou não, essa frase soou meio estranha — disse Nina, entre uma risada, enquanto Liz queria enfiar a cara na própria bolsa e gritar. Uma fada morria todas as vezes que alguém insinuava que ela transava com Diana.

Felizmente, os pratos chegaram e elas puderam se ocupar de outro assunto que não fosse a vida amorosa imaginária de Liz. Mas o cheiro do *La Vie Est Belle* nunca deixou a pele da loira, e vez ou outra durante a noite ela sentia uma pressão-fantasma sobre seus ombros.

Na hora de ir embora, elas pararam do lado de fora para se despedir.

— Vocês vão voltar juntas? — perguntou Nina à amiga.

— O quê? Não, a Diana... Eu... — gaguejou Liz.

— Eu tenho um compromisso de família amanhã — disse Diana, rápida.

— Isso. Mas eu posso pedir um Uber se vocês quiserem ir para outro lugar — disse Liz, torcendo para que elas não quisessem ir para outro lugar.

— Não vamos. O carro tá estacionado para lá. — Ela apontou na direção do quarteirão oposto, depois se aproximou de Diana para um abraço. — Minha noite foi incrível. — Elas se abraçaram, e Diana fez uma cara engraçada que só Liz pôde ver. — Vamos fazer isso outras vezes.

— Com toda certeza — disse Di. — Eu conheço um bar de karaokê incrível por aqui.

— Não dá ideias pra ela, por favor — pediu Liz.

Assim que as duas partiram o abraço, a loira envolveu Diana pela cintura e a puxou para perto, aproveitando a posição estratégica para deixar um beijo perto demais dos lábios dela e murmurar um pedido de desculpas adiantado. Quem olhava a cena do ponto de vista de Nina e Érika juraria que elas tinham se beijado para valer, e isso teria que bastar para tornar convincente.

— Te vejo segunda-feira — disse Liz. — Me avisa quando chegar em casa?

Tinha tanta adrenalina correndo em seu sangue que ela só sentiu os braços de Diana em volta de seu torso quando tentou se afastar. Foi quando os olhos delas se encontraram, num momento em que seus rostos ainda estavam perto o suficiente para as respirações se confundirem e Liz sentir o cheiro frutado do hidratante labial.

Morango? Amora? Framboesa? Ela nunca saberia.

— Combinado. — O piscar dos cílios enormes de Diana soprou um bocado no rosto de Liz, ou pelo menos ela pensou ter sentido um leve sopro. — Você me deve uma por essa, e por todas as vezes que eu salvei sua pele hoje.

Liz revirou os olhos, então enfim se afastou e assim que todas se despediram com acenos, Liz fez a caminhada até o carro de Érika com uma sensação esquisita no estômago e a cabeça enevoada por pensamentos que precisavam ser extintos, porque eram como faíscas perto da gasolina e tinham potencial para causar um incêndio.

Capítulo 10

LIZ FLORES SABE DISTINGUIR UM GAY PANIC DE UMA PAIXONITE.

Não olha pra boca dela.

Não olha pra boca dela.

Não olha pra boca dela.

— Você entendeu? — perguntou Diana.

E foi assim que Liz percebeu que não ouviu uma palavra sequer do que sua chefe lhe dizia, porque estava distraída demais falhando miseravelmente em *não olhar para a boca dela.*

Desde o encontro duplo com Nina e Érika há três dias, tudo o que Liz fazia era tentar distrair-se de pensamentos que a levavam para o momento em que ela e Diana compartilharam um quase-beijo desajeitado, e sobre como seria capaz de recriar cada nota do perfume da chefe só com a força do pensamento. No caminho de volta, enquanto a melhor amiga tagarelava sobre como era maravilhoso ver enfim a amiga apaixonada, a sensação de inquietude não a deixava pensar se ela era uma boa mentirosa, ou se Nina só não era capaz de distinguir a Liz apaixonada da Liz fingindo estar apaixonada.

Levando em consideração que Liz havia omitido uma paixão por ela durante a maior parte do tempo em que elas se conheciam, a última opção era uma forte candidata.

— Entendi — mentiu Liz, torcendo para que não fosse nada muito importante.

— Ótimo. Eu vou te enviar todas as modificações do contrato por e-mail — *graças à Deus* —, mas fique ciente que você vai precisar revisar os novos e comunicar os clientes da mudança.

O contrato. Era isso. Ela estava dizendo que haveria mudanças e Liz era a responsável por fazê-las e renovar os termos vigentes.

— Tudo bem — disse Liz. Ela acenou com a cabeça, para depois respirar fundo antes de retomar o trabalho.

Achar um hotel em Los Angeles parecia uma tarefa impossível quando, ao olhar fotos de possíveis quartos, pensava que teria que dividi-lo com Diana Marinho. Ela buscava pelo maior espaço possível, e que coubesse no orçamento de viagem da STARts.

As redes de hotelaria precisavam começar a construir dois banheiros em quartos duplos com urgência.

— Você parece distraída — disse Diana. — Tá tudo bem?

Levou alguns segundos para Liz perceber que a chefe estava falando com ela.

— Ah. Eu? — *Não, idiota, a sua sombra.* — Só estou pensando na quantidade desesperadora de trabalho que tenho que fazer hoje. E no meu almoço, que é daqui a — ela olhou o horário no cantinho da tela do computador — 43 minutos.

Também estou pensando em perguntar qual hidratante labial você usa, mas tenho medo de soar como uma maníaca.

— É seu dia de folga — brincou Diana. Esse era um dos dias em que elas não almoçariam juntas. — Aposto que você sente a minha falta.

— Pode apostar — murmurou Liz, com um sorrisinho amarelo.

Não. Ela não sentia falta alguma das conversas sobre trabalho enquanto tentava saborear um filé à parmegiana, mas não diria isso em voz alta.

Era engraçado como Diana não se tocava, por mais que fosse aquela mulher lindíssima e se esforçasse muito para ser agradável, ainda era a chefe megera e sem noção que fazia Liz ficar até mais tarde no escritório sobrecarregando-a com trabalho dentro e fora da empresa. Somando tudo isso ao fato de que Liz dependia daquele emprego para pagar as contas, resultava numa relação de ranço fortíssimo.

Precisaria mais do que piadinhas e comentários bem-humorados para reverter isso, se sequer fosse possível.

Talvez Liz devesse ter optado por almoçar com a chefe, porque agora, depois de contar sobre o encontro duplo de sábado, ela estava há pelo menos 15 minutos ouvindo Van acusá-la de ter uma recaída em sua paixão platônica por Diana Marinho.

— Van, eu sou lésbica e a Diana é uma mulher muito bonita. É claro que eu vou ficar nervosa quando ela está por perto. Se chama *gay panic*. É biológico, psicológico ou coisa assim.

— Nem você acredita nisso — acusou Van, cruzando os braços e se reclinando no encosto da poltrona do Subway onde elas estavam almoçando. — Você acabou de me descrever com detalhes como você quase beijou ela e suas bochechas estão vermelhas até agora.

Liz tocou o rosto com as mãos, para senti-lo quente e isso só a fez ruborizar mais um tanto.

— *Gay panic.*

— *Gay panic* o cacete. A namorada da Nina é uma grande gostosa e nem por isso ela te deixa nervosa.

— Eca. Não mesmo. Primeiro porque ela não é meu tipo e, segundo, porque é a namorada da Nina.

— Não é o seu tipo? Loira, alta e engraçada?

— Eu sou loira, alta e engraçada.

— Você me entendeu. Diana Marinho não é qualquer mulher bonita e nós duas sabemos disso.

— Aonde você quer chegar?

— Eu não estava tentando chegar em lugar nenhum, só jogar na sua cara. Mas, já que perguntou e eu sou sua amiga, preciso dizer para tomar cuidado com seus sentimentos por que ela ainda é sua chefe *hétero*?

— Van, você sabe que eu sou realista demais quando se trata dessas coisas de romance. O fato de eu admitir em voz alta que me sinto fisicamente atraída por ela já é mais do que deveria acontecer. Mas, como eu disse, ela é só uma mulher bonita e mulheres bonitas me deixam nervosa.

— Ah, é?

— É.

Vanessa arqueou uma sobrancelha, enquanto cerrava os olhos. As duas se levantaram para sair do restaurante e voltar para a STARts.

— Você me acha bonita?

— Acho.

— Então você ficaria nervosa se eu *quase* te beijasse?

— Que pergunta é essa? É claro que eu ia ficar nervosa. Já te disse que a gente só não se beijou ainda porquê...

Van deu um beijo perto demais dos lábios de Liz, assim como ela fizera com Diana, no meio da calçada, interrompendo sua fala.

— Ok. O que foi isso? — Liz deu uma risada.

— Numa escala de zero a Diana Marinho, o quão nervosa você ficou?

— Definitivamente não foi zero. Acho que eu fiquei mais em choque do que qualquer outra coisa, e ainda assim isso não prova o seu ponto, porque somos melhores amigas.

— Eu acho que prova o meu ponto, sim. — Van a olhou de soslaio enquanto elas entravam no prédio da empresa. — Admite, Liz, você está entrando num território perigoso.

— Você está tentando fazer isso ficar maior do que tem que ser. Eu vou fingir que a gente namora pras outras pessoas, ela vai ser promovida e conseguir aquele agenciamento com a Valentina Rosa para mim, depois nunca mais nos veremos fora do Instagram.

— Se você diz. — Van ergueu as mãos em sinal de rendição. — Mas se quando vocês estiverem em Los Angeles sozinhas num hotel chique tomando champagne, vocês acabarem indo pra cama, eu não vou julgar.

— Ai, merda! — exclamou Liz, encarando a tela do celular.

— O que foi?

— Los Angeles. Acabei de lembrar que está marcado para o mesmo fim de semana em que minha mãe ficou de vir me visitar.

— Que azar. Ela ainda acha que você está na faculdade?

Liz sentiu o rosto formigar. Odiava ser lembrada que tinha outras mentiras para sustentar.

Mas talvez fosse a hora de contar a verdade, antes de acabar presa na teia de farsas. Ela se sustentava muito bem – na medida do possível – com o salário de assistente, pagava as próprias contas – exceto a conta do mecânico –, então a única consequência a se encarar seria o desapontamento de sua mãe. E Liz gostava de acreditar que isso era perfeitamente solucionável através do amor materno incondicional. Seu pai se decepcionaria também, porque é claro que Cindy Flores não manteria a língua dentro da boca, mas ela se importava muito pouco; quase nada.

— É complicado — disse Liz.

O elevador anunciou o andar de Van e, antes de passar pela porta, ela se virou e disse:

— Como todas as áreas da sua vida. — Ela bufou. — Você precisa de terapia.

— Eu sei — murmurou Liz, após as portas do elevador terem se fechado.

Ao que parecia, era mais fácil converter o diabo ao cristianismo o que convencer Cindy Flores a cancelar a viagem que ela planejara por meses para visitar a filha.

Liz tinha usado de todo o seu vocabulário de argumentação e o máximo que conseguira fora um interrogatório infindável de uma mãe que ficava a cada dia mais desconfiada.

— Primeiro você não me atende, e agora diz que eu não posso te ver? Liz, o que está acontecendo?

— Eu já disse que eu tenho uma viagem do trabalho. É importante, mãe — Liz dizia em voz baixa. Era o fim do expediente, mas ainda havia gente pela empresa e Diana estava por aí em algum lugar, prestes a vir dar à Liz algumas horas-extras. — Você pode vir em outro fim de semana.

— Olha só, se você não quer que eu vá, é só dizer. Eu sei quando eu não sou bem-vinda.

Liz revirou os olhos. Não seria sua mãe se não tivesse chantagem emocional.

— Mãe, a senhora pode vir me ver quando quiser, mas esse compromisso surgiu e eu não posso cancelar. É só remarcar a passagem para outro dia.

— Ah, é? E o que vai ter nesse outro dia? Um evento? Um trabalho da faculdade?

— Sobre isso... — A loira respirou fundo. Talvez fosse a hora de contar e tirar um peso dos seus ombros. Uma mentira a menos para ela se preocupar.

— Liz. Emergência — disse Diana, passando pela porta feito um furacão.

— Eu tenho que desligar agora, tá? Me manda uma mensagem com a data e o horário da passagem nova. Eu te amo.

— Liz... — Sem esperar uma resposta, ela desligou.

Num dia qualquer Liz se irritaria por ter sido interrompida daquele jeito brusco, mas talvez aquele fosse o sinal que ela precisava para guardar o seu segredo por mais um tempo.

Ela estava mais perto de enfim conseguir ter Valentina Rosa como sua agente do que nunca e, mesmo que não rolasse, daria a ela mais um tempo para pensar sem precisar admitir derrota.

— Você terminou de editar os contratos? — perguntou Diana.

— Terminei.

— E enviou o novo para os clientes assinarem?

— Enviei.

— Ótimo, porque eu acabei de fechar um contrato enorme com uma dessas lojas de grife e prometi que apresentaria a seleção de *influencers* amanhã. O que significa que eu preciso de um *briefing* e de um *proposal* prontos pra ontem.

Nunca falha.

Liz estava cansada. Ela pensava em seu colchão e seu cérebro secretava doses discretas de melatonina, tornando difícil manter os olhos abertos.

Mas ela conhecia Diana. Ou ela ficava, ou ficava.

Talvez aquela fosse uma boa hora para começar a usar o dinheiro da hora-extra para investir em sua saúde-mental, ou guardar numa poupança para se aposentar mais cedo caso o sonho de ser escritora fracassasse.

Mas não gostava de pensar nessa possibilidade. Além de ser uma boa assistente, Liz não sabia fazer nada que não fosse escrever. Ela podia ser mediana em qualquer outro trabalho que a colocassem para tentar pagar as contas no fim do mês, mas sabia que seria feito uma prisão moderna de liberdade condicional.

Sete horas.

Uma hora depois do horário comercial, e cada vez que Liz se sentia um pouco mais perto de finalizar o trabalho, ela usava o pico de energia para trabalhar mais rápido.

Enquanto Diana estudava e separava a seleção de influencers para apresentar à marca, Liz os acrescentava ao briefing da reunião que estava sendo organizado em conjunto através de slides. Ao menos era um *template* pré-definido para aquele tipo de apresentação, que poupava bastante tempo.

— Estou começando a ficar com fome — disse Diana, tirando o olhar da tela do computador pela primeira vez em muitos minutos para olhar para Liz. — Você quer pedir um jantar?

Não. Eu quero dar o fora daqui, obrigada.

— A gente já tá quase terminando. Até a comida chegar aqui já deu tempo de ir embora e comer em casa.

— Você está otimista com o trânsito de São Paulo.

— Não é como se fôssemos enfrentar horário de pico. — Liz controlou-se para não revirar os olhos, mas não fez o mesmo para conter o tom passivo-agressivo.

Diana ainda a olhava, recostada confortável na cadeira, uma das mãos sustentando o rosto, fazendo Liz sentir uma queimação em sua nuca e se revolver.

— Você está chateada comigo? — perguntou Diana.

— O quê? — *Pra caramba.* — Não.

— Pode falar. Eu sei que você não gosta quando eu te peço para ficar depois do horário. — Os olhares das duas se encontraram, e Liz não soube dizer se o que ela via era condescendência ou cinismo. — Mas você fica mesmo assim e eu meio que admiro isso.

— Há. — Liz deu uma daquelas risadinhas onde você aspira um pouco mais forte. — Quando a Carmen manda você fazer uma coisa que você não quer fazer, você diz 'não'?

— É claro que não. — Diana precisou de alguns segundos para captar a mensagem, mas quando entendeu, uma expressão de surpresa surgiu em seu rosto, junto com um leve rosar das suas bochechas. — Você acha que eu ia te demitir por não fazer hora-extra? — Liz deu de ombros, sem saber o que responder. — Eu tenho quase certeza de que isso é ilegal.

— Não é. Está escrito no meu contrato que é um trabalho que exige hora-extra e, mesmo que não estivesse, você ainda ia poder inventar qualquer outro motivo para me substituir por uma pessoa que estivesse disposta a ficar até às oito da noite revisando contratos e montando *slides* com você.

— Eu não substituiria você por isso, Liz. Você faz um ótimo trabalho, e se eu peço para você ficar até mais tarde é porque eu sei que vou conseguir terminar tudo bem mais rápido do que em casa e eu gosto de ter companhia.

Liz quase se engasgou com a saliva. Então queria dizer que todas aquelas noites em que ela chegava morta de cansaço em casa para apagar no sofá e só acordar às 3 da manhã só aconteciam porque Diana Marinho queria *companhia*?

A companhia *dela*?

Liz não conseguiria disfarçar a expressão de choque nem que tentasse.

— E você não pensou em, sei lá, me dizer que meu emprego não estava em risco se eu quisesse ir pra casa descansar?

— Mas eu disse. Ou devo ter dito. Na verdade, eu nunca preciso perguntar mais de uma vez porque você sempre concorda. Com tudo. Mesmo com os favores que não têm nada a ver com o trabalho, tipo levar o Louis na creche ou ir ao shopping para mim. Eu também não te demitiria se você recusasse.

Liz estava tão embasbacada que mal percebia sua mão sobre a barra de espaço do teclado, arruinando toda apresentação de slides.

— Escuta, Liz, você pode ir embora se quiser. Esse lugar é onde eu estou tentando construir uma carreira, mas entendo que para você seja só um trabalho. É que você está sempre disponível e é uma pessoa em quem eu confio, então me desculpa por ter sido uma bruxa.

— Você não... — Ela ia dizer que Diana não estava sendo uma bruxa, mas a realidade era que *sim*, Liz a achava um pouco bruxa, ela só descreveria com outras palavras tipo 'megera' e 'sem noção'. — Eu estou quase terminando isso aqui.

— Tem certeza?

Diana tinha razão. Em todas as vezes em que ela pedira algo que Liz não queria fazer ou considerava além dos limites, Liz nunca se recusara ou inventara desculpas. Ela sempre fazia tudo de prontidão porque, no começo, ela queria impressionar Diana e depois se tornou uma estrada sem volta.

E é por isso que você nem deve pensar em se apaixonar platonicamente pela sua chefe.

— Tenho.

Diana deu de ombros, esboçou um sorriso pequeno e voltou ao trabalho. Liz fez o mesmo.

Capítulo 11

LIZ FLORES É UMA GRANDE FÃ DOS FARIA LIMERS.

Diana Marinho tinha o costume de sumir em um final de semana ou outro. Nenhuma mensagem, e-mails ou postagens em redes sociais, só quietude, calmaria. Numa realidade pré-namoro-falso, Liz dava graças ao Santo Cristo pelo sumiço e curtia cada pequena hora de sossego da melhor forma que podia.

Mas aquele fim de semana fora diferente.

Ela não parara de conferir o celular, atualizando a tela de notificação de tempos em tempos, esperando uma mensagem, um e-mail, um *story* ou um sinal de fumaça que fosse. E usou isso como uma desculpa mental para não trabalhar na apresentação do seu livro. Ela já tinha mexido no documento tantas vezes que tinha certeza de que uma hora o programa ia lhe enviar a sugestão: "*Ei, você não acha que é melhor apagar e escrever tudo de novo?*"

Talvez fosse isso que ela devesse fazer, e depois ir assistir mais algumas aulas de *copywriting* para ver se o conteúdo se fixava em sua cabeça.

Na segunda-feira de manhã, ela recebera uma mensagem de Diana antes de chegar na empresa:

Diana: Eu tenho uma surpresa

Liz: O quê???

Diana: É surpresa!

Diana: Não vamos pro escritório hoje

Diana: Vai pra esse endereço, eu vou te encontrar lá

Ela seguira a localização enviada por Diana e, agora, estava sentada no auditório de um *rooftop*, enquanto assistia uma palestra de um homem que ela não conhecia, mas achava já ter visto na STARts. Era difícil dizer, por conta da quantidade curiosa de homens de barba rala, camisa preta e o braço fechado de tatuagens que havia naquela empresa.

Ela estava na primeira fileira e, na cadeira ao lado, Diana se dividia entre prestar atenção e tomar notas com uma caneta e um bloquinho que foram entregues como brinde na entrada do lugar. Ela tinha uma caligrafia horrenda quando escrevia com pressa; não que Liz estivesse bisbilhotando, mas toda aquela conversa fiada no tablado sobre *mindset*, perspectivas de mercado e estratégias de venda seria capaz de fazê-la dormir sentada.

Observar Diana era sempre um convite para a distração. Ainda mais naquele dia, em que ela estava mais produzida do que de costume e usando uma blusa e um jeans apertados, que delineavam perfeitamente o busto, as pernas e a cintura sob um quimono de poliéster e, como sempre, um elástico preto no pulso.

O maldito cheiro do La Vie Est Belle demoraria horas para abandonar o olfato de Liz outra vez.

Ela às vezes o sentia em lugares aleatórios, onde não havia a menor chance de Diana estar, nem qualquer outra pessoa que pudesse estar usando. Sua memória olfativa a punia com a pequena reprise de um curta-metragem que ela nunca conseguia entender de primeira.

— Essa era a surpresa? — perguntou Liz, enquanto o palestrante fazia uma pausa para tomar água. — Uma palestra?

— Não — respondeu Diana, com um sorriso de canto enquanto virava os olhos para ela. — Se você esperar só mais um pouco...

— E, falando em *cases* de sucesso, eu quero convidar a agente Diana Marinho do departamento de Influencers para subir no palco e contar pra gente tudo que ela sabe sobre como fechar um bom negócio. — Antes que o cara com o microfone terminasse de falar, Diana já estava de pé se encaminhando para as escadinhas que lavavam ao tablado.

Quando os aplausos cessaram, ele continuou:

— Em primeiro lugar, muito obrigado por ter aceitado o nosso convite, Diana. É sempre maravilhoso ter os colaboradores da casa segurando esse microfone e contando suas próprias experiências de sucesso dentro da STARts.

— Eu que tenho que agradecer o convite, Marcus. A STARts é a minha segunda casa — essa parte não era nem exagero — e estar aqui é um privilégio imenso.

Mais uma onda de aplausos, só que mais breves dessa vez.

Liz ainda estava meio aturdida, sem entender se aquela palestra era a surpresa de Diana e, se sim, por que era tão importante.

Claro, tinha gente pra caramba ali, de todos os setores de dentro e fora da empresa, e obviamente eles não convidariam uma qualquer para falar num evento como aquele.

Por mais que sentisse uma pontada de orgulho da chefe, Liz se perguntava: *estou entendendo tudo errado ou Diana está sendo sem noção?*

Enquanto não tinha sua resposta, ela tirou aquele momento para dedicar sua atenção ao discurso de Diana. Um espectador comum veria uma mulher belíssima e confiante segurando um microfone, sorrindo excessivamente para demonstrar simpatia, a voz um pouco rouca ressoando nos alto-falantes do auditório feito música. Mas Diana não estava sorrindo porque queria ser simpática, ela sorria quando estava nervosa. O que era uma ótima distração, porque ela tinha um sorriso magnífico.

Era impossível olhar para qualquer outra coisa.

Vez ou outra quando os olhos dela recaíam sobre Liz, a loira tentava sinalizar com um gesto de 'joinha' o quão bem ela estava se saindo, dando aquela pequena aula sobre encantamento de clientes e negociação de contratos e, de alguma forma, conseguindo fazer aquilo ficar interessante.

Quando Diana terminou houve aplausos outra vez, e Liz percebeu a transição suave de seu sorriso de nervosismo para um cheio de muito orgulho de si; os ombros relaxando por ter conseguido concluir sua fala sem gaguejar ou se perder.

Ela desceu do tablado por um lado diferente, e passou por um grupo de pessoas antes de gesticular para que Liz fosse até lá. Com seu pavor de cumprimentar desconhecidos, mas sabendo que não escaparia dessa, Liz levantou-se da cadeira e caminhou até a chefe.

Diana a puxou pela mão, mantendo-a dentro do limite de seu espaço pessoal e então gesticulou para o homem parado diante de si. Ele devia estar na casa dos 40, mas estava muitíssimo bem conservado, não fossem as marcas de expressão e as entradas em seus cabelos finos e já meio grisalhos.

— Essa é a Liz, minha namorada — disse Diana. — Ela é obcecada com o trabalho de vocês do Editorial.

Editorial.

O *departamento* Editorial da STARts.

Onde *Valentina Rosa* trabalhava.

Liz não fazia a mínima ideia de quem era aquele cara, mas ele era um homem mais velho e branco que trabalhava no departamento Editorial, então com toda certeza tinha algum tipo de influência lá dentro.

A loira estendeu a mão para cumprimentá-lo, pensando na melhor maneira de bajular sem saber sequer o nome dele.

— Prazer — disse ela. — Eu leio absolutamente todos os best-sellers de vocês.

Aquela era uma mentira parcial. Ela não lia todos os best-sellers deles, mas lia todos os que eram emplacados pelos autores da Valentina, o que já era muita coisa.

— É mesmo? — perguntou ele. — Isso é surpreendente. As pessoas por aqui brincam que somos o departamento menos interessante depois do RH.

Ele riu, e Diana e Liz riram logo após.

— Bom, eu sou escritora, então é definitivamente o mais interessante para mim.

— E o que você escreve? Algo que eu tenha lido?

— Ah, não, eu nunca publiquei. Mas estou trabalhando num suspense psicológico.

— Ousado. Não existe a menor chance de um escritor ruim se dar bem nesse gênero.

— Espero que eu não seja um deles, então — disse Liz, num tom leve e bem-humorado, por mais que a presunção do homem estivesse começando a cutucar seus nervos.

— E, se não for, quem sabe não trabalharemos juntos no futuro? — *Ai. Meu. Deus.* Ela esperava que ele não tivesse ouvido as batidas de seu coração acelerarem. — Afinal de contas, você já é da casa. E tem uma mulher excepcional ao seu lado, o que pode ser a receita para o sucesso em alguns casos.

A última frase foi dita com uma das mãos dele sobre o ombro de Diana, que sorriu agradecida enquanto Liz sentia o rosto arder e o encarava de cima a baixo para ver se ele ligava do quão inapropriado era tocar uma mulher com quem você não tem intimidade.

Felizmente o contato durou pouco, ele despediu-se delas e sumiu dentre o aglomerado de gente.

— Uma mulher excepcional — imitou Liz, forçando um tom agudo na voz. — Ah, fala sério, né?

Mas Diana estava sorrindo ao invés de se indignar.

— *Né?* — reforçou Liz.

— Foi só um elogio.

— Um elogio atrevido. E aquela mão no seu ombro, pelo amor de Deus, por que homens são tão desnecessários?

Diana riu.

— Pode ser. Mas ele é o coordenador de Editorial, então é melhor você tratar de cair nas graças dele.

— Coordenador? Puta merda, por que você não me disse?

— E quando eu deveria dizer? No meio da conversa em que você estava fingindo que conhecia ele?

Liz bufou.

— Justo.

— Gostou da surpresa? — perguntou Diana.

— Você vai ter que ser mais específica. Qual parte dessa manhã cheia de surpresas era a minha surpresa?

— O coordenador. A Carmen me recomendou para essa palestra porque ela quer que mais pessoas conheçam o trabalho do nosso departamento. E eu sabia que ele ia estar aqui hoje, então pensei que seria a oportunidade perfeita para mencionar que eu tenho uma "namorada" — ela fez aspas com os dedos — escritora e apresentar vocês dois.

— Ah! — Liz arqueou as sobrancelhas. Eram muitas informações de uma vez só. — Eu odiei saber que ele é um mauricinho sem-noção, mas se você acha que isso vai me deixar mais perto da Valentina, então eu amei a ideia.

— Pensa comigo: ele é chefe dela. Vai ser muito mais fácil acessar a Valentina por cima.

— Gosto da sua estratégia. Ou, em grego: *strategia*. Como diria o Capitão Nascimento.

Diana riu.

— Eu sei que essa é uma referência de Tropa de Elite, mas não faço ideia de qual das cenas porque eu dormi nesse filme.

— Desapontada, mas não surpresa.

Elas caminharam de volta para os assentos, pegaram as bolsas e foram para a parte externa do lugar, onde as cortinas estavam abertas e dava para ver São Paulo por todos os lados.

Não era como na STARts, porque estavam no centro da cidade, mas a vista era igualmente impressionante. Aquele selva de pedra sabia fazer uma pessoa se sentir pequena.

O *lobby* estava ainda mais repleto de gente bem-vestida e rica. Aquele era o alto--escalão da STARts, sem sombra de dúvidas.

— Então... — Começou Liz, enfiando as mãos no bolso da calça, porque iniciar conversa fiada a deixava desconfortável. — Evento importante, hein?

— É. Tô tentando não surtar, mas acho que esse pode ser um sinal de que estão finalmente me considerando pro cargo. Quer dizer, eles não convidariam qualquer pessoa e, de alguma forma, a Cassandra precisa justificar minha promoção, minha *possível* promoção, com outros argumentos que não sejam só "ela não vai tirar licença--maternidade porque ela é lésbica". — Diana suspirou. — Eu não devia estar falando disso aqui, mas eu tô nervosa pra cacete.

— Deu pra notar.

Numa temperatura de 25º graças ao ar-condicionado, a fina camada de suor que se formava na testa da morena e o rosto levemente avermelhado falavam por si só. Era comum ver Diana entusiasmada, ela não era do tipo que continha emoções. Entretanto, era perceptível que havia algo diferente dessa vez; um semblante esperançoso com uma pitada de realização, que a vestiam tão bem como um uma luva.

E ela, óbvio, vestia-o de maneira impecável.

— Eu invejo o seu otimismo — disse Liz.

— Por quê? Você não concorda com o que eu disse? — Diana parou de andar e encarou Liz. Os olhos âmbar feito dois rifles que decidiriam se Liz ia viver ou morrer dependendo da resposta.

— Não! — Diana franziu o cenho, os rifles prontos para atirar. — Não! Quero dizer, eu concordo. Só quis fazer um elogio. Eu realmente invejo o seu otimismo e queria conseguir pensar positivo às vezes.

— Ufa. — Ela levou a mão sobre o peito. — Porque tudo isso são só as vozes da minha cabeça falando. Nem a Carmen e nem a Cassandra disseram nada para me levar a crer que serei uma opção para o cargo.

— Ei. — Liz tocou o ombro dela por um momento breve, antes de elas tomarem o elevador para o estacionamento. — Eu tenho certeza que, se não fosse essa historinha patética de idade reprodutiva, você já estaria sentando na cadeira da Carmen dando ordens.

A fala dela fez Diana rir. Liz não sabia desde quando ela havia virado um espécie de terapeuta para Diana, mas momentos em que a chefe disparava a falar sobre a vida dela e compartilhar seus pensamentos continuavam acontecendo. Não era como se fosse uma relação mútua, porque Liz Flores preferia sofrer uma morte lenta a externar seus sentimentos para chefe, ou para qualquer outra pessoa.

Ela amontoava todos dentro de um baú dentro da própria cabeça, e só destrancava quando precisava acessar a memória para destrinchá-la através de algum personagem.

Era suficiente.

Capítulo 12

LIZ FLORES NÃO DELETARIA O DIA DOS NAMORADOS DO CALENDÁRIO SE PUDESSE.

Louis estava estranhamente quieto naquela manhã quando Liz o levou para a creche de cachorros. Nenhum latido estridente, nenhuma tentativa de dilacerar a mão dela ao ser colocado no cesto de segurança. Ele até caminhou de forma pacífica para dentro do lugar.

O dia tinha começado esquisito de qualquer forma. Vanessa tinha se convidado para dormir no apartamento de Liz através de uma mensagem no grupo que elas dividiam com Nina, e agora havia uma festa do pijama com direito a shots de tequila na agenda.

E, por ter um compromisso muito mais empolgante do que preencher relatórios e responder e-mails, cada minuto no escritório da STARts se arrastava como um filme do Martin Scorsese.

Ao menos, felizmente, ter tido aquela conversa com Diana sobre excesso de trabalho e limites profissionais aliviou grande parte da tensão entre as duas, bem como a pressão que Liz sentia com frequência para terminar todas as suas tarefas do dia no menor tempo possível para evitar as horas-extra.

Vez ou outra ela ainda ficava até mais tarde, mas Diana fazia questão de perguntar mais de uma vez se ela tinha certeza de que queria ficar. E ela topara levar Louis na creche aquela semana, porque a chefe tivera de participar de algumas reuniões importantes com a Diretoria.

O curioso era que as coisas pareciam ter perdido um tanto do peso e tudo o que Liz precisara fazer era *conversar*.

— Sabe uma coisa que me incomoda? — perguntou Diana, girando em sua cadeira de um lado para o outro com os olhos na tela do computador.

— Reuniões que poderiam ser e-mails? — chutou Liz, o tom de voz desinteressado. Faltavam quinze minutos para o fim do expediente, e ela não estava animada para iniciar uma conversa.

— Não. — Diana riu. — Nomes curtos, tipo o seu.

Liz franziu as sobrancelhas.

— Eu tô com medo de perguntar o porquê. Mas vai, explica.

— É difícil apelidar, porque já parece um apelido.

— Isso é sério?

A morena riu outra vez.

— Desculpa. Eu queria te convidar para beber alguma coisa depois daqui, e fiquei alguns minutos pensando na melhor forma de fazer isso de uma forma que soasse mais descontraída.

Espera, o quê?

Diana Marinho tinha acabado de dizer que queria convidar Liz para beber. E, depois de processar a informação e perceber que aquele era um convite que ela aceitaria, Liz demorou alguns instantes para se lembrar que não podia fazer isso.

— Ah — balbuciou. — Eu tenho um compromisso.

Ela tinha que ter aquele maldito compromisso; que a faria perder o entretenimento de conversar com uma Diana Marinho depois de tomar algumas cervejas.

— Tudo bem — disse Diana, o semblante um tanto quanto desapontado. — Fica pra próxima.

Liz deixou os ombros caírem um pouco, sem saber se haveria um próximo convite, já que claramente a chefe pareceu ter ponderado bastante a ideia, pela maneira com a qual ela começou a falar.

A ideia de convidá-la pro seu apartamento passou de forma breve pela cabeça dela, mas se o fizesse, arruinaria o assunto principal da noite: o "relacionamento" das duas. Sem contar que Diana nunca tinha ido ao seu apartamento e ela não queria que a primeira vez acontecesse dessa forma, com tequila envolvida.

Sendo franca, Liz não tinha certeza que queria que houvesse uma primeira vez.

O relacionamento falso tinha borrado as linhas que delimitavam a relação das duas, como uma névoa que paira sobre águas cristalinas.

Mais tarde, Liz e Vanessa chegaram juntas no prédio, após uma longa viagem de carro em que Liz não parava de repetir como ela iria quebrar uma garrafa na cabeça da amiga caso ela dissesse um pio sobre a ilegitimidade do namoro dela com Diana quando Nina estivesse por perto. Ao mesmo tempo, ela teve que escutar um longo sermão por não ter contado a verdade.

Van tinha conhecimento sobre como Liz fora perdidamente apaixonada por Nina. *Fora*. No passado. Só que ela também sabia que, ainda que o sentimento estivesse em remissão, ele permanecia ali em algum lugar. E a prova disso era Liz estar fingindo um relacionamento para a pessoa que chamava de melhor amiga, qualquer fosse o propósito. Vanessa não acreditava nem um pouco que aquilo era sobre orgulho profissional.

Quando Nina se juntou a elas, e o trio começou a se servir de bebidas e conversar bobagem, Liz sentia o olhar nada súbito de Vanessa sobre si. Os olhos pequenos cada vez mais estreitos, a cabeça balançado de um lado pro outro, em desaprovação.

— Eu senti falta de vocês — disse Liz, sentada sobre o tapete da sala enquanto encarava as amigas no sofá. — Há quanto tempo não fazemos nada juntas?

— Sei lá, uns 2 meses — disse Van. Ela estava fumando um cigarro eletrônico com sabor de maracujá que, por mais que fosse veneno para os pulmões e para o sangue, deixava o apartamento inteiro cheirando a suco.

— A Liz abandonou a gente agora que está namorando a chefe bonitona — brincou Nina. — Que bom pra ela, aliás.

Liz desviou o olhar ao sentir os olhos nada contentes de Van sobre si outra vez. Depois encarou Nina.

— Nenhuma das duas pode me julgar. A Van já cansou de ir embora mais cedo dos rolês porque queria transar, e você...

— E eu o quê? — questionou Nina, erguendo o queixo, orgulhosa.

— Eu te vejo cada vez menos, ainda mais depois que a Érika se mudou.

— Você já tava' namorando quando a Érika se mudou e, desde então, você sempre tem um evento pra ir ou algum programa de casal. Nem vem.

Liz abriu a boca para argumentar, mas tudo aquilo era verdade. Seu namoro falso estava tomando metade do seu tempo e, o trabalho e seu livro, a outra metade. Há algum tempo, ela ainda se via podendo aproveitar um fim de semana para fofocar e fazer comidas duvidosas no fim de semana com Nina. Talvez isso pudesse acontecer com frequência de novo, numa realidade pós namoro-de-mentira.

— E se a gente estendesse esse evento aqui? — perguntou Liz. — É sexta-feira. Amanhã a gente pode acordar e passar a tarde assistindo filmes, comendo besteira e...

Ela parou de falar ao perceber que Van e Nina tinham trocado olhares estranhos e então passado a olhar *para ela* estranho.

— O que foi? — perguntou a loira, confusa.

— Liz, amanhã é Dia dos Namorados — disse Nina.

— O quê?! Pfff... Sem chances, eu saberia se amanhã fosse...

— Aparentemente, alguém se esqueceu do Dia dos Namorados — disse Van, antes de dar um longo gole em sua margarita de morango.

— Eu não esqueci! — protestou Liz. — Eu só achei que fosse no domingo, tá?

Era mentira. Ela tinha mesmo esquecido do Dia dos Namorados, na verdade, nem sequer estava consciente da existência desse dia porque, num mundo normal, jamais precisara se importar com a data que não fosse para dar risada dos *tweets* engraçadinhos que as pessoas escreviam por estarem solteira. Só que aquele não era mais o seu mundo normal, era o mundo em que ela precisava fingir que estava apaixonada por sua chefe, e uma pessoa apaixonada jamais esqueceria do Dia dos Namorados.

— Você comprou um presente? — perguntou Nina à Liz, num tom desconfiado.

— Claro que eu comprei.

— É mesmo? O que você comprou? — perguntou Van, fazendo Liz considerar se não era uma boa hora para quebrar a garrafa na cabeça da amiga.

— Eu comprei... Bom, na verdade, eu não comprei nada. Escrevi uma carta enorme para ela, que vou entregar durante um jantar num restaurante japonês que eu fiz reserva em Pinheiros.

— Você reservou uma mesa? — perguntou Nina. — Para o Dia dos Namorados que você pensou que fosse no domingo?

E o prêmio de pessoa mais burra de São Paulo vai para Liz Flores.

— Inacreditável — disse Vanessa, balançando a cabeça outra vez e segurando uma risadinha.

— Eu só preciso ligar e remarcar para amanhã — disse Liz.

— Se eu fosse você ligava agora — disse Van. — Tipo assim, é Dia dos Namorados. Todo mundo vai jantar em Pinheiros amanhã.

Liz engoliu seco. Queria tirar aquele sorrisinho sarcástico dos lábios de Vanessa através da violência física.

— Tá bem, eu vou pegar meu celular e...

— Espera, eu tive uma ideia melhor — disse Nina.

— Teve? — Liz temeu, por um instante, que Nina soubesse de tudo e estivesse tramando com Van para pegá-la na mentira. — Que ideia?

Seu coração batia rápido, podia sentir o suor começando a se acumular em suas costas.

— Semana passada eu reservei uma mesa num restaurante flutuante pros lados de Osasco. Eu queria fazer uma surpresa, mas quando contei para a Érika hoje ela disse que o aniversário da bisavó é no Dia dos Namorados e ela sempre passa esse dia em família. O pior é que eu paguei 100 reais na bendita reserva, porque é superconcorrido, e agora não dá mais pra cancelar porque eles não fazem o reembolso em menos de 48 horas. — Nina bufou. — Então se você quiser ir para lá com a Diana e aproveitar o meu dinheiro por mim...

— Ah — disse Liz, meio aliviada e meio encurralada outra vez. Mais ansiosa pela resposta dela do que Nina, só a Van estava. — É uma... ideia.

— Por favor? O lugar é lindo, romântico, com MPB ao vivo, não tem a menor chance de ela não gostar.

— É que, como é fora da cidade, eu ia ter que perguntar antes se ela toparia ir porque Osasco é tipo a uma hora inteira daqui.

— Tudo bem, vai, liga pra ela e pergunta — disse Nina.

— Hã?

— É, Liz, liga pra ela e pergunta — incentivou Van. — Tá cedo, eu tenho certeza que ela tá acordada se perguntando o que vocês vão fazer amanhã, embrulhando seu presente ou sei lá.

Se olhares fossem fatais, Vanessa Ming estaria debaixo da terra e Liz estaria dançando sobre o túmulo.

— Está bem — disse Liz. — Acho que posso ligar pra ela agora.

— Isso! — Nina saltou do sofá para um abraço apertado. Sobre o ombro da amiga, Liz recebia olhares um tanto quanto cínicos de Van enquanto a chinesa bebia mais margarita. — Coloca no viva-voz.

— Há. De jeito nenhum — rebateu Liz, alcançando seu celular para discar o número pessoal de Diana Marinho.

A ligação chamou poucas vezes antes da voz surpresa de Diana soar do outro lado da linha.

— Liz? Tá tudo bem?

— Oi... — Liz ficou zonza. Não sabia nem por onde começar. Levantou-se e caminhou para perto da janela para tomar um ar e não correr o risco de Nina escutar toda a conversa das duas. — É Dia dos Namorados amanhã, né?

— Ah. É. Por quê?

— E se a gente saísse para jantar? — disse Liz.

— O quê? — Diana riu. — Você está me chamando para jantar para comemorar o Dia dos Namorados no nosso namoro falso? A gente não precis...

— Em Osasco, num restaurante flutuante. — Liz interrompeu, repetindo o que Nina murmurava do sofá para Diana parar de falar. — A Nina tá aqui em casa, e ela me disse que fez uma reserva e não vai poder ir, então ela quis que a gente ficasse com a mesa. Mas se tiver outros planos... Outros planos *pra gente*, eu super entendo.

Liz queria que Diana sacasse a indireta, de que aquele não era um convite de verdade.

— Não, eu não tinha nenhum plano. — *É. Ela não entendeu.* — Eu nem pensei que você estivesse lembrando disso.

— Ótimo! — *Péssimo*. — A gente se vê amanhã, então.

— Espera, Liz — disse Diana.

— O que foi?

A ligação ficou silenciosa por longos segundos.

— Foi uma jogada muito boa. Que casal não comemora o Dia dos Namorados?

Por mais que Liz acreditasse que não era bem aquilo que a chefe pretendia dizer, tinha tequila demais correndo em seu sangue para que a loira se desse ao trabalho de elaborar um pensamento coerente sobre.

— É. Eu sei. Uma loucura, né? — Liz riu.

— Você tá bêbada?

— Um pouco. Preciso desligar antes que as meninas comecem a reclamar que eu não estou dando atenção o suficiente para elas.

— Até amanhã?

— Até amanhã.

Elas desligaram, e foi a conta de Liz respirar uma vez para que suas amigas começassem a provocá-la.

— Você está tão apaixonada — disse Nina. — Dando risadinha no telefone, mexendo no cabelo enquanto fala.

— O que tem a ver eu mexer no meu cabelo?

— Sei lá. Alguma coisa a ver com a linguagem corporal de gente apaixonada, né, Van? Você que é a psicóloga aqui, então me ajuda a convencer a Liz que ela está definitivamente rendida pela chefe dela.

— Rendida é uma palavra forte — disse Liz. — É claro que eu gosto dela, poxa, a gente namora. — Mesmo depois de todos esses dias, ainda era estranho verbalizar aquilo. — Mas...

— A Nina tem razão — disse Van. Ela estava com uma expressão preocupantemente séria. — Eu te disse e você não quis escutar.

— A gente pode falar de outra coisa? Tipo o fato de que a Nina não pode comemorar o Dia dos Namorados por causa do aniversário de uma idosa?

As meninas riram, e Liz respirou aliviada por ter conseguido desviar a conversa do rumo que ela estava tomando.

— Nossa, nem me fala! Tanta data pra velha fazer aniversário, sabe? — disse Marina, os braços cruzados sobre o busto.

— Olha pelo lado bom: a sogra da minha sogra convenceu ela e o filho a se casarem no aniversário dela, porque ela disse que seria o melhor presente da vida dela. Agora, ao invés das bodas eles comemoram o aniversário da mãe do marido num hotel fazenda todos os anos.

— Que merda — disse Nina. — Isso é ainda pior do que não comemorar o Dia dos Namorados.

— O pior de tudo é que a mulher tem uma saúde de ferro, então vai demorar pra caramba até ela morrer — disse Van, depois olhou para Marina. — No seu caso, isso vai ser um problema por, no máximo, uns cinco anos.

Liz e Nina riram.

— Que horrível, Van — disse Liz. — Eu não contaria com isso, se fosse você — falou para Nina. — A expectativa de vida no Brasil tá crescendo de maneira insana. Junte isso ao decaimento da taxa de natalidade e em breve viraremos um grande asilo ao céu aberto.

— Isso é verdade. Ninguém mais quer ter filhos — disse Van. — E não dá pra dizer que tá errado.

— Eu quero. Uns 4, pelo menos — disse Nina, um sorrisinho suave e genuíno nos lábios, que fazia Liz perder a concentração. — A Érika também.

— E cabe às sapatonas repopularem o Brasil com suas esposas e ukuleles. Eu e a Liz podemos ser as madrinhas.

De jeito nenhum, pensou Liz.

Primeiro porque ser madrinha de uma criança exige paciência, dinheiro e ser um bom exemplo. Liz não tinha nenhuma dessas coisas a oferecer. E segundo, ser madrinha dos filhos da mulher por quem ela fora apaixonada era um nível bizarro de autopunição.

Não que Liz não fosse inclinada a autopunição, já que se metia em burradas que gente que gosta de se autopreservar não faz, tipo topar um namoro falso com a chefe, mentir para uma de suas melhores amigas sobre isso e ainda se enfiar num jantar falso de Dia dos Namorados; entretanto, se existia um limite para as ações autodestrutivas, era aquele.

— Liz? — chamou Van. — Tá tudo bem?

Liz despertou dos pensamentos em que estava se perdendo como num sonho lúcido, o copo de margarita flutuando vazio em sua mão.

— Tá — respondeu ela. — Eu preciso beber mais — declarou, quando o aconselhável era o exato oposto.

Ela precisava de mais álcool, para inibir a sobriedade que a fazia pensar em como sua vida se encontrava em estado de calamidade. Ela era uma escritora de mentira, porque não conseguia terminar seu livro nem encontrar as palavras para vendê-lo. Era uma filha de mentira, porque mentia sobre ir para a faculdade. Era uma amiga de mentira, porque não suportava a ideia de que Nina soubesse a verdade sobre o seu namoro falso.

Por isso, ela engolia as mentiras junto com o álcool, e dessa forma elas desciam muito mais fácil.

Capítulo 13

LIZ FLORES ESTÁ SEMPRE PRONTA PARA O QUE DER E VIER.

Vanessa fora embora na manhã seguinte, após piorar a ressaca moral de Liz ao colocar cada uma das ações da amiga num tribunal do júri composto por ninguém além dela e a consciência que deveria ter. A memória de que convidara Diana Marinho para um encontro falso de Dia dos Namorados sendo trazida à tona de um jeito tão abrupto que fez a cabeça da loira girar.

Ela tinha mesmo feito aquilo.

Liz podia ter acordado no outro dia e mandado uma mensagem explicando para sua chefe que aquele convite fora feito sob pressão e que, por mais que a relação das duas estivesse evoluindo para além dos limites profissionais, ela não estava confundindo as coisas ao chamá-la para um jantar romântico.

Mas, por outro lado, Diana soara positivamente surpresa com o convite e, além do mais, tivera aquele convite para tomar uma bebida na noite passada que fazia Liz se questionar se a morena estava aprendendo a gostar da companhia dela também.

E agora, estava no carro dela, questionando todas as suas decisões enquanto elas seguiam rumo a Osasco; o trânsito insuportável naquele fim de tarde de sábado, obrigando-as a se sentarem em silêncio por mais tempo do que pretendiam. Do lado de fora, o céu do entardecer exibia tons de roxo e laranja, que parecia tornar pior o calor escaldante, típico dos últimos dias de sol daquela época do ano. Estava tão quente, que tornava necessário ligar o ar-condicionado; os vidros fechados impedindo a circulação plena do ar e deixando Liz enclausurada naquele microcosmo com cheiro de *La Vie Est Belle*. Sempre que ela conseguia expulsá-lo de sua memória, o universo dava um jeito de trazê-lo de volta outra vez.

Elas haviam combinado as cores de roupa sem querer. Algo sobre o clima de Dia dos Namorados fez com que ambas optassem por tons de vermelho e, enquanto Diana vestia uma calça de alfaiataria vinho com um body branco decotado em V colado no corpo, Liz vestia um sobretudo cardeal sobre uma blusa branca de gola alta.

Uma coincidência tão piegas quanto soava, mas que tornava cômico o jeito que os detalhes pareciam se encaixar para que a farsa das duas fosse ainda mais convincente.

Tocavam músicas de uma playlist de Diana em som ambiente nas caixas de som. Ela era surpreendentemente eclética, e as músicas variavam entre sertanejo, POP e algumas bandas de rock *mainstream* tipo Nirvana e U2, que fazem você se imaginar num clipe musical ao tocarem em viagens de carro. Especialmente viagens longas e silenciosas e com bastante tempo para autorreflexão, onde a letra de *I Still Haven't Found What I'm Looking For* pode se tornar um tipo a parte de terapia.

Em determinado momento, a letra de uma música em espanhol começou a soar, e Liz identificou como sendo nenhuma menos que *Santa no Soy* do RBD. Alcançar o botão de aumentar o volume foi instintivo, já que se tratava de sua banda favorita de infância, mas, ao fazê-lo, sua mão se encontrou com a de Diana, que havia chegado lá primeiro, e o toque inesperado repeliu as peles feito polos iguais de um ímã.

E então elas riram.

— Você gosta de RBD? — perguntou Liz, em tom de genuína surpresa.

— Tá brincando? Eu era obcecada por eles, como toda adolescente dos anos 2000.

— Eu não estava esperando por isso.

— Por quê? — Diana girou o pescoço num ângulo reto para olhar para Liz, o reflexo do pôr do sol laranja em seus olhos amarelados fazendo parecer que eles estavam em chamas. Era uma pergunta tão capciosa quanto o sorriso discreto que se formou em seus lábios.

— Ué, porquê... — Não tinha uma resposta certa. Se Liz fosse sincera, diria que era porque elas eram tão diferentes que Liz acreditaria facilmente que Diana viera de outro planeta, onde não existia RBD ou roupas pretas. — Como eu vou explicar?

— Se você disser que é porque eu sou velha...

— *Ámame, déjame, búscame, pero déjame seguir* — cantou Liz numa tentativa descarada de fugir do assunto enquanto também ria de seu espanhol terrível.

— *Y dónde queda la parte de mí, que nunca sabe hacia donde ir?* — Diana cantou junto, disposta a deixar o assunto para lá assim que chegou o refrão.

— *Si me equivoco, solo ámame, déjame, búscame, quédate, hasta que regrese a ti* — completou Liz.

— *Y dónde queda la parte de mí, que nunca ha dado el corazón por ti? No me entiendas, solo ámame, déjame, búscame, quédate porque santa nunca fui* — as duas cantaram juntas, dentre risadas e muitos desafinos.

Quando a música terminou, elas estavam arfantes e rindo tanto que o clima engessado do início da viagem desapareceu como se nunca estivesse estado ali. O GPS indicava mais meia-hora de viagem, que elas fizeram cantando o resto das músicas do álbum 'Rebelde'.

— Eu aposto que você queria ser a Mía Colucci — disse Liz, durante a pausa entre uma música e outra.

— É impressionante como você está sempre inovando os jeitos de me chamar de patricinha. — Liz deu risada. — Mas, sim, eu clareei o cabelo na época, fiz uma franjinha e ia para a escola com uma gravata vermelha e uma lantejoula em formato de estrela na testa.

— Eu não assistia à novela até meus amigos começarem a me chamar de Roberta, porque eu já era rabugenta e metida a diferente *before it was cool*. Aí um dia eu liguei no SBT de tarde e minha personalidade passou a ser odiar rosa e escrever *fanfics* da Roberta e da Mía nas últimas folhas do meu caderno.

— Roberta e Mía? Tipo, como se elas fossem um casal? — Diana franziu o cenho.

— É. É perfeito. Aquela cena que a Roberta joga energético no cabelo da Mía quando elas se conhecem, fala sério, isso é material pra um *enemies to lovers* de qualidade.

— Você tá flertando comigo? — perguntou Diana.

Liz ficou a ponto de se engasgar com a própria saliva.

— O quê? Não! — Ela piscou, aturdida, depois sentiu-se um pouco zonza com a pergunta. — De onde surgiu essa ideia?

— Liz, você disse que eu sou a Mía e você a Roberta, depois que elas são perfeitas juntas. — Diana riu. — Nada discreto.

Ela parou o carro num espaço gramado, um estacionamento a céu aberto. Já estava escuro e dava para ver o restaurante flutuante do lado de fora, a poucos metros dali. Várias lâmpadas quentes pendendo em fios que formavam uma treliça na plataforma poligonal de madeira sobre as águas escurecidas de um lago enorme.

— Eu não tava flertando — disse Liz, abrindo a porta do carro para sair. — Mas é Dia dos Namorados, então tudo bem se você quiser acreditar que sim.

Por mais confiante que Liz aparentasse ao dizer essa frase, ela suava por debaixo do sobretudo; nervosa ao contemplar a possibilidade de quase ter criado um mal-entendido e tentando controlar o rubor de seu rosto tomando ar.

— Você vai escrever uma *fanfic* sobre nós duas também? — perguntou Diana, enquanto elas caminhavam pelo gramado na direção do restaurante. — Eu devo me preocupar?

Liz revirou os olhos.

— Essa fanfic já existe e se chama *GAP the Series*.

— Eu *amo* esse dorama.

Liz parou de caminhar, como se tivesse acabado de presenciar uma falha da Matrix.

— Você *o quê*? Calma aí. O lance do RBD tudo bem, mas *GAP the Series?* A gente tá falando do mesmo dorama?

— É aquele que a garota é obcecada pela chefe dela e elas têm um romance, não é? É desse mesmo que eu estou falando.

— Uau. — O que Liz queria dizer era: *isso não é muito heterossexual da sua parte*. Mas preferiu guardar os questionamentos sobre a sexualidade de sua chefe que ficavam cada vez mais frequentes para si. — E a gente acha que conhece alguém.

— Quer saber de mais uma coisa inusitada sobre mim? — Liz assentiu. — Meu musical favorito é *High School Musical* e a cena do Troy dançando na chuva com a Gabriela no terceiro filme mudou a minha vida a ponto de que eu tenho certeza que não vou ser cem por cento feliz e realizada se não dançar *Can I Have This Dance* com alguém num terraço enquanto chove.

— Você tá tornando muito difícil o esforço que eu tô fazendo pra não te chamar de patricinha — brincou Liz, recebendo um empurrãozinho no ombro e um revirar de olhos como resposta.

Ela assistira após semanas de insistência de Nina, porque ela sabia que as chances de um filme com a Vanessa Hudgens e o Zac Efron tinha chances baixíssimas de ser bom. E não era como se ela não tivesse gostado, mas, se fosse escolher, Camp Rock fazia muito mais seu estilo de filme.

— Aposto que você também tem algum sonho romântico piegas que sempre quis realizar.

— Nenhum dos meus sonhos envolve romance — afirmou Liz, estufando o peito com um sorrisinho de canto, aproximando-se da recepção para solicitar a mesa. — Temos uma reserva no nome de Marina Campos — disse ela à senhora de cabelos grisalhos e roupa social do outro lado da bancada.

— Eu já vou verificar! Mas, antes de tudo sejam muito bem-vindas — disse a senhora. — Qual das duas é a Marina?

— Na verdade, ela é uma amiga que não pôde vir e cedeu a reserva pra gente — explicou Liz.

A senhora deu uma risadinha simpática e depois encarou o par de mulheres em sua frente.

— Olhem só, desde que meu marido faleceu eu sempre achei o Dia dos Namorados um dia solitário, mas ver duas amigas jantando juntas nessa data me faz pensar que nem tudo está perdido — disse ela enquanto virava as páginas de um livro repleto de nomes. — Isso é tão moderno!

— Vó... — sibilou o rapaz sentado ao lado, que também estava recepcionando os clientes. — Elas são...

— Tá tudo bem — disse Diana ao garoto, cuja pele marrom clara do rosto ficava cada vez mais vermelha.

— Na verdade, nós somos um casal — disse Liz, o tom de voz impaciente e nada passivo. — Viemos aqui comemorar o Dia dos Namorados juntas porque a gente namora. Uma com a outra.

Ao passo de que os olhos da senhora pareciam prestes a saltar das órbitas, o neto dela mostrava sinais claros de quem queria enfiar o rosto numa sacola.

— M-Me desculpem — pediu ela. — Eu pensei que...

— Eu vou levar vocês até a mesa — disse o rapaz, dando a volta na bancada e empertigando-se para erguer o braço e indicar o caminho às duas.

Liz precisou respirar fundo para se recompor e segui-lo junta de Diana, que gesticulou um tchauzinho para a mulher, compadecida.

— Desculpem a minha vó — disse o garoto no caminho até a mesa. — Ela não tem muito tato para essas coisas, mas, como compensação, eu vou colocar vocês numa das nossas melhores mesas e descolar um vinho por conta da casa, que tal?

— Por mim, parece ótimo — disse Liz. — Desculpa se eu fui ríspida com ela, é só que situações assim são um saco.

— Sei disso, acredita em mim, eu tive que beijar meu namorado na frente dela pra ela entender que ele não era só o meu melhor amigo que dormia lá em casa todo dia.

Liz e Diana riram.

— Gente mais velha é assim mesmo — disse Diana. — Diz pra ela que a gente não ficou chateada, tá?

— Eu vou dizer! Agora, aproveitem a noite de vocês e apreciem nossa vista enquanto eu vou buscar aquele vinho — disse ele após indicar uma mesa próxima ao guarda-corpo entre o restaurante e o lago. — Já volto.

Assim que ele virou as costas e elas se sentaram, foi fácil dizer o porquê de aquela ser uma das melhores mesas. A proximidade com a água e a brisa suave que circulava tornava o ambiente fresco na medida certa, era possível ouvir o barulho e sentir a vibração sutil da água batendo contra a estrutura. Também dava para ver de perto as luzes refletindo no espelho negro do lago, deformando-se com as pequenas ondulações como na obra 'A Noite Estrelada sobre Ródano' de Van Gogh que, segundo Liz, merecia mais reconhecimento.

— *Eu* fiquei chateada — disse Liz, referindo-se ao que Diana dissera ao garoto. — Você não entenderia, mas é desanimador que tudo que algumas pessoas consigam ver ao olhar para duas mulheres juntas seja "elas são melhores amigas".

— Relaxa, Liz, não deixa isso estragar seu humor. Ela não pareceu ser homofóbica nem nada assim e, além do mais, nós nem somos um casal de verdade.

— *Nós* não somos um casal, mas a Nina e a Érika são. Era para *elas* estarem aqui hoje e, porra, essa situação é constrangedora. Mas como eu disse, você não entenderia.

Diana desviou os olhos para o lago e ficou quieta, mas ela não parecia brava ou chateada pela provocação e pela repentina escalada de tom na voz de Liz. Ela parecia surpresa, mas acima de tudo reflexiva. *Better Man* do Pearl Jam em versão de violino tocava em som ambiente.

E ia se formando um clima terrível.

— Aqui está o vinho, meninas. — O garoto retornou, com uma garrafa bonita em mãos, e cujo rótulo indicava ser de um clássico *cabernet sauvignon*. — Quando quiserem pedir é só chamar um dos garçons e, mais uma vez, desculpem a minha avó.

Ele se foi outra vez, deixando para trás um silêncio ainda mais desconfortável do que de quando elas entraram no carro mais cedo e a garrafa suando à medida que o vinho trocava calor com o ambiente.

Fora um jantar agradável, com uma excelente comida, fotos com legendas clichês postadas no Instagram das duas para garantir que a conta caríssima não seria em vão, e conversas esporádicas sobre assuntos que giravam em torno de qualquer coisa, menos do acontecido de horas atrás. Aquela atmosfera terrível se dissipara ao longo da noite, mas não por completo. Palavras ditas e não ditas pairaram feito lençóis fantasmagóricos ao redor de Liz e Diana mesmo depois que elas se levantaram para ir embora.

Se algumas lições haviam sido aprendidas, era que alguns assuntos eram sensíveis demais para serem tocados e que o estopim de Liz andava perigosamente curto. Ela se arrependera de ter usado a velha cartada: "Você é hétero, então não quero saber sua opinião sobre esse assunto que não te afeta". Diana estava se mostrando ser uma pessoa boa, uma mulher cheia de surpresas, com mais nuances do que Liz jamais imaginara e uma companhia melhor ainda. Não parecia justo e nem necessário ser tão passivo-agressiva.

As duas estavam a caminho da porta de saída quando Liz ia se desculpar, mas elas foram impedidas de sair pela senhorinha da recepção.

— E então, meninas, vocês gostaram do jantar? — perguntou ela, com as mãos unidas sobre o peito.

— Estava tudo ótimo — adiantou-se Diana. — Foi o melhor risoto de cogumelos que eu já comi, e o ambiente é maravilhoso.

A mulher abriu um sorriso cheio de dentes, depois olhou para Liz que estava bem ao lado, esperando que ela dissesse alguma coisa também. Logo os olhos de Diana estavam nela também, temerosos pela resposta. A loira tinha duas opções: responder de um jeito frívolo e dúbio para demonstrar todo o seu descontentamento e encerrar a interação, ou tentar uma redenção sutil usando de toda a sua simpatia. E, levando em conta que ela e Diana estavam prestes a ficar mais uma hora no mesmo carro, a última opção era a única possível.

— Eu assino em baixo. Você precisa me dar a receita daquele camarão empanado — brincou Liz. — Temos que voltar qualquer dia desses.

— Que bom saber! — exclamou a moça. — Agora, se não for pedir demais, nós estamos fazendo algumas fotos de casais no nosso cenário de Dia dos Namorados para postar na página do restaurante e eu queria saber se a gente pode fazer uma foto de vocês duas também.

— É uma ideia ótima — disse Liz, ainda na sua personagem simpática, surpresa com o pedido e até meio comovida. — O que você acha, Di?

Ela usou o apelido pela primeira vez de propósito, o que a fez receber um olhar de Diana que dizia "Eu sei o que você está tentando fazer".

E tinha funcionado.

— Claro, pode ser.

Havia um 'quê' de hesitação na voz morena, mas ela cedeu mesmo assim. Logo adiante havia um cantinho decorado com balões de gás hélio em formato de coração, um arco decorado com trepadeiras e rosas vermelhas artificiais. Na parede atrás, o logotipo do restaurante flutuante.

— Paulinho, vem tirar a foto — gritou a senhora, gesticulando com a mão, empolgada.

Então o neto dela apareceu em passos rápidos com uma câmera pendurada no pescoço, pronto para fotografá-las.

— Podem ficar juntinhas ali. — A senhora indicou o espaço sob o arco de rosas e Liz e Diana foram até lá. Elas se prepararam para a foto, os braços de Diana sobre o ombro de Liz enquanto ela encaixou a mão na cintura da chefe. — Ah, a nossa tradição é que os casais deem um beijo durante a foto, para rolar aquele clima romântico.

— O que você disse? — inquiriu Diana, enquanto Liz apertava os olhos na tentativa de ler os lábios da mulher e saber se tinha entendido direito.

— Um beijo. Para a foto — disse ela. — Não fiquem tímidas, por favor.

Ela colocou a mão na cintura, esperando pelo beijo que não estava no *script*, e depois foi para trás do neto bisbilhotar a foto.

Enquanto isso, Liz e Diana se olhavam em busca de uma solução para aquela situação em que acabaram se metendo. Não havia muito tempo para pensar em uma saída. Elas poderiam ter se negado, mas aquela senhora não parecia ser alguém que desistia fácil e seria ir contra todo o ponto daquela foto, que era mostrar que um casal de mulheres não era diferente de um hétero e todos os outros casais tinham se beijado para a foto.

Além do mais, seria um desgaste grande e para evitar o quê? Um simples beijo? Um encostar de lábios sem nenhum significado? Não era racional.

Portanto, Liz relaxou os ombros, tomou o outro lado da cintura de Diana e a trouxe mais para perto. Ela não contava que suas pernas começariam a ficar fracas no processo, ou que o calor da pele de Diana começasse a invadi-la e tirar sua concentração.

Sua respiração falhou pela primeira vez quando ela se curvou levemente para que seus lábios ficassem na altura dos de Diana. Isso fez com que ela congelasse ali mesmo e, antes que pudesse prosseguir, o cheiro e o sabor artificial de lichia tomaram conta do seu olfato e paladar, junto com a sensação cálida da boca de Diana na dela.

Lichia.

A boca de Diana tinha gosto de lichia e coisas inalcançáveis.

Era esse o sabor do bendito hidratante labial, que agora estava impresso nos lábios e no cérebro de Liz; este último permanente. Quando a foto foi tirada e elas abriram os olhos, Liz conseguiu sentir o chão sob pés, e ver tudo ao redor ganhar nitidez de novo. Pela primeira vez ela percebeu respingos de verde na íris amarela de Diana, e eles eram estonteantes.

— Ficou ótima! — disse a mulher, a voz aguda irrompendo a dormência do momento. — Fiquem com os cartõezinhos para verem a foto na nossa página. — Ela estendeu os cartões de visita para as duas, que se separam tão bruscamente que faltou pouco para derrubarem as decorações do cenário, enquanto se convenciam que as bochechas rosadas eram culpa do vinho. — Esperamos vê-las outras vezes.

— Obrigada pela gentileza — disse Diana. — Nós definitivamente voltaremos.

— Definitivamente — disse Liz, com o pé batendo contra o piso, ansiosa para sair dali, mas, ao mesmo tempo, aterrorizada ao saber que estaria dentro de um carro fechado com Diana em minutos.

Elas caminharam para fora, o pulso de ambas acelerado. O clima que antes era tenso e carregado, agora era borbulhante, efervescente.

Capítulo 14

LIZ FLORES É MUITO BOA COM AS PALAVRAS.

Quando elas enfim chegaram ao Itaim Bibi, já era tarde para pegar o metrô para o Liberdade, uma corrida em carro de aplicativo custaria os olhos da cara e Liz já tinha deixado um deles naquele restaurante, portanto ela aceitou o convite para passar a noite no sofá de Diana.

Nenhuma delas ousou dar nem um pio sobre aquele beijo técnico durante a viagem. Ao invés disso, passaram àquela hora na companhia de músicas do RBD e hits dos anos 2000. Enquanto Diana dirigia, Liz se mantivera com a cara no celular, os dedos ávidos contando para Vanessa o que tinha acontecido e respondendo Nina quando ela perguntara como o jantar tinha sido.

Liz não queria ser a pessoa imatura que é incapaz de tocar em determinados assuntos porque eles são tópicos sensíveis em potencial, mas, ao mesmo tempo, discordava que algo tão vazio em significado precisasse ser discutido.

Não foi nada, ela repetia para si, enquanto a atmosfera ao redor dela e da chefe argumentava o contrário, a viagem de elevador do primeiro ao sexto andar demorando uma eternidade.

— Você prendeu o cachorro? — perguntou Liz ao ouvir os latidos estridentes de Louis e suas garras arranhando a porta, antes que Diana a abrisse.

— Claro que não. Eu não deixo o coitadinho preso quando eu vou sair — respondeu, girando a chave. — Vou morrer sem entender qual é o seu problema com o Louis.

— Ele... — Diana abriu a porta antes que Liz pudesse terminar e a bola de pelos branca passou direto pela dona, latindo, com seus dentinhos brancos a mostra. Mas ao chegar perto de Liz ele parou, revistou as pernas dela com o focinho e depois recebeu Diana com pulos e a cauda balançando como um inocente. — Ele sempre dá uma de bonzinho quando tem gente olhando!

Diana riu.

— Ah, claro!

Liz já tinha estado no apartamento da chefe algumas vezes. Não era grande demais, tinha espaço o suficiente para uma pequena família e de sobra para uma mulher e seu Lulu da Pomerânia. Tinha cheiro de construção nova, a pequena varanda na sala deixava tudo bem arejado.

— Eu vou dormir aqui? — perguntou Liz, apontando para o pequeno sofá azul de tecido suede.

— Ele abre e fica maior, não esquenta — respondeu Diana, enquanto tirava os sapatos e os largava no chão da sala, contando o tempo para Louis começar a mastigá-los e ela ter que tirá-los dali.

Liz colocou a bolsa pequena sobre a mesa de jantar perto da porta e sentou-se ao lado da chefe. Era um sofá confortável para uma noite. A decoração estava soterrada por pilhas de papéis, roupas, itens de escritório e toda a sorte de coisas que não pertenciam ao ambiente. Liz não era a pessoa mais organizada do mundo, mas sentiu uma vontade incontrolável de aplicar todas as técnicas de arrumação da Marie Kondo naquele lugar. Nada ali despertava alegria.

— Você quer um pijama? Escovar os dentes? Eu sempre tenho escova nova para as minhas amigas — perguntou Diana. — Sinta-se em casa.

Liz assentiu, mas a verdade era que tudo gritava que ela não estava em casa de forma alguma, e uma dessas coisas era a mulher ao seu lado, exalando um perfume que parecia ficar cada vez mais intenso, mexendo o cabelo e os lábios que traziam de volta o sabor de lichia à boca de Liz.

— Eu vou aceitar o pijama e a escova de dentes, obrigada.

Diana levantou-se para buscar as coisas para Liz, deixou-as sobre a mesa junto com um travesseiro e cobertor, depois se trancou em sua suíte para tomar banho.

Enquanto isso, Liz se vestia com o pijama americano de poá preto e branco e escovava os dentes sob o escrutínio de Louis, que a seguia por todos os cantos da casa feito um vigilante. Ele não a deixou sozinha nem mesmo quando ela se deitou no sofá para tentar relaxar.

Poucos minutos depois, Diana apareceu vestindo apenas uma camisola cor de ameixa muito acima dos joelhos e uma toalha no cabelo, e Liz decretou trégua temporária com sua teimosia para poder assumir que o calor que correu por seu corpo era culpa daquela mulher e não da sensação térmica de São Paulo. Talvez fosse o período fértil falando, talvez fosse o vinho, ela não sabia; mas, pela primeira vez, o peso de ter que rejeitar ou justificar quaisquer sensações desviantes sobre Diana Marinho não estava ali.

— Você vai me ajudar? — perguntou Diana, com as mãos na cintura, parada diante do sofá. — É pesado.

— C-Claro — disse Liz ao prontificar-se, dando tudo de si para fingir que não estava hipnotizada por aquele tom de roxo do tecido que deslizava para mostrar mais pele do que era seguro. — Puxa esse lado que eu puxo o outro.

Elas tentaram bastante, a ponto de Liz começar a sentir uma camada de suor se formando em suas costas – que dessa vez nada tinha a ver com a roupa de Diana –, mas o compartimento do sofá não se moveu nem um centímetro.

— Deve ter alguma coisa debaixo que tá travando — sugeriu Liz. Não seria surpresa no meio de tanta bagunça. — Eu não tenho mais forças para puxar.

— Eu também não — Diana se jogou no estofado, com o braço sobre a testa de forma dramática. — Você pode dormir na cama comigo se quiser.

— Não! — Liz foi rápida em responder, soando quase desesperada. — É só uma noite, eu posso ficar aqui sem problemas.

— Tem certeza? É uma *queen size*.

— Eu tenho certeza. Vou ficar bem. Contanto que você tranque esse cachorro no quarto para ele não me atacar durante a noite. — Ela apontou para Louis, que assistia às duas de longe com as patinhas traseiras esticadas no piso de porcelanato.

Diana revirou os olhos, depois balançou os ombros e pegou o bicho no colo.

— Vamos dormir, filho, eu juro que a moça malvada vai embora amanhã pela manhã — disse ela para o canino, fazendo voz de bebê. — Boa noite, Liz.

— Boa noite — respondeu Liz, se jogando no sofá outra vez, passando a encarar o teto e respirando fundo.

Essa seria uma longa noite.

Liz não conseguia dormir. Ela se revirava naquele espaço apertado, tentando expulsar as memórias da noite anterior para conseguir relaxar e pegar no sono, mas cada vez que se lembrava da sensação dos lábios de Diana se chocando contra os seus, e como isso fez seu corpo esquentar, o coração recebia uma carga de adrenalina, batia mais rápido e a deixava alerta.

As coisas que ela faria para não estar naquela situação, sua mente fantasiando sobre o que aconteceria se aquele beijo durasse mais um pouco. Diana teria retribuído? Ou se afastado e mudado o curso da relação delas para sempre? E, se retribuísse, para onde essa bagunça as levaria?

Ela poderia estar agora na cama com ela, a camisola cor de ameixa jogada num canto do quarto enquanto as duas cometiam um erro do qual se arrependeriam amargamente.

Não.

Isso não era sequer uma possibilidade, pensar nessas coisas era um erro por si só, e de jeito nenhum Liz Flores ia cair nessa cilada de se deixar levar por um tipo clichê de charme e perfume importado.

Às duas da manhã, ela ouviu passos vindo no corredor. Era Diana, passando pela sala para ir até à cozinha.

— Ainda acordada? — perguntou a morena, ao perceber que os olhos de Liz se encontravam bem abertos.

— Eu não tô cansada. — *E esse sofá é pequeno demais e eu não consigo parar de pensar na sua boca.*

— Eu também não. — Diana se aproximou e sentou no tapete felpudo do sala abraçando as pernas, com as costas no sofá. — Posso te perguntar uma coisa?

Ela olhou para Liz, bem no fundo dos olhos. Seus cabelos meio bagunçados estavam jogados sobre o ombro e a meia-luz amarelada vinda de uma arandela os iluminava de um jeito bonito.

— Pode.

— Como você ia se sentir se tivesse que beijar um homem?

Liz franziu o cenho, então ergueu o corpo com os cotovelos para olhar melhor para Diana.

— Que pergunta é essa?

— Só responde.

— Sei lá. Eu ia ficar desconfortável, provavelmente, depende da situação.

— Mas você não ia gostar? Tipo assim, sem chances, né?

— Sem chances. — Ela podia sentir seu estômago revirando com a ideia. Mas a pergunta a deixou curiosa. — Por quê?

— Porque eu estava pensando e, mais cedo, quando a gente se "beijou" — ela fez aspas com os dedos — eu não me senti desconfortável. Eu deveria ter me sentido desconfortável, porque eu sou hétero, certo?

— Isso não quer dizer nada. — Liz tratou de interrompê-la o mais rápido que pôde ao perceber o rumo que aquela conversa estava tomando. — Aquele beijo não quis dizer nada. Foi como beijar uma amiga.

"*Foi como beijar uma amiga*", sério mesmo? Por que raios ela diria uma coisa assim?

— Eu não costumo beijar minhas amigas.

— O que eu quero dizer é que não foi um beijo de verdade, sabe? Eu, por exemplo, não senti nada. — E lá estava ela, mentindo outra vez, fazendo um baita desserviço para si e para todos os envolvidos. — Não porque você não seja uma mulher atraente, mas você é... *você*.

— Eu? — Diana soou ofendida.

— É. Minha chefe hétero. Ou não, já que aparentemente você anda tendo algumas dúvidas sobre isso — brincou Liz, numa tentativa de dispersar a tensão da conversa, fazendo Diana rir. — E por mais que eu me sinta lisonjeada por contribuir com essa dúvida, eu não sou nenhuma especialista em sexualidade só porque eu sou lésbica.

E uma lésbica que estava constantemente confundindo o seu *gaydar* com o seu por-favor-seja-gay-dar.

— Você tem razão — disse Diana, levantando-se. — Agora eu vou tentar dormir. E você deveria fazer o mesmo.

— Eu vou.

— O convite para dormir na cama ainda tá de pé. Tem certeza de que prefere ficar aqui?

— Tenho. Eu tava com um pouco de medo do cachorro, mas o Lúcifer já acostumou comigo.

— *Louis*.

— Tanto faz. — Liz riu. — Boa noite.

— Boa noite.

Liz acordou sentindo uma pressão sobre as pernas e, ao tentar se mexer, descobriu que aquele Lulu da Pomerânia atrevido estava dormindo sobre elas, todo enrolado feito um rocambole.

Ela se moveu com cuidado para sair dali sem despertá-lo, o corpo dolorido pela noite tenebrosa naquele sofá. Precisava fazer xixi, trocar de roupa e caminhar até a estação de metrô mais próxima que, pelas suas contas, só podia ser a Vila Olímpia.

— Bom dia, Bela Adormecida — disse Diana, no instante em que Liz pisou para fora do banheiro. — Você tem um sono bem pesado, hein?

Eram nove horas, e a morena estava impecavelmente vestida, usando uma maquiagem leve, mas elegante, e uma energia invejável no tom de voz para um domingo àquela hora da manhã.

— Meu relógio biológico não funciona nos fins de semana — rebateu, tentando lembrar-se de onde tinha largado suas roupas no meio daquela bagunça. — Bom dia, a propósito.

— Vem tomar café. — Diana sentou-se à mesa, que estava posta com pães, café, leite, biscoitos e iogurte natural.

— Obrigada, mas eu preciso pegar o metrô antes que o sol comece a ficar insuportavelmente quente.

— Eu posso te deixar em casa se você quiser. Combinei de levar o Adrian para almoçar na Liberdade mais tarde porque lá tem um café temático de um joguinho que ele gosta.

Liz queria conseguir negar, vestir suas roupas e dar o fora dali, porque parecia cada vez mais impossível dividir o espaço com Diana enquanto o beijo falso e a conversa da madrugada das duas ainda pairavam sobre sua cabeça feito pássaros barulhentos. Entretanto, a ideia de sentar-se em um carro com ar-condicionado ao invés de precisar caminhar para tomar o metrô era tentadora demais.

Por isso ela topou, sentou-se à mesa e serviu-se de uma xícara de café enquanto evitava contato visual. Em determinado momento, Louis saltou sobre as pernas dela aproveitou que ela estava paralisada para surrupiar um biscoito de seu prato.

Capítulo 15

LIZ FLORES NÃO TEM DADDY ISSUES.

Liz conhecia a maior parte da família Marinho de vista e por fotos. Por mais que Suzana Marinho – mãe de Diana – já tivesse aparecido na STARts mais vezes do que as mães de quaisquer outros funcionários, não dava para dizer que elas se conheciam. Não dá para conhecer ninguém trocando meia dúzia de palavras.

Entretanto, isso não impedira que Liz fosse coagida a aceitar o convite de Suzana para 'entrar rapidinho' quando, minutos atrás, Diana e a loira pararam o carro na porta da casa dos pais de Diana para buscar Adrian.

E assim, Liz colecionava mais uma primeira vez daquele ciclo ininterrupto de primeiras vezes das últimas 48 horas. Primeira vez num "encontro" do Dia dos Namorados, primeiro – e talvez último – "beijo" com Diana, primeira noite dormindo no apartamento dela, primeira vez que ela e Louis conviviam pacificamente e, agora, primeira vez dentro da casa dos pais da sua chefe.

O lugar onde Diana crescera era confortavelmente clichê. Uma casa de dois andares, com um jardim de alamandas decorado por uma fonte de passarinhos, piso de ardósia, impecáveis e paredes brancas. Para uma estrutura que possuía no mínimo quatro décadas, tudo estava muitíssimo bem conservado.

Suzana Marinho parecia tão zelosa com a propriedade quanto era com os filhos.

— Juro que não vamos demorar — disse Diana para que só Liz pudesse ouvir, enquanto a loira se acomodava como podia numa das banquetas da cozinha.

— Não se preocupa — disse Liz, mesmo que por dentro estivesse louca de vontade de colocar os pés na rua outra vez e respirar ar fresco.

Estar naquela casa era como viver numa outra mentira que ela precisava sustentar. E ela fazia isso da forma que podia enquanto tomava o segundo cafezinho do dia, servido com pires e tudo por Suzana Marinho.

— Sabe quem perguntou por você? — perguntou Suzana à filha.

— Meu tio? — chutou Diana.

— O Nikolas. Outra vez. Vocês deviam conversar.

O nome "Nikolas" se tornara um incômodo para os ouvidos de Liz, não só por causa daquele deputado reacionário decrépito de Minas Gerais, mas também desde que o ex de Diana fizera uma cena no escritório. Ela quis cuspir o café só de ouvir.

— Mãe, por favor — pediu Di, o corpo retesando em desconforto. — Esse assunto de novo não.

— Didi, será que você pode vir comigo para tentar convencer seu irmão a usar a blusa nova que eu comprei para ele? — E, do mais completo nada, Suzana Marinho trocou o assunto, como quem pula uma faixa num disco. — O garoto agora quer sair por aí com esses trapos que as crianças de hoje em dia usam.

— Está bem, mãe — disse Diana. — Eu já volto — disse à Liz.

— E a parte do "não vamos demorar"?

— Não vamos. Me dá cinco minutos e eu vou descer com uma criança vestida e as chaves do carro na mão, tá bem?

Liz fez que sim, ainda que não acreditasse em uma só palavra. Tinha caído no golpe do "vamos ali comigo, é rapinho", mas no contexto mais desconfortável possível.

Assim que Diana deu as costas, o café acabou rápido e, de repente, Liz se virou girando naquela banqueta de um lado pro outro, chacoalhando a perna feito uma batedeira elétrica da Polishop como quem sofre de um tipo terrível de tique nervoso.

Por fim ela se levantou e, movida por uma curiosidade atrevida, caminhou até a sala para dar uma bisbilhotada inocente nos porta-retratos que vira de relance ao entrar. Se a mãe de Diana não era do tipo que se sentava com as visitas para mostrar foto dos filhos sujos de terra quando bebês, Liz iria atrás disso sozinha.

Espalhados por uma estante cinematográfica de mogno, estavam fotos da família em diversos anos. Diana estava na maioria delas, em várias idades, exibindo o sorriso naturalmente alinhado e Liz se perguntava se ela já tinha experimentado o que era não ser bonita pelo menos algum dia na vida, já que nem a puberdade lhe tirara a pose de Miss.

O caçula Adrian só aparecia nas fotografias mais nítidas, tiradas na era digital. Era curioso o intervalo tão grande entre um filho e outro.

Nas fotos também aparecia outra figura frequente: um rapaz com os mesmos olhos amarelos de Diana e os cabelos claros de Suzana. Ele aparecia em fotos de família, mas nunca sozinho como Diana e Adrian, o que fazia Liz se questionar se ele não podia ser um primo ou amigo de infância.

Diana falaria sobre um segundo irmão, não falaria?

Ele parecia 4, talvez 5 anos mais novo. Em algumas fotos, estava magro e pálido feito um fantasma. Talvez ele tivesse falecido há algum tempo e fosse um tópico sensível, mas, mais uma vez, Liz achava improvável que Diana nunca o mencionara.

— Eu tenho uma família linda, não tenho? — A voz masculina e grave surgiu de trás, fazendo Liz virar-se num sobressalto.

Era Roger Marinho. Liz o reconheceu pelas fotos, mas pessoalmente ele era bem mais velho, ainda que ela pudesse ver os resquícios da virilidade masculina sendo substituída por uma velhice insossa.

— Tem mesmo — ela concordou. Era uma família de gente muito bonita, isso não havia nenhuma dúvida. — Me desculpa, eu não quis ser enxerida.

Na verdade, *quis sim*.

— Não esquenta. A Di me contou que você é escritora, e escritores são naturalmente curiosos sobre tudo.

— É... Eu acho.

Liz estava surpresa com o fato de Diana ter falado sobre ela com o pai, no entanto, esse era um assunto no qual tocaria mais tarde.

— Eu sou apaixonado por livros. Mesmo. Tenho uma biblioteca particular — disse ele. — O que você escreve?

— Suspense. Por enquanto.

— Agatha Christie ou Arthur Conan Doyle?

— Agatha Christie. Fala sério, eu adoro Sherlock Holmes, mas a Agatha tem um estilo próprio.

— Resposta certa. — Ele riu. — Os da Agatha são meus favoritos também.

— Ela é inacreditável. É minha grande inspiração em termos de aprender a brincar com a mente do leitor.

— Bom, eu sou corretor de imóveis, não entendo nada de escrita, mas se você diz que Agatha Christie é uma inspiração para você, eu definitivamente quero ler algo que você escreveu.

— Sobre isso... — Liz coçou a nuca. Saía por aí dizendo para as pessoas que era escritora sem ao menos ter um livro que se preze para elas atestarem esse fato. Mas isso mudaria. Muito em breve isso mudaria. — Estou finalizando meu primeiro manuscrito oficial para, quem sabe, conseguir publicar.

Roger ajeitou os óculos de armação fina nos olhos, seu semblante assumindo um aspecto reflexivo por alguns instantes.

— Me fala sobre o seu livro — pediu, educado.

Liz podia passar horas dentro da própria cabeça discorrendo a respeito do seu livro, organizando ideias, calculando reviravoltas e amarrando as pontas soltas da trama, mas algo na frase *"Me fala sobre o seu livro"* a fazia esquecer de todas essas coisas. Sem definir um ponto de partida, nada do que ela dissesse parecia fazer jus ao potencial da história que ela queria contar.

Por isso aquele *pitch* ainda não estava nas mãos de Valentina Rosa, os dias passando e ela sentindo como se o enredo possuísse um prazo de validade, e que era algo que tornaria desinteressante e clichê muitíssimo em breve.

— Ele começa quando uma jornalista investigativa acorda na cama de um hospital psiquiátrico depois de supostamente se atirar de cima de um viaduto no Rio de Janeiro. A vítima não lembra de ter pulado, mas como ela tem um histórico depressivo, ninguém acredita quando ela diz que não tentou suicídio. — O patriarca da família Marinho tinha os olhos abertos e atentos, sua linguagem corporal demonstrando interesse na história, o que encorajou Liz a prosseguir. — Então, para tentar entender o que aconteceu naquela noite, ela começa a vasculhar casos parecidos e se junta a uma investigadora da Polícia Civil para solucionar esse mistério.

— Uau. Narrador inconfiável, tabus, uma possível tentativa de assassinato. Tenho certeza de que é uma história com um potencial enorme e eu vou adorar ler quando for publicada.

— Eu sou suspeita para falar. — Liz sorriu, grata.

— E nesse seu livro tem romance também? Eu tenho essa cara de homem das cavernas, mas adoro um bom romance.

Deixando de lado a cena adoravelmente cômica que era ouvir de um senhor de quase 60 anos que ele curtia romances, Liz lembrou-se que ele era parte da família que não podia saber que a filha estava "namorando" uma mulher. Portanto, Liz hesitou, em nome de um sentimento nostálgico de adolescente que tentava esconder um grande segredo dos adultos.

O segredo: ser uma mulher e se apaixonar por outra.

E então, no segundo seguinte, ela tinha 13 anos outra vez, estava sentada no banco do passageiro do carro de sua mãe, chorando em silêncio após ser advertida na escola por mandar aquele maldito bilhete para a sua colega de classe – que teria um nome nessa história se não fosse uma completa babaca. Eis que Cindy Flores parou o carro no estacionamento de um mercado, olhou ela nos olhos e disse:

"— Liz, você sabe por que eu detesto falar sobre o meu trabalho com você?

Ela balançou a cabeça em negativa. Sua mãe era uma advogada que atuara em muitas áreas do Direito ao longo de seus 17 anos de carreira até aquele momento, e era evasiva na maior parte das vezes em que Liz fazia perguntas demais sobre sua profissão.

— Todos os dias... Ou melhor, quase todos os dias eu assisto às pessoas que cometeram as piores falhas e os piores crimes saindo do tribunal sem o menor remorso pelas coisas terríveis que fizeram. Isso me faz acreditar cada vez menos na humanidade, sabe? E não falo com você sobre porque na maior parte do tempo eu prefiro que não saiba o quão esse mundo pode ser injusto. A questão é que você vai acabar descobrindo de um jeito de outro, então escuta o que eu vou te dizer: eu espero que você sinta vergonha caso machuque ou

prejudique alguém. Quero que sinta vergonha se for rude ou desonesta, mas, por favor, não sinta vergonha por ser quem você é ou por gostar de alguém, quem quer que seja essa pessoa, está bem?

Chorando ainda mais, ainda que por um motivo diferente, Liz deu seu melhor sorriso e assentiu.

— Eu te amo — disse Cindy, beijando a filha na testa. — Mas você ainda estava flertando em horário de aula, então você está de castigo por uma semana."

A partir desse momento simples, mas cheio de significado, Liz decidira que não teria medo vergonha de si outra vez, e não seria um senhor de classe média que a faria repensar essa decisão. As consequências não importavam.

— Não é o foco da história, mas a personagem principal acaba se apaixonando pela coadjuvante e elas têm uma relação meio codependente, mas funcional.

Ele olhou por cima dos óculos outra vez, com as sobrancelhas arqueadas e um ar de surpresa.

Mas surpresa era tudo que havia em seu semblante e nada mais.

— Que moderno — disse ele. — Eu devo pegar um autógrafo de antemão para o caso de você ficar muito famosa?

Liz riu. A sensação de leveza ia tomando conta da atmosfera outra vez.

— Eu vou garantir que a Diana entregue um para o senhor.

— *Senhor* não, por favor. *Você*. Eu não tô tão velho assim.

— Para *você* — corrigiu-se ela.

— Liz, a gente tem que ir — disse Diana, surgindo do outro cômodo. — Te vejo mais tarde, pai. — Ela acenou, breve.

Bastou ouvir sua voz para Liz perceber que a Diana que estava indo embora, era muito diferente da Diana que chegara. Adrian permanecia ao seu lado, o cabelo penteado para trás e o rosto iluminado como o de qualquer criança prestes a realizar um sonho. O mesmo não podia ser dito de sua irmã mais velha. Eram como o sol e a tempestade lado a lado, inconscientes e imperturbados pela presença um do outro.

E Liz tinha tantas perguntas!

Por que Diana descolorira o cabelo durante a faculdade?

Quem era o rapaz das fotos?

Por que ela nunca mencionou que seu pai era tão simpático?

Apesar de ser bem provável que ela tivesse dito em algum momento, mas Liz não acreditaria sem provas porque Diana falava bem de todo mundo.

Muitas dúvidas, nenhuma resposta.

Nenhuma palavra até elas chegarem ao apartamento de Liz e despedirem-se com um "até amanhã" desengonçado.

Capítulo 16

LIZ FLORES ADORA SURPRESAS.

Era meio-dia de segunda-feira e até então nenhum sinal de Diana Marinho.

Ela não atendia às ligações, o porteiro do turno da manhã dissera que o carro dela não estava na garagem do prédio, e o pessoal da creche do Louis alegaram não terem visto ela nem o Lulu da Pomerânia naquele dia.

Às nove da manhã, Liz começara a se preocupar.

Às dez, ela estava considerando ligar para família dela e perguntar se ela havia decidido passar a noite depois de levar Adrian para a casa no domingo.

Às onze, ela estava roendo as unhas e se perguntando se devia ir atrás dela com o carro, acionar a polícia ou qualquer coisa assim.

Ela saberia se Diana tivesse um compromisso de última hora. Se havia uma pessoa nesse mundo que saberia, essa pessoa era Liz. Em um universo onde a relação das duas fosse perfeitamente delineada pela normalidade e elas não fossem nada além de chefe e funcionária, Liz aproveitaria cada momento daquela manhã para fazer qualquer outra coisa que não fosse se preocupar.

Uma ligação seria mais que o suficiente, não 15.

Nenhum pensamento sobre acidentes de trânsito, sequestros ou qualquer outro imprevisto improvável.

Agora, já era o horário de almoço, e ela não sabia se devia levantar-se de sua mesa, ir comer e esquecer daquele problema por uma hora inteira, ou se ficava ali, plantada, feito um cachorro que espera pelo seu dono.

Não que ela acreditasse que ia conseguir comer, mas Van estava mandando um zilhão de mensagens perguntando onde ela estava e se ela queria dividir um espaguete no Spoleto.

A loira dispensava o espaguete, mas poderia usar aqueles minutos livres na companhia de Vanessa e seu espírito racional, que amarraria os dois pés de Liz no chão e lhe diria que ela estava surtando por bobagem. Diria que logo menos Diana passaria pelas portas do elevador e começaria a fazer perguntas que seriam dispensáveis se ela lesse todos os recados ou abrisse o Google Agenda de vez em quando. A Diana que

Liz conhecia, não a que a deixava desconcertada ao aparecer com uma camisola sexy no meio da madrugada, para depois aguçar a ansiedade de Liz agindo de um jeito estranho, um dia antes de desaparecer.

— Eu só acho que você está colocando muita energia numa coisa que pode não ser, e provavelmente não é, nada de mais — disse Van, limpando molho bolonhesa do próprio queixo. — Ela sumiu por umas horinhas, e daí?

— Você não tá entendendo — disse Liz. — Ela nunca fez isso.

— Pra tudo tem uma primeira vez. — Vanessa deu de ombros.

— Mas precisava mesmo ser depois desse fim de semana? *Desse* fim de semana? Aconteceu tanta coisa e agora...

— Em minha defesa, eu bem que te avisei que isso ia dar merda.

— Não vem não, porque foi você quem me incentivou a entrar nessa com aquela conversa fiada de "você tem muito a ganhar com isso" e advinha só o que eu ganhei? Crises de ansiedade e uma passagem só de ida pra ala psiquiátrica.

Vanessa riu e Liz fez uma cara feia.

— Desculpa, é que, poxa, eu não imaginei que tinha a possibilidade de você começar a gostar dela de verdade.

— Eu não...

— Liz...

— Às vezes você esquece que eu ainda dependo do meu bom relacionamento com a Diana pra manter o meu emprego e pagar as minhas contas.

— Tá então deixa eu me situar: com o que exatamente você está preocupada?

— Sei lá, talvez que ela tenha tido uma crise de consciência no meio da noite, surtado e fugido pra Santos com uma mala de mão e aquele cachorro sociopata? Você precisava ver como ela ficou depois que a gente foi na casa dos pais dela.

Vanessa riu outra vez.

— Ela não fugiu para Santos, Liz. Essa situação toda é maluca e estressante. Se ela precisa de um tempo sozinha, deixa ela.

— Eu estou deixando! — protestou Liz, após sua trigésima chamada ter ido parar na caixa postal. — Mas custava mandar uma mensagem avisando?

— Talvez você tenha razão e eu esteja sendo insensível — disse Van, levantando-se da mesa do refeitório. — Em todo caso, parar de surtar por isso ainda é a melhor opção. Agora vamos sair daqui porque alguém trouxe uma marmita com pequi e eu não tô suportando mais o cheiro.

Liz seguiu a amiga até os elevadores. Elas foram parar na área de convivência, um espaço que ocupava o andar inteiro, repleto de mesas de jogos, uma biblioteca e a famosa piscina de bolinhas. Ficava cheio àquela hora do dia e, quando conseguiram avistar pufes livres, o celular corporativo que Liz nunca levava para o almoço tocou.

— Onde você estava? — perguntou Liz à sua chefe, os braços cruzados numa postura defensiva.

Diana Marinho chegara ao escritório há alguns minutos. Assim que pisara em sua sala, ligara para Liz para perguntar algo sobre relatórios de meses passados, enquanto a loira se segurava muito do outro da linha para não ter um acesso de raiva.

Porque isso foi tudo que Liz conseguira sentir no momento.

Raiva por aquela mulher ter tomado um chá de sumiço pela manhã e voltado como se nada tivesse acontecido, quando era óbvio que alguma coisa estava fora do lugar.

E, sim, a raiva podia não ser dos sentimentos mais saudáveis para se sentir por uma pessoa, mas que se explodisse.

— Eu saí com uma amiga pela manhã, já que não tínhamos compromissos, mas a Carmen me ligou pedindo esses relatórios de desempenho dos últimos três meses e eu tive que vir pra cá correndo.

— Saiu com uma amiga? — perguntou Liz, incrédula. — E você não pensou em, sei lá... *Me avisar*? Eu fiquei preocupada. Depois de ontem, você...

— Liz, olha, eu não tenho tempo para isso agora. Preciso de um compilado dos dados desses relatórios o mais rápido possível — disse a mais velha, acomodando-se na cadeira dela e prendendo os cabelos meio desgrenhados no topo da cabeça. — Então se você puder providenciar isso o mais rápido possível, eu agradeço.

— Você... — Liz respirou fundo. Uma. Duas. Três vezes. Ela não podia acreditar que Diana Marinho teria a desfaçatez de agir com tanto cinismo, como se ela não soubesse tudo o que estava envolvido, e de cada um dos jeitos que aquela situação era delicada. — E eu pensei que *eu* tivesse problemas em dialogar — murmurou enquanto Diana fingia não ouvir, depois checou as horas no celular e disse: — Ainda tenho 15 minutos de almoço. Volto às 13 em ponto.

Se aquela porta não fosse de vidro – e não custasse pelo menos 3 meses de seu salário -, Liz teria batido ela com tanta força que todo o prédio da STARts saberia o quão furiosa estava.

O DETRAN devia institucionalizar uma norma que proibisse as pessoas de dirigirem após um dia estressante no trabalho, porque elas se tornam muito propensas a causar acidentes ou a xingar idosos no caminho de volta para a casa.

Naquele dia, Liz era uma ameaça para si e para todos a sua volta e a única coisa capaz de pará-la seria o rodízio de veículos de São Paulo, mas a placa de seu carro não terminava com 1 e nem com 2, então alguém teria que se responsabilizar se uma tragédia acontecesse, e essa pessoa era Diana Marinho.

As cenas do fim de semana se repetiam em looping na cabeça de Liz, enquanto ela tentava encontrar um motivo, uma justificativa para que Diana passasse a agir daquele jeito. O momento do "beijo" falava alto, óbvio, mas acontecera tão rápido e de comum acordo, que não fazia sentido que ele fosse a razão para, do mais absoluto nada, Diana virar um poço de apatia e cinismo. Seu cérebro estava fritando tanto, que ela errou o caminho duas vezes e precisou fazer uma pausa para bater os punhos contra o volante e xingar sua chefe de nomes que deixariam Dercy Gonçalves escandalizada.

Quando enfim guardou o carro na garagem e subiu o elevador para entrar em casa, ela se deparou com a porta destrancada, uma bolsa em cima do sofá e ninguém menos que Cindy Flores passando um espanador em sua estante de livros.

Por um milésimo de segundo, Liz se perguntou o que aconteceria se ela fechasse a porta, desse as costas, voltasse para o carro e dirigisse até a mãe ir embora. Mas, verdade seja dita, Cindy não era do tipo que ia embora.

Maldita hora em que eu deixei a cópia da chave com ela.

Quando as duas trocaram olhares, Liz considerou fingir uma queda de pressão e encenar um desmaio, mas temeu bater a cabeça do jeito errado e acabar acordando na UPA mais próxima.

Levando em conta a sua sorte nas últimas horas, essa era uma possibilidade enorme.

— Você não devia estar na faculdade essa hora? — perguntou Cindy.

E foi aí que Liz teve certeza que ela sabia. Ela sabia que Liz não estava frequentando a faculdade porcaria nenhuma, mas queria ouvir isso da boca da filha.

Mas, há quanto tempo ela sabia?

Como ela sabia?

— E você deveria estar em Ribeirão Preto — retrucou Liz, se forçando a entrar e jogando-se no sofá. — Então tecnicamente nós duas não estamos onde deveríamos estar.

— Eu tô falando sério, Liz. — Cindy pousou a mão com o espanador no quadril. — Você deveria estar estudando, e eu não deveria ter que largar meu trabalho em outra cidade pra vir até São Paulo descobrir por que a minha filha não atende minhas ligações, não me deixa vir visitar e não me conta a verdade.

— Eu disse que você podia vir outro dia, mas esse fim de semana eu tenho mesmo que...

— Essa não é a questão, Liz. Eu fiquei preocupada. Nós sempre falamos tudo uma pra outra e de repente eu descubro que você tem mentido para mim por meses.

— Fazia mais de um ano, na verdade. Dois meses antes de ela conseguir a vaga na STARts ela trancara o curso e sobrevivera de suas economias até o dinheiro ficar escasso e ela precisar achar um emprego. — Aliás, desde quando você parou com a faculdade?

— Se lembra quando eu disse que ia começar a trabalhar e você perguntou se eu estava precisando de dinheiro?

— Lembro.

— Eu já tinha saído do curso, mas parecia errado que você me mandasse dinheiro se eu não estava mais estudando.

Cindy pinçou a ponte do nariz com os dedos, os olhos fechados enquanto ela caminhava para se sentar ao lado de Liz.

— Por quê? — perguntou Cindy. — Por que você fez isso? Eu pensei que você quisesse ser escritora.

— Eu quero ser escritora, mãe. Mas eu descobri que o curso de Letras não torna isso mais fácil, pelo menos não pra mim. E depois de um ano e meio fazendo um péssimo trabalho como estudante e um ainda pior como aspirante a escritora eu decidi que eu não queria mais me esforçar para fazer uma coisa que eu detestava.

— E por que você não me disse? Nós podíamos conversar sobre isso e arranjar uma alternativa.

— Não contei porque eu sei que no segundo que eu dissesse que queria largar a faculdade você entraria em pânico e me diria todas as coisas que eu já sei sobre a vida ser muito mais fácil quando você tem um diploma e que você e o meu pai...

— Ele já sabe?

— O quê? Quem?

— O seu pai. Ele sabe?

— Não, é claro que ele não sabe, a gente mal se fala.

— E eu liguei para o cretino esses dias e ele disse que vocês se falavam *regularmente*.

— Ele me ligou no meu aniversário, e a gente se fala quando o carro dá problema, mas tirando isso nunca. Talvez seja isso que ele chame de "regularmente".

— É claro, eu não poderia esperar nada diferente vindo daquele imprestável. — Liz segurou a risada, mas só porque aquele momento era muito inapropriado *mesmo*. — Enfim, eu não preciso nem dizer que fiquei desapontada, não é? Você sabe, eu tinha expectativas, me via no dia da sua formatura, assistindo você pegar aquele canudo com a mesma alegria nos olhos que meus pais tinham quando foi a minha vez, porque eles não puderam estudar, mas fizeram de tudo para que eu pudesse.

— Mãe...

— E o que você vai fazer agora? Qual é o seu outro plano se essa coisa de ser escritora não der certo?

— Eu não sei, tá? Por enquanto eu só estou torcendo muito para dar certo e a pressão ficou ainda maior agora que você sabe de tudo. — Ela correu as mãos pelos cabelos loiros, a pressão dentro de seu crânio parecia aumentar a cada palavra dita, a cada conclusão que sua ansiedade chegava. — E, falando nisso, como você soube?

— Eu sou mãe, Liz. Posso estar em outra cidade, mas a gente sempre sabe quando alguma coisa está acontecendo com os nossos filhos. Você nunca mencionava a faculdade sem que eu falasse antes e, vendo suas redes sociais, era sempre trabalho ou a sua namorada nova, de quem você também não fala por algum motivo, mas já é uma grande coisa que você esteja publicando fotos dela.

Ah. Merda. Diana Marinho. O namoro falso. Ali estava uma coisa digna de ser acrescentada à lista de preocupações de Cindy Flores e fazê-la desconfiar ainda mais da capacidade de Liz de tomar conta de si mesma.

Entretanto, ela tinha que contar. Se algum dia sua mãe descobrisse a verdade, só serviria para gerar outra mágoa entre as duas e Liz se odiaria por deixar isso acontecer. Porque, por mais que seus motivos fossem justificáveis, ela ainda tinha quebrado a confiança da pessoa que ela mais amava no mundo, e que a amava ainda mais. A amava o suficiente para, numa situação dessas, buscar compreender ao invés de julgar.

Portanto, Liz devia a verdade a ela dessa vez.

— Ela é a minha chefe. A mulher das fotos.

Cindy Flores ficou branca feito um fantasma.

— Você está namorando a sua chefe?

— Não! Pelo amor de Deus, não... Na verdade, é uma história complicada.

— Meu ônibus sai às sete da manhã. Você pode me contar essa história complicada enquanto eu faço um jantar. Passei no mercado antes de vir pra cá porque eu sabia que na sua geladeira só teria água e sachês de ketchup.

Cindy se levantou e começou a mexer nas sacolas que estavam sobre a mesa da sala de jantar. Liz não estava ansiosa para contar para a mãe como tinha chantageado sua chefe em troca de fingir ser a namorada dela, mas podia fazer isso enquanto sentia o cheiro da primeira refeição caseira que ela comeria em meses ficando pronta.

Capítulo 17

LIZ FLORES NÃO COLOCARIA A VIDA EM RISCO PARA PROVAR UM PONTO

O medo que a maioria das pessoas têm por aviões é irracional. O que dizem, sobre serem o meio mais seguro de viajar, não é conversa fiada. A estatística confirma que, a cada 990 mil voos comerciais, um deles dá errado. Levando em conta que 200 mil aeronaves decolam e pousam diariamente, isso dá um acidente a cada 5 dias e Liz Flores estava confiante que tinha lido algo sobre um avião que caiu na Austrália três dias atrás, então o seu voo de 15 horas até Los Angeles tinha tudo para dar certo.

Isso, é claro, se não fosse aquele clima de missa de sétimo dia entre Diana e ela, onde nenhuma das duas ousava quebrar o silêncio, não fosse para dizer coisas triviais do tipo "O que você vai querer jantar?" ou "Quanto tempo é de táxi do aeroporto até o hotel?".

Liz poderia ser a adulta da relação e tentar iniciar uma conversa, mas ela não se sentia na obrigação, nem segura o suficiente para tentar resolver um problema que ela não tinha criado ou sequer conhecia a raiz dele.

Portanto, manteve-se em silêncio, enquanto folheava as páginas de um livro chamado *Maldita Seja Eva*. Assim como a protagonista de seu suspense, Eva também havia sido acusada de fazer algo que ela não lembrava – matar o próprio padrasto – e, assim como Liz, Eva também era uma pessoa perigosamente autodestrutiva.

Era bom poder contar com *thrillers* para se sentir representada. Na realidade em que vivemos, é bem mais provável que uma jovem desenvolva uma amnésia pós-traumática depois de matar o padrasto abusivo, do que a maior popstar do mundo se apaixonar por você, como acontece em *Como se Fosse Fanfic*.

Thrillers, ao contrário de romances, não criam expectativas irreais na sua cabeça. Eles fazem o oposto disso, extinguem toda a sua esperança na humanidade com quantidades bem dosadas de pessimismo, humor ácido e tragédias. Prova disso era sua situação com Diana. Porque, qual seria o resultado da equação quando você e sua chefe decidem fingir que estão namorando por propósitos egoístas?

Isso mesmo: tragédia, não romance.

A sabedoria brasileira de sempre confiar em conselhos maternos estava se mostrando implacável outra vez. Não fazia nem uma semana que ela estava em sua cozinha, enchendo a boca de almôndegas enquanto sua mãe a aconselhava a sair daquela situação o mais rápido possível antes que ela ficasse sem o emprego e sem o contrato com Valentina Rosa. Agora ela não fazia ideia se ainda tinha chance de ter um dos dois.

O que era desesperador, não só pelos motivos óbvios, mas porque ela tinha feito um acordo com Cindy que, caso o agenciamento com Valentina fosse para os ares, ela voltaria para a faculdade e a terminaria dessa vez. Parecia injusto, mas Liz era uma mulher de 25 anos, que não podia e tampouco queria a ser a assistente pessoal de alguém por muito mais tempo.

Se pelo menos eu estivesse no assento na janela, Liz esbravejou em sua mente, cinco horas de voo depois, quando a luz de leitura começou a fazer sua cabeça latejar e ela já tinha esgotado seu pacote de internet rolando os vídeos do TikTok. Era fim de tarde, o avião estava sobrevoando o Golfo do México e as luzes do pôr do sol refletindo no oceano deixava a cabine submersa em tons de laranja, mas Liz se recusava a olhar através do vidro e correr o risco de fazer Diana pensar que ela estava olhando para ela.

Porque ela era imatura e nenhuma outra razão acima dessa.

Ou talvez porque tinha medo de que seus olhos escorregassem. Diana era como uma versão romantizada da Medusa e, uma vez que você olhava, era impossível parar de olhar, porque ela tem o tipo de beleza petrificante; a miragem de um oásis no deserto ardente, que faz seu cérebro precisar de tempo para entender se o que ele está vendo é real ou se é apenas um truque da natureza.

Qualquer que fosse a resposta, ela não pagaria para ver. Nem que precisasse descer daquele avião com uma torcicolo.

Elas chegaram no hotel de madrugada. Quando o concierge foi levá-las até o quarto, o lado leitora assídua de fanfics de Liz pôde jurar que só teria uma cama. Afinal de contas elas já estavam fingindo um namoro, só faltava esse toque para deixar a coisa toda mais ficcional; sem contar que o primeiro encontro delas tinha sido ocasionado por um incidente com café do Starbucks.

Juntando todos os pontos, fazia todo sentido que só tivesse uma cama.

Mas não tinha.

Eram duas camas de solteiro, uma ao lado da outra, num quarto amplo com varanda, bem como mostrado no anúncio do site em que Liz havia reservado.

O que na vida real era um alívio, mas Liz conseguia imaginar a cara de decepção dos leitores se isso acontecesse numa fanfic de *Once Upon a Time* ou do *Fifth Harmony.*

Ela riu sozinha, porque seu lado que fazia piadas ruins para extravasar o mau-humor estava de volta. Depois de ajeitar as malas, Liz foi se deitar enquanto esperava Diana desocupar o banheiro para tomar um banho, mas adormeceu antes.

Era nove e cinquenta e sete da manhã.

Na mesinha de cabeceira, um bilhete:

> *"Saí para fazer compras.*
> *Volto à tarde."*
>
> *- Diana*

Diana não acordara Liz para o café da manhã que terminava às 10 e, mesmo que ela não tivesse pedido para ser acordada, a loira considerava aquilo uma afronta pessoal.

A regra é simples: não importa o quão irritado você esteja com alguém, não acordar a pessoa para o café da manhã de um hotel é tipo quebrar um código de ética tácito.

Era traição.

E, enquanto se revirava na cama pensando sobre todos aqueles tipos de pães, tortas e frutas que estava perdendo, Liz decidiu que se alguém ali deveria estar irritada, esse alguém era ela.

Aquela mulher maluca se achara no direito de fazer uma proposta inescrupulosa de namoro-falso, agir como se tivesse alguma consideração por Liz, como se ela *gostasse* de Liz, e ainda por cima vir com aquela conversinha de quem estava questionando a própria sexualidade depois que elas se beijaram; se é que dava para chamar aquele leve roçar de lábios de beijo. E tudo isso para, de uma hora para outra, dar um gelo nela? Como se, além de tudo isso, ela não fosse a pessoa que levava o cachorro dela na creche, servisse de babá para o irmãozinho dela, cuidasse de mandar suas roupas para a lavanderia e uma miríade de outras coisas que preencheriam páginas e mais páginas dos autos de um processo trabalhista.

Diana Marinho merecia um gelo.

Ela merecia ser deixada sozinha num quarto de hotel para refletir sobre as suas atitudes. Suas péssimas e condenáveis atitudes, diga-se de passagem.

Elas tinham vindo juntas, mas não precisavam ficar juntas.

E, sim, Liz podia estar sozinha, mas estava sozinha *em Los Angeles*, o epicentro da música, cinema, teatro e badalação; a namoradinha do estado da Califórnia com direito a praias lindas. Um rápido Google e ela saberia onde mulheres lésbicas e solteiras encontravam diversão.

Melhor ainda: instalando um aplicativo de relacionamentos, ela teria companhia para conhecer esses lugares pelos longos dois dias que ainda tinha pela frente. Por que iniciar uma conversa com estranhos pessoalmente, quando a internet torna isso tão fácil?

Estava decidido.

Liz instalaria o Tinder, acharia a lésbica mais festiva de toda a cidade e teria um encontro com ela. Talvez dois, se não acordasse com muita ressaca no dia seguinte, nunca se sabe como noites assim podem terminar.

Em minutos, ela estava deslizando os perfis de dezenas de mulheres para selecionar a sortuda que teria a honra de acompanhá-la por L.A., no que seria a noite mais memorável da sua vida. Daquela que você conta para as suas amigas múltiplas vezes e nunca perde a graça, porque sempre tem um detalhe que você esqueceu de mencionar da última vez e elas riem enquanto desejam ser você em segredo.

Não que Liz tivesse muitas amigas, mas Nina e Vanessa se impressionariam com toda certeza.

Quase cem perfis, 13 matches e algumas mensagens depois, ela encontrou a mulher perfeita. Cleo Myers tinha cabelos vermelhos cortados abaixo das orelhas, era estudante de biologia na UCLA e fora uma das poucas que não iniciou a conversa com a sigla:

"*DTF?*"

Que, de acordo com uma busca no Google, significava "*down to fuck*?" ou "a fim de transar?" em tradução livre. Não que Liz não estivesse a fim de transar, mas todos aqueles meses sem sexo tinham passado feito um caminhão pipa por cima de sua libido, ao ponto de que marcar uma foda com uma estranha em outro país extrapolava um pouco os limites da sua vontade de meter o louco.

As duas marcaram um encontro às 19 – ou 7PM – no *The Abbey*. Um bar LGBTQIA+[6] cujas fotos na internet mostravam um cara de cueca sobre a mesa. O lugar ideal para colocar os planos de Liz em ação e público o suficiente para evitar um possível crime. Cleo tinha um perfil completo em diversas redes sociais, postagens que datavam a partir de 2015 e tudo indicava que ela não estava envolvida em uma quadrilha de traficantes de órgãos, mas ela passara horas o suficiente assistindo aos vídeos da *Danny Boggione* no *YouTube* para se deixar correr o risco.

6 LGBTQIA+: Lésbicas, Gays, Bissexuais, Transsexuais, Queer, Interssexo, Assexuais e outros.

Às 17:40, Diana entrou no quarto que as duas estavam dividindo com sacolas e mais sacolas. Ela tinha levado a sério demais a tarde de compras e, pelos nomes das marcas, a operadora do cartão de crédito dela devia ter recebido alguns alertas.

— Ei, Liz — disse ela, sentando-se sobre a cama enquanto a loira se decidia sobre qual roupa usar. — Desculpa ter te deixado sozinha, é que você não faz ideia do quanto eu demorei para encontrar a roupa perfeita e depois eu esbarrei com um ex-colega de faculdade e...

— Não esquenta — retrucou Liz, sem tirar os olhos de sua mala. — Eu me mantive ocupada.

Não era mentira, mas seria desonesto dizer que ela não estivera esse tempo todo cultivando uma frustração crescente a cada hora que passara sozinha naquele quarto.

Cleo Myers tinha a entediado com uma conversa sobre a superpopulação de gaivotas nas praias da Califórnia, mas nada como doses de irritação para manter a adrenalina correndo no sangue e lembrá-la do porquê ela estava se sujeitando àquele caso de uma noite com uma estranha.

— É mesmo? — Diana olhou por cima dos ombros de Liz para tentar espiar. — O que você ficou fazendo?

— Eu arranjei um encontro — respondeu, virando-se para ela e jogando uma toalha sobre o ombro para entrar pro banho.

A confusão, o vinco entre as sobrancelhas e a surpresa no rosto de Diana Marinho fizeram toda aquela conversa sobre gaivotas valer a pena.

— Um encontro? — Liz fez que sim. — Com quem?

— Uma garota que eu conheci no Tinder.

— Conheceu, tipo, agora?

— É. Mas não esquenta, eu já chequei, e as chances de ela ser uma sequestradora são muito baixas, e a gente marcou de nos encontrarmos num lugar movimentado.

— Mas... É Los Angeles, essa cidade é enorme. E se alguma coisa acontecer?

— Não é maior do que São Paulo e, se alguma coisa acontecer, eles vão checar os meus documentos de turista e ligar para os meus contatos de emergência — disse Liz, caminhando em direção ao banheiro.

— Você se esqueceu da regra de não sair com ninguém em público?

— Não. Mas, como você mesma disse: é Los Angeles.

— Isso não significa nada. Eu acabei de dizer que encontrei um ex-colega de faculdade aqui.

— Alguma chance de ele frequentar um bar gay? Alguma chance de pelo menos um dos seus conhecidos frequentar um bar gay?

— Não, mas...

— Foi o que eu pensei. — Ela continuou a andar.

— Espera, você não pode tomar banho agora — protestou Diana, bloqueando a porta. — O meu jantar com a CEO da marca que pretendemos fechar negócio é às sete.

— Bom, o meu encontro também é às sete.

— Acho que podemos concordar que o meu jantar de trabalho é mais importante do que seu encontro com uma mulher que você nunca viu na vida.

— E eu acho que podemos concordar que, se você se importasse mesmo com pontualidade, teria voltado para o hotel há uma hora ao invés de passar o dia batendo perna. — Ela avançou para dentro do banheiro, contornando Diana. — Eu fiquei aqui o dia todo mofando e não vou esperar mais nem um minuto.

— Se ficou o dia todo aqui, podia ter tomado banho antes ao invés de esperar até o último minuto e fazer eu me atrasar. — Diana entrou na frente outra vez, agora da porta do box de vidro. — Liz, por favor, seja razoável.

Talvez ainda tivesse, bem lá no fundo, alguma chance de Liz ceder. Ela não precisava tomar banho naquele minuto e Cleo compreenderia um pequeno atraso, mas o uso da palavra "razoável" acertou um nervo.

— Eu sou razoável — rebateu Liz, olhando no fundo dos olhos amarelados de Diana sem medo do que ia ver. — Eu aguentei você, suas vontades e seu cachorro por mais de um ano, depois topei essa cilada que é fingir que eu sou a sua namorada e sabe-se lá no que eu estava pensando. Eu estive sendo um poço de razoabilidade durante todo esse tempo, mas, quer saber? Agora eu vou tomar o meu banho.

Com o rosto vermelho, Diana ergueu a blusa que estava usando e a tirou por cima da cabeça, ali mesmo, sem mais nem menos. Liz fez o mesmo em seguida, o top preto sem bojo contrastando com o sutiã de algodão azul-bebê.

Sustentando olhares, Liz tirou a calça de moletom também. Ela era uma mulher adulta, não se intimidaria por um par de peitos, por mais bonitos que eles fossem. Nem por coxas torneadas e, aquilo era uma tatuagem no quadril? Era difícil dizer, quando tinha o elástico de uma calcinha tipo shorts por cima, e Liz estava tentando não olhar demais para não acabar babando ou perdendo o equilíbrio.

A cena era cômica.

Duas adultas seminuas dividindo o espaço limitado de um box, enquanto se encaravam a espera de uma trégua. Mas se Liz e Diana tinham alguma coisa em comum era a teimosia, por isso elas não arredaram o pé, nem quando Liz ligou o jato sobre as duas e a água começou a ensopá-las em suas roupas íntimas.

Se os participantes do Big Brother tomavam banho de sungas e biquínis por semanas, Liz poderia fazer algo parecido em um dia. A maior dificuldade era ter que fazer isso com o corpo de outra pessoa ocupando o mesmo espaço. Cada vez que suas peles molhadas se tocavam, Liz recuava, contendo um arrepio e o calor na boca do estômago.

— No que eu fui me enfiar... — resmungou Liz, jogando água no rosto, para lavar e para ver se ela despertava desse pesadelo.

— Por que você está agindo como se estivesse me fazendo um favor? — questionou Diana, cruzando os braços. — Não é como se você fosse estar aqui se não fosse por interesse próprio.

— Acredita em mim, o que quer que eu consiga ganhar com isso não vai pagar tudo o que eu estou passando.

— Você devia pedir transferência se a situação está tão ruim assim. Aposto que a assistente do Arthur Fraga ia preferir mil vezes estar em Los Angeles do que preenchendo alguma planilha.

— Pelo menos ela não precisa fingir que está apaixonada por uma pessoa tão imatura e egoísta, nem lidar com os chiliques dela para manter o emprego porque o Arthur pode ser incompetente, mas não é um chantagista temperamental.

Só quando se calou, Liz percebeu que elas estiveram gritando uma com a outra esse tempo todo. Agora, com nada além do barulho de água caindo e escorrendo ralo abaixo, elas se olhavam com um misto de mágoa, mas também algum alívio. E ficaram assim até Diana abrir a porta do box outra vez, enrolar-se numa das toalhas e sair pela porta.

Capítulo 18

LIZ FLORES CONSEGUE CONTROLAR MUITO BEM O SEU FLUXO DE PENSAMENTOS.

No instante em que pisou no *The Abbey Bar*, Liz concluiu que grande parte das mídias estrangeiras que retratavam ambientes LGBTQIA+ talvez não fossem tão exageradas assim no quesito lantejoulas e arco-íris.

Canhões de luz de todas as cores se espalhavam no teto estilo loft, iluminando parcialmente o papel de parede cinzento e refletiam no vidro das garrafas do bar. Em menos de cinco minutos, ela já tinha visto uma pessoa usando uma bandana com a bandeira colorida e pelo menos três lésbicas com camisa de flanela xadrez.

Mas apesar dos adereços *queer coded* datados e da quantidade de gente falando mais alto do que o necessário, o lugar tinha a vibe hollywoodiana e burlesca que fazia Liz se sentir como se estivesse numa comédia romântica — se existissem comédias românticas lésbicas o suficiente.

— Liz Flores? — Uma mulher alta e de cabelos vermelhos a abordou, o nome soando engraçado em inglês. Era Cleo Myers, e ela era... Bem, era bastante diferente das fotos. — Eu sou a Cleo!

— Ah, oi! — disse Liz num inglês tímido, sendo invadida pelo desconforto óbvio do momento. — Eu tava procurando uma mesa pra gente.

— Tem uma logo ali. — Cleo apontou, mas Liz podia jurar que aquela mesa não estava lá antes. — Vamos!

Elas se sentaram, uma de cada lado. Sem dizer nada, Cleo escaneou o QR Code pregado na mesa.

Ah, não.

Sem ter outra opção, Liz fez o mesmo. Eles tinham um cardápio de bebidas extenso, cujos nomes de alguns Liz mal saberia pronunciar. Por isso, quando a garçonete veio anotar o pedido da mesa, ela optou pelo bom e velho Moscow Mule, torcendo para que ele não viesse acompanhado por azeitonas ou qualquer outra extravagância.

— Foi fácil para você encontrar o bar? — perguntou Cleo.

— Bastante. Eu só coloquei o endereço no aplicativo de táxi e depois entrei no lugar com a bandeira LGBT gigante na entrada.

Cleo riu. Ótimo. Era sinal de que o seu humor não estava se perdendo na barreira dos idiomas.

— Você vem sempre aqui?

Cleo riu outra vez, mas Liz não entendeu o motivo até perceber que tinha feito a pergunta mais clichê de todas as primeiras conversas.

— Já vim algumas vezes, sim. Mas cada vez menos, porque a faculdade tem tirado todo o meu tempo livre, por isso eu prefiro conhecer pessoas como você, que só estão buscando algo passageiro. Deus me livre de compromisso.

"*Deus me livre de compromisso*" parece uma frase que Liz falaria, então ela concordou com a cabeça, sorrindo.

— Preciso confessar que eu sou nova nisso de aplicativo de relacionamento, então não sei como essas coisas funcionam.

— E decidiu começar em Los Angeles? Uau! — exclamou, as sobrancelhas arqueadas em surpresa. — Alguém estava se sentindo corajosa.

— É... Eu precisava de uma distração enquanto... — E lá estava Diana, invadindo seus pensamentos outra vez, com muito menos roupa do que de costume. Como Liz explicaria que acabara vindo parar em Los Angeles por ter inventado um namoro com sua chefe? — Enquanto minha chefe faz o que ela veio fazer na cidade.

— Sua chefe? Então é uma viagem de trabalho?

— É. Mais ou menos.

— E ela não precisa de você?

— Ah, não. De jeito nenhum. Ela está ótima sem mim. — *Eu chamei ela de chantagista e temperamental da última vez que nos falamos, se você quer saber.* — Mas, agora eu preciso saber: como é morar na cidade onde quase toda a população mundial sonha em estar?

A realidade era que Liz não dava a mínima para Los Angeles. Era o estereótipo da escritora reclusa e melancólica, atraída por dias frios e nublados – viveria tranquila no estado do Maine, no Canadá ou em algum país nórdico da Europa. Entretanto, ela precisava mudar de assunto a qualquer custo.

— Normal, eu acho?! Claro que sempre tem a possibilidade de você esbarrar na Taylor Swift ou no Leonardo DiCaprio em pleno almoço, mas, tirando isso, é só uma cidade como qualquer outra.

— *Claro* — ironizou Liz. — É tipo morar em São Paulo.

— São Paulo é mais interessante do que você pode imaginar, ao menos do ponto de vista da biologia. Você já ouviu falar na Ilha da Queimada Grande?

— Eu não sei nada sobre ilhas. Moro no centro da cidade.

— É uma ilha infestada por cobras. Infestadas mesmo, tipo, a estimativa é de 45 cobras por hectare.

— Ok, não faço ideia de quanto é um hectare, mas parece muita coisa. Como você descobriu isso?

— Anfíbios vai ser a minha área de pesquisa científica, e é o sonho de todo herpetologista fazer um *tour* por essa ilha.

— Então você já conhecia um pouco sobre o Brasil, certo? Tá explicado porque foi uma das únicas que não me perguntou se eu morava na floresta ou falava espanhol.

Cleo riu de novo, mas dessa vez não era nenhuma piada.

— Eu sei algumas coisas. Vai ficar brava se eu assumir que você é uma boa dançarina de samba?

— Bastante. Samba é uma dança complexa pra cacete, e eu não sei dançar nem numa pista de dança.

— Tem uma bem ali. — Cleo apontou por cima dos ombros de Liz. — Eu posso te ensinar.

Uau.

A sequência de frases soou planejada, o que era no mínimo impressionante para alguém como Cleo que, nos tempos de escola, seus ex-colegas de classe apelidariam de CDF.

Mas Liz não estava com a mínima vontade de dançar, e foi salva pelo gongo quando a garçonete deixou os drinks na mesa.

— Eu iria, mas todo mundo sabe que é uma má ideia levar bebida para a pista de dança e uma ideia pior ainda deixar copos sozinhos em qualquer lugar que seja.

Cleo concordou, tomando um gole do *Bellini* que pedira.

— Tem razão. Então eu acho que você vai ter que me ouvir falar sobre espécies de jararacas que só são encontradas na Ilha da Queimada Grande.

Após um suspiro disfarçado, Liz provou o Moscow Mule, que parecia perfeitamente normal, só um pouco mais carregado no gengibre. Talvez ela preferisse dançar.

Mais um Moscow Mule e muita conversa sobre cobras depois, e ela estava quase pedindo a conta e voltando para o hotel. Aquela tinha sido uma má ideia, e Liz adoraria esfregar essa experiência na fuça de Nina, que vivia a atormentando para baixar o Tinder e "arranjar um *date*".

Mas ela não podia fazer isso, porque Nina achava que ela estava namorando.

Com Diana.

Namorando Diana.

Agora, um pouco embriagada pela *vodka*, ela sentiu vontade de estapear a própria cara. Primeiro porque tinha topado essa ideia estúpida, que não tinha outro caminho senão o fracasso e, segundo, porque nessa altura do campeonato, Diana devia estar encaminhando uma solicitação formal de desligamento para o RH.

Vanessa teria uma surpresa na segunda-feira e Liz esperava que ela se sentisse culpada.

Adeus, Valentina Rosa. Olá, faculdade, fichamentos, resumos, artigos, provas, trabalhos e gente te chamando para fazer parte de empresas júnior.

Quem diria que todas as suas perspectivas e sonhos seriam destruídas por cause de uma mulher hétero, engraçada, sexy, inteligente e... *Merda!* Lá estava ela, pensando sobre Diana outra vez, e em como ela gostaria que Cleo Myers fosse um pouco mais como ela. Quem sabe assim ela teria ouvido alguma palavra do que disse nos últimos cinco minutos?

Isso era um mau sinal.

— E aí eu disse pra ele que se ele tirasse aquela serpente da caixa antes do gás fazer efeito, ele ia acabar numa cama de hospital tendo alucinações...

— Você quer me beijar? — perguntou Liz, interrompendo-a.

— O quê?

— Foi pra isso que a gente veio aqui, né?

— É, mas...

— Então, vem.

Levantando-se como se tivesse mínima ideia do que estava fazendo, Liz seguiu o primeiro sinal de banheiro que conseguiu enquanto segurava Cleo pelo pulso.

Sozinhas, as duas encaixaram-se nos corpos uma da outra. Liz sentiu mãos em seu quadril e o hálito de Bellini em seguida. A ruiva era mais alta, o que proporcionou à Liz a experiência inédita de ter que erguer o queixo para alcançar os lábios de alguém.

As bocas se encostaram e... Ela ainda sabia beijar, certo? Todo esse tempo sem praticar não danificara seu sistema límbico a ponto de seu corpo não expressar nenhuma reação a um beijo de uma mulher atraente, certo? Afinal, ao "beijar" Diana no outro dia ela tinha sentido todo o combo: calor, batimentos acelerados, formigamento na ponta dos dedos e... qualquer que seja a explicação fisiológica para o termo "borboletas no estômago".

Torceu em silêncio para as doses de vodka em seu sangue explicarem a completa falta de emoção que ela estava experienciando, caso contrário, estaria com sérios problemas. Porque, durante aquela troca de saliva que Liz sequer ousaria chamar de beijo, a primeira vez em que sentiu uma pontada de calor foi quando deixou sua imaginação correr livre, enganando-a para substituir Cleo Myers por Diana Marinho.

E, ao notar que estava começando a colocar mais energia do que devia na ideia, se distanciou, abriu os olhos e murmurou em português um singelo e conformado:

— Merda.

Com ombros curvados para baixo e olhos de cão arrependido, Liz voltou para hotel disposta a admitir que seu encontro fora desastroso. E, com admitir, ela queria dizer que responderia à pergunta "Como foi o seu encontro?" com um vago:

"A gente não se conectou."

Não era mentira. Cleo era uma garota ótima, que encontraria dezenas de parceiras casuais por aí, e teria hospedagem grátis se algum dia decidisse explorar a Ilha da Queimada Grande. Entretanto, se fosse para brincar de dados com a honestidade, a resposta seria muito parecida com essa:

"Não deu certo porque eu fiquei pensando em você o tempo inteiro, até quando a gente se beijou."

No espelho do elevador, ela encarou o próprio reflexo deplorável. O cabelo amassado com a franja fora do lugar, os olhos estreitos pela embriaguez e vestígios do batom vermelho de Cleo que nenhum guardanapo no mundo conseguiria limpar.

No entanto, ao abrir a porta do quarto, encontrou alguém num estado pior: Diana Marinho estava deitada no carpete encarando o lustre, com uma garrafa de champagne aberta na mão. Só a garrafa, sem nenhum sinal da taça. Ela usava um vestido preto de alcinhas colado no corpo, uma presilha dourada no cabelo e nenhum sapato. A maquiagem escura entorno dos olhos estava arruinada porque, a julgar pela vermelhidão dos olhos e da ponta de seu nariz, ela estivera chorando.

Liz suspirou, tirou os sapatos e a jaqueta jeans e deitou-se ao lado dela, sem dizer nada. Ela não saberia como começar, de qualquer forma. Ao passar a encarar o lustre também, constatou que era mesmo bonito; concedia um toque clássico no quarto onde tudo era moderno. Depois de muitos segundos de silêncio, começou a tamborilar os dedos sobre o peito e a cantarolar "I Kissed a Girl", que estava tocando em looping na sua cabeça desde que ela entrara no táxi porque parecia a única música que tocava naquele bar.

Mas parou depois de notar que a letra podia ser meio imprópria para aquele momento.

— Então... — disse Liz, tombando a cabeça para o lado para encarar a mulher ao seu lado.

De tão perto, era possível notar detalhes que a distância e a maquiagem omitiam. Pequenas manchas de sol salpicadas nas bochechas e sobre o ângulo perfeito da ponte de seu nariz, sinais sutis da idade que a deixavam ainda mais bonita. Los Angeles podia ser a cidade das estrelas, mas nenhuma delas chegava aos pés do espetáculo a parte que era Diana.

— Então... — devolveu ela, a voz lânguida pelo excesso de álcool no sangue, virando a cabeça para encontrar as orbes cinzentas de Liz.

— Eu estava esperando você perguntar, mas eu começo: como foi a sua noite?

— Fechamos o contrato. Hoje eu fiz a Cassandra dormir mais feliz do que a esposa dela poderia — brincou, mas a grandiosidade do acontecido não combinava com seu semblante, ou com a aura caótica que flutuava sobre ela feito um halo.

— Essa foi uma comparação estranha, mas... Parabéns, eu acho. Se ajuda em alguma coisa, eu sabia que você ia conseguir.

— Obrigada.

E foi só isso. Nenhum comentário agridoce, nem nenhuma outra pergunta. Em condições insalubres, Liz podia viver num mundo onde Diana Marinho ficava em silêncio. Mas viver num mundo onde Diana Marinho estava triste se mostrou ser bem mais difícil do que da última vez em que ela vira isso acontecer.

— Ei, eu... — começou Liz.

— Aquele fim de semana em que nós fomos na casa dos meus pais, quando minha mãe me chamou pra conversar, ela disse umas coisas meio dolorosas para mim.

— O que ela disse?

— Pra começar, ela viu nossa foto no perfil daquele restaurante no Dia dos Namorados.

— Olha, me desculpa, eu não sabia que...

— Não foi culpa sua. Nenhuma de nós cogitou que ela poderia seguir o perfil de um restaurante em Osasco.

— Você é adulta, Diana. Eu sei que você ama sua família, mas uma família que te ama de volta não te faria sofrer pelo simples fato de você gostar de mulheres.

— Não foi por eu estar com uma mulher que ela ficou chateada — explicou Diana. — Pelo menos, não *só* por isso. — Ela suspirou, fechou os olhos por alguns instante e depois os abriu, para encontrar uma Liz atenta, escutando com atenção ao que ela pretendia dizer. — Eu tenho um irmão mais novo. *Outro* irmão mais novo, de quem eu nunca te falei. O nome dele é Bruno, e a nossa diferença de idade é só de três anos. Crescemos juntos.

— O garoto das fotos. — Liz pensou alto. Diana assentiu.

— Mas o Bruno sempre foi muito diferente. Ele era considerado a criança que tinha problemas de atitude, se comportava mal na escola e tirava notas ruins. Deixava os meus pais malucos e, à medida que a gente crescia, as comparações constantes que faziam entre nós dois começou a nos afastar. Meu irmão não queria ser amigo da garota que todos diziam que ele devia ser, a "*perfeitinha*", como ele me chamava. E eu passei a me ressentir por ele fazer merda o tempo inteiro, enlouquecendo nossos pais; o que tirava meu direito de também ser rebelde de vez em quando, já que eles estavam sempre com as duas mãos ocupadas. Nós tornávamos a vida um do outro um inferno só por existirmos.

"O Bruno começou a se drogar por volta dos 15 anos. Saía com os amigos e voltava muito alterado. Isso quando meu pai não precisava sair no meio da madrugada para buscar ele em festas ou na casa de alguém. Ele foi parar no hospital em coma alcoólico duas vezes e na delegacia uma vez, por se envolver numa briga. Eu tava a faculdade na época, tentava me manter fora disso tudo, mas ainda éramos, *somos,* uma família e o que acontece com um acaba refletindo em todos. Foi uma época conturbada, meus pais viviam no limite do estresse e da preocupação, já eu aprendi a não levar para eles nada que pudesse ser um problema em potencial. Isso incluía desde namorados aos boletos da faculdade, que eu logo tratei de arranjar um emprego pra começar a pagar. Resumindo: ele continuou dando dor de cabeça eu continuei sendo um exemplo."

— Sinto muito — disse Liz. — Mesmo.

Lágrimas silenciosas faziam os olhos de Diana outrora âmbar adquirir um tom escuro de castanho; elas caíam e escorriam dos cantos dos olhos dela direto para o carpete.

— Essa fase passou, sabe? Meus pais internaram ele numa clínica de reabilitação no interior da Inglaterra por um ano e ele voltou uma nova pessoa. Fez faculdade, arranjou uma noiva... Foi nessa época que o Adrian nasceu. Meus pais sempre quiseram outro filho, só estavam esperando o Bruno "crescer".

— E onde ele está agora?

— Dois anos atrás, no Natal, ele apareceu na ceia depois de ter cheirado sei lá quanta cocaína. Foi um choque pra todo mundo, nós pensávamos que ele tinha superado o vício, mas o que aconteceu foi uma das coisas mais traumáticas das nossas vidas. Ele gritava com a gente, quebrava as coisas da casa atrás de dinheiro. Eu me tranquei no quarto com o Adrian para ele não presenciar aquilo, e depois disso o Bruno sumiu. Foram sete meses procurando por ele, até que o encontramos vivendo sob um viaduto do Centro. Meus pais internaram ele outra vez, mas numa comunidade terapêutica. É lá que ele está. Já faz quase um ano e meio e em alguns fins de semana nós vamos visitar.

— É por isso que você do nada fica incomunicável?

— É. E, por isso tudo que eu te contei, minha mãe veio com uma conversa sobre "ter medo" — ela fez aspas com os dedos — das coisas que eu podia estar escondendo dela, e que ela se sentiu traída, como foi quando o Bruno teve a recaída e arruinou o Natal.

— Espera, ela comparou isso — Liz apontou para as duas — com o seu irmão literalmente ter colocado a vida dele e de outras pessoas em risco no aniversário de Jesus Cristo?

— É, mas não foi de um jeito *beijar mulheres é tão ruim quanto se drogar*, foi mais como se ela estivesse magoada por eu ter escondido isso dela.

— Mesmo assim. Você disse pra ela que era tudo de mentirinha?

— Eu não quis contar. Ela não entenderia e, se eu conseguir a vaga, não quero que meus pais vejam como uma trapaça. — Ela virou o corpo todo, deitando-se de lado com as mãos sob o rosto. — Isso fez com que eu refletisse e me sentisse mal pelo que estamos fazendo. Tanto por conta da minha família, quanto por todo o resto.

— Foi por isso que você me deu um gelo durante todos esses dias e agora está aqui com... — Liz apontou para a garrafa de champagne pela metade. — Aquilo.

Diana deu uma risada quase inaudível.

— É. E o champagne foi um presente da Cassandra pelo contrato.

— Vocês estão começando a ficar bem amiguinhas.

— Não precisa ficar com ciúmes, ela é apaixonada pela esposa.

Liz revirou os olhos.

— Eu? Com ciúmes de você? Isso é tão... — Ela parou de falar quando a mais velha se apoiou com as mãos no chão e ficou com o torso por cima do seu. O decote do vestido dela pairando bem diante dos olhos de Liz, causando calor mesmo que de tão longe. — O que você tá fazendo?

— Você não teria ciúmes de mim se eu fosse sua namorada?

O calor que começou entre suas pernas fez com que Liz apertasse as coxas uma na outra. Sua libido tinha escolhido o pior momento possível para aparecer outra vez.

— Para começar, se você fosse *mesmo* a minha namorada, eu... — Ela suprimiu o que queria dizer. Não era justo, com um rosto e um corpo daqueles, que ela estivesse nessa posição. A pele roçando na de Liz, os lábios tão perto que ela podia sentir o cheiro do hidrante de lichia. — Eu...

Começaria por tirar esse vestido do meu caminho, pensou.

— Você? — O hálito alcoólico vindo direto em seu rosto lembrou Liz de um detalhe importante: Diana estava bêbada. Muito bêbada.

Além de ser errado tentar qualquer coisa, todo mundo sabe que a bebida pode ser responsável por nos fazer tomar decisões questionáveis, e uma delas pode ser seduzir a sua assistente pessoal.

Liz não queria que mais nada entre as duas tivesse gosto de arrependimento, por isso ela disse, enfim:

— Eu faria você tomar um banho e te colocaria para dormir.

E então rolou para fora daquele cerco de tentações, sentindo o ar de volta em seus pulmões e o sangue circular no resto do seu corpo outra vez.

Capítulo 19

LIZ FLORES NÃO OBEDECE NINGUÉM, NEM MESMO MULHERES BONITAS.

— Sabe o que eu acho engraçado? — perguntou Liz, passando pela porta da varanda para entregar à Diana uma xícara de chocolate fumegante que ela tinha acabado de preparar na cafeteira do quarto.

Elas tinham tomado banho – separadas –, e, depois de não conseguirem dormir, sentaram-se na varanda para apreciar a brisa fresca de uma Los Angeles ainda muito acordada, cuja temperatura durante aquela época do ano era parecida com a de São Paulo no meio da primavera. A vista era sempre bonita, o fluxo de carros nunca cessava, as luzes nunca se apagavam.

— Eu não faço ideia. — Diana segurou a caneca com uma das mãos enquanto a outra fechava a abertura do roupão do hotel que ela estava usando.

Liz sentou-se ao lado dela, com os pés sobre a mesinha de centro.

— Você ter tido a coragem de dizer que *eu* estava com ciúmes da Cassandra, quando mais cedo você literalmente se jogou na porta do banheiro no momento em que eu disse que tinha um encontro e entrou para dentro do chuveiro junto comigo.

Diana riu, e as maçãs do rosto dela ficaram vermelhas.

— Tudo bem, tenho que admitir, isso não foi muito *namorada-falsa* da minha parte.

— Então você *estava* com ciúmes? — Liz franziu o cenho, ao notar que ela não negara a acusação de ciúmes.

— Na verdade, me senti culpada. Te arrastei pra outro continente depois de agir como uma idiota nos últimos dias, e ainda te fiz sentir sozinha a ponto de você preferir sair com uma estranha do que ficar comigo. Eu entrei em desespero e não soube como reagir de um jeito maduro.

— Acontece. — Liz balançou os ombros, fingindo que nada daquilo havia a magoado. — Talvez nós precisássemos disso: um conflito inofensivo e um tempo sozinhas para refletir durante um porre. Estou feliz que você tenha me contado sobre o seu irmão, a propósito.

— Uma barreira a menos. — Ela ergueu a caneca de chocolate para um brinde. — Eu devia ter te contado antes, mas... É um assunto difícil. — Engoliu em seco.

— Meus pais são do tipo que acreditam que o melhor jeito de evitar um problema é não falar sobre ele, e eu acabei ficando um pouco assim também.

— Você está falando com a rainha do "eu preferia morrer do que ter que verbalizar um pensamento", não se preocupe.

— É. Você é bem pior do que eu.

Liz riu. Não poderia discordar.

Naquele exato momento, um milhão de sentimentos e pensamentos rondavam sua cabeça devido aos acontecimentos das últimas horas e ela se recusava a colocar qualquer um deles em palavras.

— Que horas é o nosso voo de volta? — perguntou Diana.

— Às dez da noite. Por quê?

— Porque eu não posso ir embora de Los Angeles sem pegar uma praia. — Ela tombou a cabeça para o lado de um jeito melodramático, olhando para Liz e piscando os olhos amarelos de um jeito adorável, porque ela sabia que a loira detestaria a ideia. — O que você acha?

— Você tá me chamando para ir com você?

— Bom, se eu não te levar, você pode acabar arranjando outro encontro e talvez não volte para casa. Passaportes brasileiros são valiosos aqui fora.

Liz ergueu o dedo médio para ela.

— Como foi, a propósito? — perguntou Diana, quando elas se levantaram para irem deitar. — Seu encontro.

— Foi... — *um desastre*. — Sei lá, não foi como eu estava esperando.

Ela com toda certeza não estava esperando beijar Cleo Myers e imaginar Diana no processo. Para piorar: ela não estava esperando que fosse gostar tanto da ideia.

— Você tinha batom vermelho até no pescoço, o que exatamente você estava esperando?

Deitada do seu lado do quarto, Liz deu uma risada nervosa.

— Até amanhã, Diana.

O plano de ir para a praia saiu um pouco do controle quando elas encontraram o tal ex-colega de faculdade de Diana pela orla, e ele as convidou para um passeio de iate no mar de Venice.

Pietro Comanducci era coordenador de marketing de uma das maiores gravadoras da Califórnia. E era domingo, então ele alugou um iate, convidou os amigos para comer churrasco em alto-mar e trouxe um *cooler* de bebidas.

No caminho para a balsa, Liz perguntou o porquê de Diana nunca ter mencionado que ela tinha um melhor amigo rico que morava na Califórnia, mas a chefe explicou que eles nem eram tão próximos e que, bem provável, Pietro tinha convidado as duas só para exibir o quão bem-sucedido ele era, esperando que ela fosse comentar com as pessoas depois. Mas, mesmo sabendo disso, quem seria maluco de recusar um dia de churrasco de graça num iate em *Venice Beach*? Diana podia ser vegetariana, mas nada que um abacaxi grelhado e espetinhos de queijo não resolvessem.

A teoria fazia sentido já que, com poucos minutos de convivência, ele já estava listando os nomes de todos os artistas da *A List* que já conhecera.

O Majesty 6 tinha três andares, sendo um deles o compartimento interno inferior, que comportava uma suíte, dois quartos, dois banheiros e uma minicozinha conjugada a uma sala de jantar. Acima ficava a cabine principal do piloto e, do lado de fora dela, um deck espaçoso com sofás e área gourmet. Ao subir as escadas, havia um pequeno solário com hidromassagem, espreguiçadeiras e mais um espaço de pilotagem, que era ocupado pelo capitão e mais dois membros da tripulação, já que Pietro não tinha licença para dirigir.

— Será que a empresa dele tá contratando? — perguntou Liz, quando as duas ficaram sozinhas na popa.

Liz não trouxera nenhuma roupa de banho na bagagem, então o biquíni preto de cortininha que Diana trouxera de reserva precisara servir, ainda que tivesse ficado meio desproporcional nos seios já que os dela não eram nem de longe tão enormes quanto os de Diana.

— Não se engane, em nenhuma empresa do mundo alguém que trabalha como coordenador de marketing tem dinheiro para alugar um iate. A família dele é dona de uma rede de supermercados — disse Diana, espalhando protetor solar nos braços.

O biquíni que ela estava usando era rosa-choque como a logo da STARts, daqueles modelo tomara-que-caia com uma torção no busto que mostrava pele até demais. A tatuagem no quadril estava um pouco mais a mostra com aquela calcinha fina, mas não o suficiente para formar um desenho ou uma palavra.

— Ah, entendi. Ele é herdeiro, faz sentido.

— A profissão mais antiga do mundo.

— Não é isso o que dizem sobre prostituição?

— É, mas eu não concordo. — Ela deu de ombros, depois sujou a ponta do nariz de Liz com protetor solar. — Não economiza no protetor, você é branca igual um fantasma.

Liz fez careta, esfregou o nariz para espalhar o creme e depois elas subiram para o solário, onde estava Pietro, a esposa dele e mais um casal de amigos. A vista ficava cada vez mais bonita à medida que eles se afastavam da costa.

— Tequila ou vodka? — perguntou Pietro ao grupo, erguendo uma garrafa de Ciroc e outra de José Cuervo.

Ele tinha uma voz potente, que condizia com a altura e com a largura do tronco. Era um cara bonito, tinha pele escura, dentes brancos e corte militar, coisa que dificilmente ficava bem em alguém.

— Por que não os dois? — disse Alex, o rapaz de óculos escuros dentro da hidromassagem, em português, para o alívio de Liz. Ela estava enjoada de escutar inglês em todos os cantos desde que chegara na Califórnia.

— Deixa que eu cuido das bebidas — disse Ingrid, a esposa de Pietro. — Não existe ninguém que faça uma caipirinha como a minha.

— É por isso que eu te amo — disse ele.

Ela era bonita também, sua pele, alguns tons mais clara do que a de Pietro ficava dourada no sol. Lembrava um pouco Nina, que só acreditara que Liz estava indo mesmo dar um passeio de iate em Los Angeles quando recebeu uma foto da proa do Majesty 6 indo rumo ao horizonte.

— O que você bebe, Diana? — perguntou Ingrid.

— Eu bebo de tudo — respondeu, enquanto ela e Liz se juntavam ao casal na hidromassagem. — Mas vou ficar com a caipirinha.

— Tem certeza que você vai beber? — perguntou Liz à Diana, num tom inquisitivo, mas afetuoso. — A gente bebeu bastante ontem.

E com "*a gente*" Liz queria dizer "*você*", mas preferiu se incluir para que não soasse como uma repreensão.

— Eu estou ótima. Três copos d'água e uma aspirina fazem milagres por uma ressaca. Mas prometo que só vou beber no máximo dois copos.

— Não esquenta, Diana, minha mulher também adora mandar em mim — comentou Alex, erguendo os óculos escuros para encaixá-los no topo da cabeça, as lentes escuras contrastando com o loiro-claro dos cabelos dele. Ele beijou a esposa de um jeito quase obsceno, mas claramente apaixonado. — Quando vocês duas se casarem vai ficar pior.

Liz e Diana deram risadas nervosas. Pietro conhecia Liz como a namorada de Diana que ele via no Instagram, então era bem mais fácil sustentar a mentira ali do que explicar a situação. No entanto, o preço a se pagar por isso eram comentários constrangedores feito o de Alex.

— Acho que você assustou as duas falando em casamento — disse a mulher. Kristin era uma ruiva norueguesa que falava um português razoável. — Vocês estão juntas há quanto tempo?

As duas trocaram um olhar cúmplice, que durou até o borbulhar da hidro ficar alto demais.

— Alguns meses — respondeu Liz. — Cinco... Seis... Quem está contando?

— *Meses*? — disse Kristin. — É definitivamente muito cedo para falar em casamento.

Liz queria dizer que não pretendia se casar. Nunca. Ela não acreditava que um dia poderia ser capaz de gostar de alguém o suficiente para envolver o Estado nisso. Ela não acreditava que um dia alguém poderia ser capaz de gostar dela o suficiente para tal.

Mas esse é o tipo de comentário desconfortável que você não faz quando está num grupo de casais junto da sua namorada. Mesmo se for a sua namorada-falsa.

— Ela tem razão. Meses foi o que eu precisei para convencer ela a se casar comigo, depois de quatro anos namorando.

Eles deram risada, e Liz e Diana ficaram aliviadas quando Ingrid chegou com as bebidas. Em seguida, ela e Pietro se juntaram ao quarteto na hidromassagem; o assunto se dissipando enquanto o churrasco assava na grelha e o cheiro se misturava ao da maresia.

O Majesty 6 estava navegando há mais ou menos três horas quando Diana sumiu. Não havia sinal de terra firme ao redor. Vez ou outra avistavam-se novas embarcações, mas boa parte da viagem era cercada pela vista da imensidão azul do Oceano Pacífico. Minutos atrás ela dissera que queria ir ao banheiro e não voltou para o solário.

Liz saiu da água para procurá-la pela embarcação, que era bem maior do que parecia por dentro. Checou porta à porta, até encontrar Diana sobre a cama de um dos quartos, observando o mar pela pequena escotilha.

— Ei, você tá bem? — perguntou Liz.

— Eu só fiquei cansada — respondeu Diana. — Não de você. Eu precisava de um momento sozinha.

— Quer que eu vá embora?

— Não, Liz. Fica.

Então ela enfim cruzou a porta e a fechou atrás de si.

— Essa cor é péssima — disse Liz sobre o biquíni rosa-choque. — Só mesmo *você* para fazer isso ficar bonito.

Quando Diana deu um sorriso digno de derreter todo o Polo Norte, Liz arrependeu-se por deixar o comentário escapar. Mas ela tomara a caipirinha que Ingrid preparara, o que não fora o suficiente para ficar bêbada, só a fez perder o pouco do filtro que ainda tinha.

— Você está flertando comigo? — perguntou Diana, num tom de voz que colocava em xeque sua sobriedade.

— Eu não posso flertar com a minha *namorada*? — Liz perguntou por cima.

Não havia ninguém por perto para perceber o cinismo com o qual ela pronunciou a última palavra.

— Pode. Mas eu não te aconselharia a flertar com a sua chefe — disse Diana. Um sorriso ladino desenhando-se no canto da sua boca enquanto Liz se aproximava em passos lentos. Sentou-se sobre a cama, que não era tão grande para que os corpos delas não se tocassem.

A loira sentiu um frio na barriga.

— É domingo — retrucou Liz, dando tudo de si para não deixar os olhos descerem demais e acabar gaguejando. Aquela mulher poderia facilmente ser classificada como a oitava maravilha do mundo, se pessoas fossem elegíveis para o título. — Você não é a minha chefe agora e nem aqui.

Diana deu uma risada nasalada, ainda sorrindo com o canto dos lábios.

— Não sou? — Ela encurtou a distância entre elas, arqueando uma das sobrancelhas, desafiante. Liz precisou recuar alguns centímetros para manter os pulmões em pleno funcionamento, então balançou a cabeça em negativo. — Mas eu aposto que ainda assim você faria qualquer coisa que eu mandasse.

— Eu não sei... — começou, as batidas de seu coração aumentando de forma drástica e incorrigível. Diana Marinho estava flertando com ela. Estava flertando *hard*, em pleno Oceano Pacífico na cabine de um iate a quilômetros da costa. A Califórnia podia se explodir inteira que ela não notaria, e nem dava a mínima. — Faz o teste.

Reunindo cada gota de coragem, ela tornou a encurtar a distância entre as duas.

Diana começou tocando-a com a ponta dos dedos, correndo as digitais por toda extensão da pele do antebraço, braço, ombros, clavícula, pescoço e depois o queixo.

— Me beija.

A fala veio num tom de comando, que reverberou pela mente de Liz em ecos antes que ela pudesse conectar as palavras ao significado. Quando aconteceu, ela avançou sobre os lábios de Diana com a urgência de quem espera anos por algo e, quando esse algo enfim acontece, não está disposto a desperdiçar nem um segundo.

Sentir sua boca na dela outra vez tinha a sensação de voltar para casa, o encaixe da última peça de um quebra-cabeças monocromático misturado ao sal da maresia. Elas se beijaram como quem sacia um desejo alucinante, que te consome por dias a fio. Numa mistura de línguas, dentes e mãos por toda parte, Liz inclinou o corpo sobre o da chefe, fazendo ela se deitar no colchão enquanto montava sobre seus quadris sem encerrar o beijo.

Um gemido escapou dos seus lábios quando sentiu as unhas longas de Diana arranharem sua nuca, enquanto a outra mão apertava sua cintura com tanta firmeza que deixava marcas esbranquiçadas em sua pele avermelhada de sol. Ela mordeu o lábio inferior da chefe em resposta, pressionando o quadril contra os dela em busca de fricção. O contato das peles quentes uma na outra elevava a efervescência daquele momento à sexta potência; mesmo o ar-condicionado à 20 graus, não impediu que elas começassem a suar.

Sem ter certeza de até onde podia ir, Liz partiu o beijo para seguir com os lábios até o pescoço da mais velha, os gemidos baixos encorajando-a a buscar mais pele e ser mais eficiente com as mãos, que subiam pela cintura e brincavam com a amarração do biquíni.

Diana a queria, e isso ficava claro a cada movimento, a cada som lascivo que escapava de seus lábios. Mas precisava ir com calma ao explorar esse território novo e excitante que era ter Diana Marinho reagindo aos seus toques.

— Liz... — disse ela, a voz entrecortada pela respiração falha. Escutar seu nome foi como um chamado de volta a realidade, e Liz interrompeu os beijos para olhar a chefe nos olhos. — Me toca.

Um arrepio correu por sua espinha. Elas estavam se tocando. Mãos, pele, bocas. Mas aquilo... Enquanto o "me beija" de antes soara como uma ordem, dessa vez o imperativo soara como uma súplica.

E Liz não se faria de difícil.

Ela prosseguiu com os beijos, mais intensos dessa vez, percorrendo o caminho até o busto com a ponta da língua e mordidas suaves na pele que já estava sensível, enquanto sua mão descia até o baixo-ventre de Diana e pressionava os dedos contra a região entre suas coxas, sentindo a excitação mesmo através da calcinha do biquíni; o que era impressionante, já que o tecido havia sido feito para segurar a umidade.

Diana ergueu o torso, ficando sobre os cotovelos para controlar melhor os movimentos de seu quadril que movia buscando mais contato. Liz aproveitou para alcançar o nó do tomara-que-caia em suas costas e desfazê-lo de uma só vez. Quando a peça caiu em algum canto do quarto, ela prendeu a respiração.

— Meu Deus — deixou escapar, ao ver-se diante daqueles peitos que eram tão bonitos que nem pareciam reais.

Quando sua boca alcançou um dos mamilos que já estava rijo, Diana jogou a cabeça para trás dentre um gemido sôfrego, e Liz usou a deixa para deslizar a mão para dentro de sua calcinha. E ela estava *tão* molhada; o clitóris inchado, desesperado para receber atenção.

A loira começou a massageá-lo em círculos com o indicador, até trocá-lo pelo polegar quando o dedo escorregou para dentro Diana, seguido pelo médio. Era apertada, quente, mas os dedos deslizavam feito seda. Os movimentos que ela fazia, os sons que escapavam de sua boca de um jeito ainda tímido... Liz passaria o dia inteiro ali, apenas com Diana e uma jarra de água.

Deixou seus olhos descerem para onde encontraria a tatuagem que lhe despertava tanta curiosidade e deparou-se com o desenho em preto de uma onça-pintada que caminhava em suas quatro patas. Era surpreendente o suficiente para Liz querer perguntar se tinha algum significado, mas de jeito nenhum que ela faria isso naquele momento.

Ainda massageando o clitóris, Liz aumentou a intensidade dos movimentos, apenas para desacelerar depois e ouvir a chefe resmungando baixo. Com um mamilo em sua boca e o outro entre os dedos, ela usou a ponta da unha para arranhar de leve o bico, sorrindo ao ouvir um grito contido.

— Puta merda — gemeu Diana. — Eu preciso...

— Eu sei — interrompeu Liz, intensificando ainda mais o contato do polegar no ponto G.

Diana queria *chegar lá* e, Liz queria muito assisti-la.

Não precisou de muito mais tempo depois que Liz tomou os lábios dela outra vez e estocou os dedos ainda mais rápido, enquanto o polegar ia para cima e para baixo no centro de seu sexo, tão intensa que a mais nova sentiu os dedos sendo sugados para dentro enquanto Diana se contraía ao redor deles, e suprimia os gemidos no fundo da garganta ao prender os lábios de Liz entre os dentes.

Depois de sair de dentro dela com um barulho molhado e obsceno, a loira se jogou no colchão ao lado de Diana, que olhava para o teto, imóvel, tentando recuperar a cadência da sua respiração. O rosto brilhando com uma camada fina de suor, êxtase traduzindo-se numa expressão radiante, que Liz se orgulhava bastante por ter sido a causadora.

Ela também estava ofegante, tentada a levar os dedos encharcados por Diana até os lábios para sentir o gosto dela, mas não sabia como fazer isso sem parecer estranho.

À medida que o corpo esfriava e ela recuperava a sanidade, a compreensão de que ela tinha acabado de dedar sua chefe na cabine de um iate em Los Angeles a atingia em doses homeopáticas.

Ela não sabia o que sentir.

Era um misto de êxtase, culpa, satisfação e incredulidade ao mesmo tempo.

Diana virou o corpo em sua direção e começou a beijá-la outra vez, enfiando as mãos por entre seus cabelos emaranhados, e Liz estava pronta para outra.

— Meninas? — A voz de Ingrid do lado de fora da cabine veio seguida por batidas na porta. — O capitão pediu para avisar que já estamos perto da balsa, e vamos desembarcar em cinco minutos.

Capítulo 20

LIZ FLORES É ÓTIMA EM CAPTAR OS SINAIS.

Nada mais agradável do que um voo de 13 horas ao lado da pessoa com quem você não deveria ter transado, mas transou mesmo assim.

Contém ironia.

Qualquer pessoa para quem Liz tivesse perguntado diria que era uma má ideia ceder aos encantos de Diana Marinho, porém, sendo justa, ela estava no meio do Pacífico sem ninguém para consultar. E graças a isso, teve que cruzar a América Central à quarenta mil pés de atitude tendo que lidar com algo pior do que o silêncio desconfortável: a *conversa* desconfortável.

Porque era assim que Diana lidava com as crises dela, e todos os outros assentos do avião já estavam ocupados. Ela só calara a boca quando o jantar chegara e quando Liz sugerira que elas assistissem a um filme e conseguira que a chefe se mantivesse em silêncio por todas as duas horas de As Panteras.

Liz prendia a respiração todas as vezes que as memórias do que acontecera entre elas naquela cabine inundavam sua mente contra a sua vontade. O cheiro de sexo e suor no ar.

Elas trocaram um abraço desajeitado no momento de se despedirem no aeroporto e Liz fugira em disparada para o estacionamento onde se encontrara com Vanessa, que tinha tirado um dia de folga por coincidência e se oferecera para levar Liz até em casa.

Agora ela estava na Saveiro de Van, passando por um interrogatório digno de filmes policiais.

— Então você está me dizendo que no primeiro dia você baixou o Tinder, foi para um encontro com outra mulher e depois beijou essa mulher pensando na Diana?

— Esse é *um* jeito de encarar a situação.

Ela desviou o olhar para a janela. A época de chuvas tinha começado outra vez e feito seu retorno triunfal, apagando o contraste e a saturação das paisagens, cobrindo o céu com tons de cinza fúnebre e desacelerando o trânsito.

— Liz, esse o *único* jeito de encarar a situação. Puta merda, você está tão apaixonada por ela!

Liz abriu a boca para protestar, mas não tinha como se defender. Desde aquele pseudo beijo, Diana morava em sua cabeça sem pagar aluguel, junto com o cheiro de perfume importado, hidratante labial de lichia e a sensação quente de sua boca tocando a da loira.

— Tem razão. Eu estou. Merda, eu tô mesmo apaixonada por essa...

— Espera aí, o quê?

— Você me ouviu.

— É, mas eu não estava esperando que você dissesse. Se quando você estava negando eu já sabia que você estava apaixonada, agora a coisa ficou séria.

— O que eu posso dizer? Odeio encarar a realidade, mas já me apaixonei antes, conheço o sentimento. É só eu fingir que ele não está lá por algumas semanas e isso vai sumir.

— Ei, espera. Como assim fingir que não está lá? Você precisa tentar...

— Tentar o quê? — Liz cortou a fala, num tom de voz levemente amargurado. — Me declarar para a minha chefe? Dá um tempo.

Van mordeu os lábios. Dava para ouvir as engrenagens trabalhando dentro da cabeça dela enquanto ela pensava em algo para dizer e tentava não bater o carro.

— Tá. Você foi pra esse encontro, voltou pro hotel e depois?

Foi a vez das engrenagens dentro da cabeça de Liz trabalharem. Ela sabia que não podia e nem queria contar que chegara no quarto e encontrara uma Diana em pedaços, lágrimas e uma garrafa de champanhe de quase trezentos reais vazia.

— Bom, quando eu cheguei ela já tinha voltado do jantar e estava um pouco bêbada. Nós conversamos por um tempo, depois tomamos banho e decidimos que iríamos para a praia na manhã seguinte. — *E a partir daqui tudo se desgraçou de vez.* — Foi então que encontramos com esse ex-colega de faculdade dela e ele convidou a gente para o passeio de iate.

— E... ?

E aí gente praticamente transou em alto-mar.

Liz engoliu em seco. Não sabia se deveria contar, se Diana ficaria confortável em ter sua vida sexual exposta desse jeito para uma pessoa que ela não conhecia. Por mais que a ponta de sua língua estivesse queimando para contar tudo para Van detalhe por detalhe, ela decidiu fazer o que gostaria que fizessem por ela e manteve a boca fechada.

— E passamos o dia comendo churrasco na hidromassagem. Quero dizer, eu comi churrasco, a Diana comeu queijo e frutas.

— Você sabe que não foi isso que eu perguntei! Quero saber se existe alguma chance, mesmo remota, dessa mulher sentir o mesmo por você.

— Ah. Isso? Não. De jeito nenhum.

Né?

Ela tinha agido esquisito esse tempo todo antes de as duas terem aquela conversa no hotel, sem contar aquele papo sobre questionar a própria sexualidade e o elefante na sala que fora tudo o que acontecera naquele iate. Mas só porque sua chefe podia estar se descobrindo lésbica ou bissexual, não significava que ela estava apaixonada por Liz.

Tesão e paixão podem rimar, mas são coisas inteiramente diferentes uma da outra.

E era *ela*. Diana Marinho. Sua chefe que podia ou não ser hétero, mas ainda era uma criatura vinda de um planeta alternativo ao de Liz. Elas eram duas pessoas que, não fosse pelo trabalho, jamais teriam cruzado o caminho uma da outra Não em São Paulo, não sendo quem eram, e havia muitos motivos para isso. Ela frequentava a *Vitrinni,* pelo amor de Deus.

— Quer saber? Eu não acredito em você.

— Acredite, eu saberia se ela estivesse apaixonada por mim.

— Disse a garota que não soube dizer nem quando *ela mesma* estava apaixonada — provocou Van. — Eu aposto que ela gosta de você também, mas você não consegue enxergar porque é uma tonta.

Liz cruzou os braços na defensiva.

— É mesmo, mãe Diná? E como você vai provar a sua teoria? Vai chegar nela amanhã na empresa e perguntar?

— A festa da empresa semana que vem.

— Hein? O que tem a ver?

— A STARts sempre dá uma festa para todos os funcionários no meio do ano e ela está chegando. Lá que eu vou saber. Vocês vão estar juntas, e eu vou estar com vocês.

— E... ?

— *E* que pessoas apaixonadas não sabem fingir que não estão apaixonadas.

— E o que você vai fazer? Vai analisar as microexpressões dela como aquele cara do YouTube faz?

— Talvez eu faça isso, sim.

— Você só esqueceu de lembrar que o conceito de um namoro falso é fingir para as outras pessoas que estamos apaixonadas, então boa sorte tentando decifrar o que é real do que não é.

Vanessa parou o carro na frente do portão do edifício de Liz, soltou o volante para cruzar os braços e fez um muxoxo.

— E a Marina? — perguntou ela, ignorando a ausência de contexto.

— O que tem a Nina?

— Você ainda gosta dela?

Ah.

Com tanta coisa acontecendo, Liz não tivera muito tempo para refletir sobre seus sentimentos reprimidos por sua melhor amiga. E, ainda que isso pudesse ser a resposta para pergunta de Vanessa, Liz achou melhor não tirar nenhuma conclusão enquanto estava derrubada de cansaço e sofrendo com o *jet lag*. Precisava pisar dentro de casa, sentir o cheiro floral e acolhedor de seu aromatizador de ambientes e passar as próximas horas aconchegada em seus lençóis. No escuro, sozinha e descansada, talvez ela encontrasse as respostas para as perguntas que tiravam parte do seu sossego.

— Ela está com a Érika agora, então por que isso importa? — disse ela, para depois descer do carro com sua bagagem e fechar a porta. — Obrigada pela carona, a propósito, você me salvou de uma hora inteira escutando meu pai falar sobre como ele tem certeza de que o time dele vai ganhar o próximo mundial.

Vanessa riu.

— Disponha. Mas confesso que eu só topei porque queria muito saber o que tinha acontecido nessa viagem e, por mais que vocês não transaram no quarto do hotel como eu disse que aconteceria, já me sinto vitoriosa por ouvir você admitir que está apaixonada pela sua chefe hétero. — Liz revirou os olhos. A fala de Van trouxe à tona memórias sexuais e isso fez seu rosto arder. — Se cuida.

Depois de despedir-se de Van, Liz subiu para o apartamento e aceitou que demoraria dias para desfazer as malas. Ela entrou para o chuveiro e tomou um banho morno e refrescante.

Ao sair do chuveiro ela encontrou uma mensagem de Diana em seu celular perguntando se ela tinha chegado bem, que respondera com um simples "cheguei" seguido por um emoji de coração branco.

Depois, ela colocou uma bandeja de minipizzas no forno e foi assistir Dexter.

Seis episódios de Dexter depois, Liz ainda não tinha conseguido dormir. Seu corpo estava exausto, mas seu corpo trabalhava feito uma máquina alimentada por pensamentos intrusivos.

Seus olhos estavam na tela da TV, mas sua mente revisitava memórias dos últimos dias. Se existisse um botão capaz de desligar seus pensamentos por algumas horas, Liz daria todo seu dinheiro por um desses.

Tudo ainda estava fresco em sua cabeça. Los Angeles, Diana, o iate e o que aconteceu dentro dele.

Ela precisava de um mecanismo de enfrentamento. Um jeito de colocar as coisas para fora sem que elas de fato precisassem sair da sua boca.

E só tinha um jeito de fazer isso: escrever uma cena onde sua personagem passava por um problema parecido, porque assim ela lidaria com os próprios sentimentos fingindo que eles eram de outra pessoa.

Às seis da manhã, Liz foi brutalmente despertada pelo alarme do celular. Debruçada sobre sua escrivaninha, o documento da terceira versão do seu livro estava aberto, e a última palavra era um enorme "FIM" sublinhado.

Ela tinha conseguido.

Liz tinha enfim terminado seu primeiro livro e, mesmo que tivesse ido dormir às duas da manhã, nem mesmo seus olhos pregando roubariam a satisfação daquele feito.

Agora sua única missão era concluir aquele *pitch* e confiar que Diana cumpriria sua parte do acordo.

— Bom dia — disse Liz, ao entrar pela porta da sala da chefe.

Passara como quem caminha no escuro em território desconhecido, sem saber o que esperar. Sua única certeza, se é que tinha alguma, era que as coisas dali para frente não voltariam a ser as mesmas. Mais uma barreira havia sido ultrapassada sem ponto de retorno, e agora só restava lidar com as consequências.

— Será que a gente pode conversar? — perguntou Diana.

Ali estava a consequência.

— Tá. — Liz engoliu seco.

— Fecha a porta. Com a chave.

Liz obedeceu, deu duas voltas na tranca e depois sentou-se numa das cadeiras de frente para a mesa da morena. Ela estava olhando alguma coisa na tela do computador e demorou algum tempo antes de olhar nos olhos de Liz e dizer:

— No iate, quando a gente...

— Eu sei o que aconteceu no iate. Eu estava lá. — Liz precisou interrompê-la antes que ela verbalizasse a pequena aventura das duas. Já se sentia constrangida o suficiente por pensar nisso mais do que deveria. — Você se arrependeu?

— Não. — A resposta veio tão rápido que parecia já estar no gatilho. — Quero dizer, depende.

— Depende?

— É que eu fiquei pensando e, lembra de quando você me disse que se sentia pressionada a fazer as coisas por mim porque eu sou a sua chefe?

Liz sentiu vontade de rir alto ao perceber onde Diana queria chegar.

— Se está tentando saber se em algum momento eu me senti pressionada a fazer o que fizemos só porque trabalho para você, eu já vou te adiantando que isso não aconteceu. Acredite, eu também quis aquilo. *Muito*.

A ênfase na última palavra escapou sem querer e o semblante de Diana suavizou no mesmíssimo momento. Ela parecia surpresa e, a julgar pelo leve rubor em suas maçãs do rosto, lisonjeada.

— Tem certeza?

— Absoluta. — Liz cruzou os braços e permitiu-se relaxar na cadeira um pouco, sabendo agora que tinha a situação (mais ou menos) sob controle. — Você já se olhou no espelho? Porque eu duvido muito que alguém um dia tenha te beijado ou feito qualquer outra coisa com você por *pressão*.

Diana corou ainda mais, um sorriso pequeno ameaçando formar-se no canto dos seus lábios.

— Então tá tudo bem entre a gente, né?

— Eu estou bem. — *Bem surtada*. — E você? — perguntou Liz, as duas sobrancelhas arqueadas. — Por acaso você se sentiu pressionada a ficar comigo por algum motivo?

— Não. De jeito nenhum, eu... Eu também quis. Na verdade, eu já queria por algum tempo.

Liz precisou forçar a mandíbula para não deixar o queixo cair.

— Você *o quê*?

— É. — Diana deixou escapar uma risada nervosa. — Achei que estivesse óbvio, mas como você nunca tentou nada eu só assumi que você não queria.

— Espera um segundo, eu ainda tô processando o que você disse. — Liz sentiu uma pressão na cabeça, como se seu cérebro estivesse em ponto de ebulição. Ela tinha acabado de ouvir que Diana não só dissera que queria ficar com ela há algum tempo, mas também que esperava que Liz fizesse algo a respeito. Nada como o apocalipse em plena terça-feira de manhã. — Desde quando?

— Acho que eu só consegui admitir isso a partir daquele dia do jantar com as suas amigas. Quando você quase me beijou, eu voltei para casa sem conseguir parar de pensar que não teria sido ruim se tivesse sido um beijo de verdade.

— Ah, isso tem bastante tempo.

— É. Mas eu te achei bonita desde o dia em que vi sua foto no currículo que você mandou pro meu e-mail. Só que naquela época eu não considerava a possibilidade de me sentir atraída por uma mulher.

— Então você está dizendo que...

— Eu não sei, tá? — Ela suspirou, levantou-se da cadeira, caminhou até o outro lado da mesa e sentou-se sobre ela, as pernas torneadas e a saia lápis contornando a silhueta. A lembrança do que estava por baixo fez formar uma camada fina de suor nas têmporas de Liz, que esfregou as coxas uma na outra. A tatuagem de onça-pintada cujo *timing* de perguntar sobre o significado tinha se perdido, a pele quente de Diana enquanto ela se contorcia sob os seus toques. — Não sei como essas coisas funcionam, ou por onde eu começo.

— Você gostou? — perguntou Liz, mesmo que temesse a resposta. — Digo, do que nós fizemos?

Diana desviou o olhar por uns segundos e mordeu o lábio inferior.

— Não ficou óbvio?

Foi a vez de Liz corar, ela prendeu a respiração enquanto todo o sangue de seu corpo era drenado para seu rosto e para a ponta de suas orelhas, aumentando sua frequência cardíaca e fazendo suas mãos suarem frio.

Tinha ficado óbvio, sim, mas não custava perguntar.

E essa não era a única obviedade entre as duas.

Liz se colocou de pé e encurtou a distância entre as duas em passos lentos, certificando-se de que dava tempo para a outra mulher desistir antes que ela estivesse perto demais.

Mas não aconteceu.

A loira usou as duas mãos pare segurar o rosto da chefe e o trouxe mais para perto, inclinando-se para beijá-la. O tocar dos lábios foi suave dessa vez, mas igualmente arrebatador. As bocas já se conheciam e agora queriam saborear uma à outra um pouco mais, enquanto os corpos efervesciam com o calor que vinha de dentro para fora.

Liz vocalizou um gemido abafado quando os dedos pequenos, mas firmes de Diana apertaram-lhe na cintura, fazendo-a morder o lábio da outra em reflexo e intensificar o beijo durante a descarga de adrenalina.

Diana foi empurrada sobre a própria mesa, o que causou a queda de um teclado e materiais de escritório. O barulho as despertou do transe, e ambas se viram com os cabelos desgrenhados e as bocas borradas pelo batom cabernet de Diana.

— Acho que a gente devia falar sobre... — murmurou Diana, Liz arqueou as sobrancelhas. — Sobre isso, sabe? Colocar alguns limites.

— Sério? Eu tô te beijando e você quer falar *sobre*? Não pode ficar pra mais tarde?

Liz repousou o rosto no ombro de Diana, sentindo sua respiração quente ricochetear contra o pescoço da mais velha e usou uma de suas mãos livres para infiltrar-se sob a blusa através da faixa de pele exposta em seu abdome.

— Tem razão — disse Diana, rendida, afastando as pernas para que Liz se encaixasse entre elas. Os lábios da loira roçando em sua pele a fizeram suspirar. — Por favor, me faz calar a boca.

Elas se beijaram outra vez, intensificando a atmosfera palpável de desejo e tesão em sua forma mais pura enquanto os corpos se tocavam como se precisassem do calor um do outro para suprirem-se. A mão de Liz sob a blusa curta estava cada vez mais próxima de alcançar o fecho do sutiã e permitir que seus dedos subissem mais um pouco.

— Espera — disse Diana, partindo o beijo outra vez. Liz estremeceu, temendo que essa fosse a hora em que ela acordaria do transe e desistisse de continuar. — Meu celular tá tocando.

Estava mesmo, mas entorpecida do jeito que estava, Liz não teria escutado nem que estivesse no volume máximo.

Diana girou o torço para alcançar o aparelho sobre a mesa logo atrás de si. O nome "Nikolas" piscou no visor como o anúncio de uma tragédia iminente e, mais do que nunca, Liz quis atirar o cretino na frente de um daqueles caminhões pipa da prefeitura.

Capítulo 21

LIZ FLORES NUNCA FICA NA DEFENSIVA.

Três dias.

Três dias se passaram desde que o ex de Diana fizera aquela ligação com o único e exclusivo propósito de discursar sobre o quanto ele sentia falta dela e afogar-se num mar de autopiedade do outro lado da linha enquanto pedia para voltar.

Desde então, foi como se uma praga tivesse sido rogada sobre as duas, porque elas nunca mais conseguiram um momento sozinhas. Tinha sempre uma reunião, um evento, um cliente demandando atenção ou o Adrian precisava de carona para a aula de inglês.

As duas concordaram que o que estavam fazendo era apenas uma casualidade confortável, uma amizade colorida sem obrigatoriamente a parte da amizade. Era só físico, com fins fisiológicos e científicos onde sentimentos não entravam na equação, para evitar um desastre. Típico do que fazem em livros de romance policial, onde o detetive se envolve com uma testemunha do caso só para aliviar a tensão das investigações e deixar a trama mais interessante.

E a trama das duas tinha bastante potencial para ser mais interessante, se não fosse sexta à noite e Liz não estivesse dirigindo para casa, porque era aniversário de casamento dos pais de Diana, justo no dia em que elas poderiam aproveitar que o escritório estaria deserto depois do horário comercial para aliviar toda aquela tensão sexual acumulada durante dias com o pretexto de fazer hora-extra.

Bom saber que as cargas de trabalho abusivas nunca estão lá quando você precisa delas.

Frustrada, Liz jogou sua bolsa sobre o sofá e marchou até a cozinha para buscar alguma coisa para comer enquanto terminava de trabalhar no *pitch* do seu livro.

Era mais simples, agora que ele estava finalizado, redigir um texto falando sobre ele e sobre como ele tinha potencial para ser o mais novo *best-seller* da categoria.

Pelo menos era o que ela pretendia fazer antes de Nina bater em sua porta com um sorrisinho, combinado a um olhar que Liz apelidara como "O gato de botas em uma peruca cacheada".

— Oi, sumida — disse Nina, passando pela porta sem esperar ser convidada e se jogando no sofá.

— A que devo a honra da visita? — Liz fechou a porta e caminhou para perto da amiga.

— Eu fiquei com saudades. Já tem um tempo que a gente não se fala.

— Estamos nos falando agora.

— Você entendeu o que eu quis dizer. Somos vizinhas de porta e eu tenho te visto cada vez menos desde que você... — Nina parou de falar, então mordeu o lábio inferior, reconsiderando.

— Desde que eu o quê? — Liz cruzou os braços, franzindo a testa para aquela meia acusação.

— Não fica brava comigo, tá? Mas é que desde que você começou a namorar a gente se vê cada vez menos.

Liz piscou com as sobrancelhas erguidas, digerindo a queixa da amiga da melhor forma que conseguia. Ela concordava. Seu namoro-falso com Diana estava tomando bastante do seu tempo e da sua energia, mas não era culpado sozinho por ela e Nina não se verem mais com a frequência de antes.

— Pelo menos agora você sabe como eu me sinto — disse Liz, dando de ombros.

Do instante para o outro, a tensão da sala foi de 0 a 100 muito rápido.

— Você tá falando sério? Porque eu não falei por mal, eu só sinto sua falta.

— Eu não falei por mal também, Nina, mas não acho justo que você diga que o meu relacionamento é a causa de termos nos afastado, porque aconteceu algo muito parecido quando você começou a namorar. A diferença era que antes eu tinha tempo o suficiente para nós duas e estava sempre disponível quando você decidia que queria me ver. Sem contar que, com vocês morando juntas, eu não me sinto confortável em aparecer na sua porta sem avisar.

— Uau. — Nina ergueu as mãos em sinal de rendição. — Eu não fazia ideia de que você se sentia assim. Mas não está mais aqui quem falou. Eu vim te chamar para assistir um filme como a gente sempre fazia, se você estiver disponível.

O comentário sarcástico fez o rosto de Liz esquentar.

— Deixa eu adivinhar: a Érika não está em casa, né?

— Não, ela foi visitar os pais, mas isso não tem nada a ver.

— Rá. Certo. — Liz rolou os olhos. — Quer saber? São oito da noite e amanhã é a festa semestral da STARts, eu preciso mesmo dormir cedo hoje. Então, sei lá, fica para outro dia.

Nina levantou-se do sofá, com uma expressão de quem comera comida estragada. Ela não podia deixar mais clara a sua chateação quando passou pela porta e a fechou com um baque.

Quando Liz ouviu a porta dela fechando do outro lado do corredor pôde, enfim, respirar.

Seus olhos arderam um pouco, a mágoa subiu pela garganta, densa como a massa de um buraco negro que suga tudo de bom que há em volta.

Que ela tinha problemas em comunicar seus sentimentos era um fato, e acima de tudo acreditava que certas coisas deviam ser espontâneas e nunca cobradas, como a vontade de passar tempo com a sua melhor amiga.

Mais uma vez a necessidade de procurar terapia piscava diante dela feito o alarme de um carro e, mais uma vez, ela decidiu ignorar e ir tomar um banho.

Dentre as coisas que os Faria Limers acham que sabem fazer, mas que só conseguem ser medíocres, é organizar uma festa.

A comida é sempre muito boa e cara, mas a música e a decoração são altamente questionáveis e o time de eventos da STARts não fugia à regra. Eles alugaram um salão espaçoso, decoraram com estrelas rosa-choque, luzes de led e serpentina prateadas e colocaram uma playlist tirada direto do Spotify de uma barbearia gourmet para o DJ tocar. Era como se estivessem tentando te causar uma crise de enxaqueca de propósito.

E, por ter passado a madrugada rolando na cama enquanto fermentava sua indignação sobre o que Nina dissera, Liz era a vítima perfeita.

Sua cabeça não parara de latejar desde o instante em que fora acordada por seu despertador depois de acionar o modo soneca umas treze vezes. Ela chegou atrasada graças a isso e deparou-se com uma Diana nada satisfeita.

— Duas horas, Liz. A festa começou há duas horas — disse Diana. — Onde você estava?

— Eu... — Ela acreditaria se Liz colocasse a culpa no trânsito? Era São Paulo, no fim das contas, e estava chovendo. — Tive problemas para dormir essa noite.

— Aconteceu alguma coisa?

— Talvez. Mas eu não quero falar sobre isso — disse Liz, agarrando-se na primeira taça de espumante que viu passar como se fosse sua tábua de salvação. — Você viu a Van por aí?

— Não, mas eu vi outra pessoa. Olha — Diana apontou para meia dúzia de gente perto do buffet de comida japonesa, das quais ela podia reconhecer duas: Valentina Rosa, em toda a sua glória, e Rafael Albuquerque, o coordenador atrevido do departamento editorial que Liz conhecera naquele evento semanas atrás.

— Ai. Meu. Deus.

— É, pois é. Agora vem, vamos falar com eles. — Diana segurou Liz pela mão como uma professora faz com as crianças tímidas no primeiro dia de aula, mas a loira firmou os pés no chão.

— De jeito nenhum. Eu tô com olheiras tão fundas que parece que eu levei um soco. Além de mal vestida.

Apressada, Liz colocara as primeiras peças de roupa que encontrara no guarda--roupas. O look consistia em uma regata branca sob sua boa e velha jaqueta de couro, calças de alfaiataria e tênis esportivo combinando com a blusa.

— Você tá ótima! — disse Diana.

— Tá brincando? — Liz olhou a morena de cima a baixo, usando um conjunto de saia e blazer quadriculados sobre uma *turtleneck* preta e scarpins. Era a roupa mais clichê do universo empresarial, mas Diana conseguia vesti-la como se nada assim tivesse sido inventado antes. — Perto de você eu estou...

— Olha só quem eu encontrei — disse Rafael ao aproximar-se delas, estendo a mão, que ele parecia ser incapaz de conter perto do próprio corpo, para tocar Diana no ombro. — A garota prodígio da STARts.

— Eu agradeço o *garota* — disse Diana, um sorriso desconcertado se formando em seus lábios enquanto Liz torcia o nariz discretamente para o comentário. Onde Diana via um elogio, Liz via condescendência. Mas ela não expressaria seu descontentamento na frente do homem que tinha potencial para realizar ou esmagar seus sonhos. — Você se lembra da Liz?

Com um puxão, Diana entrelaçou o braço no da namorada falsa, agora promovida a namorada-falsa-com-benefícios. Elas não tinham entrado num acordo sobre contato-físico em público, mas, levando em conta de onde tudo começou, era difícil distinguir entre afeto real e afeto de mentirinha. Mesmo que agora fosse menos desconfortável, ainda era eletrizante.

— Claro que eu lembro! A namorada escritora de suspense — disse ele, girando o pescoço para olhar para Valentina. — E eu aposto que vocês conhecem a Val, a joia da coroa do nosso departamento.

Antes de ficar à beira de uma síncope porque ela estava prestes a ser apresentada para a mulher dos seus sonhos – profissionais –, Liz riu consigo da habilidade irritante de Rafael para apelidar as pessoas.

Valentina sorriu e cumprimentou as duas com um aperto de mão. Além das manchas de vitiligo em sua pele, ela também tinha uma mecha de cabelo branca causada pela condição. E que cabelo *perfeito*; tão liso que sequer parecia de verdade.

— A gente conhece, sim. Você estava magnífica na capa da revista da empresa mês passado, a propósito — disse Diana.

— Eu assino em baixo — disse Liz, erguendo a taça de champanhe sem nenhum motivo ao tentar disfarçar seu nervosismo. — Eu... Aliás, nós amamos seu trabalho.

— É mesmo? — perguntou Valentina. — Que inusitado escutar isso de gente dos outros departamentos.

Liz deu uma risadinha baixa.

— Bom, além de escritora também sou leitora de suspense, e tem o seu dedo em grande parte dos meus livros favoritos que foram publicados nos últimos anos. Inclusive aquele que vão adaptar para *streaming* ano que vem.

— Esse livro é um dos meus favoritos também, e a autora é uma das nossas melhores clientes. A mulher é uma máquina de escrever — disse Rafael.

— Mas eu estou curiosa sobre você, Liz. Que tipo de suspense você escreve? — perguntou Valentina.

Surpresa com a pergunta, Liz trocou um olhar breve com Diana, cuja expressão dizia: "Vai, você consegue", do jeito mais reconfortante possível e, sim, depois de mais de um ano debruçada sobre aquele livro e ter passado pela tortura de montar um pitch apresentável, Liz sabia falar de seu romance de cabo a rabo.

E foi o que ela fez.

Num instante, as duas engataram na conversa que Liz passara meses ensaiando na sua cabeça. E, embora ela estivesse acontecendo num contexto inesperado, não poderia estar indo melhor.

— Eu estou tão orgulhosa de você — disse Diana, quando Rafael e Valentina afastaram-se das duas após uma longa conversa sobre o mercado editorial, técnicas de escrita e o mais importante: o livro que Liz estava escrevendo.

— Pois pode ficar. Eu conduzi esse papo tão bem que nem parecia que eu estava tendo um princípio de um princípio de AVC — respondeu, caminhando em direção a mesa do buffet de doces para tentar reverter seu quadro hipoglicêmico. — E ela me passou o e-mail dela! Você acha que existe a mais remota chance de ela ter feito isso por educação ou eu devo mesmo mandar o livro para ela ler?

— Você sabe a minha resposta.

— É, sei. — Liz suspirou. — Eu tenho uma forte relação de amor e ódio com o seu otimismo.

Enquanto enfiava um brigadeiro inteiro dentro da boca, Liz sentiu as mãos de Diana em sua cintura, a puxando para perto. O gesto inesperado fez seu estômago gelar e, por um instante, ela olhou em volta para ver se alguém estava olhando, como quem tem algo a esconder. Porque ela sabia que aquela não era a Diana namorada-falsa, era a *outra* Diana, abraçando-a deliberadamente, sem a intenção de fingir nada para ninguém. E isso era algo tão novo quanto assustador.

— Sabe no que eu tava pensando? — perguntou Diana, a voz manhosa de quem estava prestes a fazer uma proposta irrecusável.

— Que colocar castanha no brigadeiro deveria ser crime? — brincou Liz, fazendo a chefe rir.

— Que a gente devia...

— Finalmente eu achei vocês duas. — Vanessa surgiu como um espectro que se materializa do além, fazendo Liz e Diana darem um pulinho de susto e afastarem-se instintivamente. — Estou interrompendo alguma coisa? — Ela arqueou a sobrancelha, desconfiada.

— Na verdade... — começou Diana.

— Não! — disse Liz, antes que a chefe terminasse, lembrando-se da conversa que ela tivera com Van no carro. Ia ser difícil de convencer a amiga que Diana não estava apaixonada por ela se ela soubesse o que andava acontecendo entre as duas. — A gente só tava conversando, como duas *namoradas* fazem.

— Certo... — disse Van, sem abandonar o tom de suspeita. — Nesse caso, quem está a fim de dançar um pouco?

— Eu adoraria — disse Diana. — Mas a diretora do meu departamento está logo ali e eu preciso cumprimentar ela e a esposa. — Ela apontou para Cassandra e Gisela. — Vejo você mais tarde? — perguntou, olhando diretamente para Liz.

— Claro — respondeu a loira, por mais que a última coisa que ela queria era ser deixada sozinha com Vanessa naquele momento. — Vai lá.

Então, menos de cinco segundos depois de Diana ter dado as costas, para a surpresa de ninguém, Van disse:

— O que foi isso?

— Isso *o quê*? — Liz fingiu-se de sonsa. Ela sabia muito bem *o quê*.

Van levantou as mãos em sinal de rendição.

— Se você não quer me contar, tudo bem. Eu encerro meu caso. Mas saiba que isso conta como uma vitória pra mim. Eu estava certa mais uma vez.

— Por Deus, está bem! — exclamou Liz num acesso de culpa. — Nós estamos... Nos descobrindo, ou seja lá o que isso é.

Com um sorriso presunçoso nos lábios, Vanessa deu de ombros.

— Finalmente. — Ela deu um empurrãozinho em Liz na direção da pista de dança. — Ah, e, só pra registrar, você é *muito ruim* em disfarçar que está transando.

Capítulo 21+1

LIZ FLORES NÃO É VERSÁTIL.

Ao contrário do que se espera de uma escritora, Liz não era muito boa em compreender subtexto, o que a tornava difícil de se flertar. Mas, quando Diana a chamou para passar a noite em seu apartamento após a festa da empresa, ela soube que era um convite para transar. E, se a proposta já era tentadora antes, depois que Diana fizera a façanha de enfim colocar Liz frente a frente com Valentina Rosa, Liz passaria o fim de semana todo trancada no quarto fazendo todas as vontades dela. Sexuais e não sexuais.

Porque não tem nada mais afrodisíaco do que a perspectiva da carreira dos seus sonhos se desenrolando bem na sua frente.

Entretanto, chegando no apartamento, ao invés de pular para parte em que elas tiravam as roupas uma da outra, Diana precisava levar o cachorro para o seu passeio noturno antes. Agora, ela e Liz caminhavam pelas ruas do Itaim Bibi nos arredores do edifício da mais velha.

Nada é perfeito.

E embora Louis tenha dado uma trégua em sua cruzada contra Liz, e ela pudesse estar no mesmo ambiente que ele sem que o canino tentasse arrancar um naco de sua canela ou latisse feito o alarme de um Chevette, ele tinha a necessidade compulsiva de parar para cheirar todas as árvores, postes, pneus e moitas por onde passavam. Um verdadeiro empata-foda.

— Meus pais estavam falando mais cedo sobre a possibilidade do meu irmão ter uma alta temporária nas festas de fim de ano — disse Diana. — Nós passaríamos o Natal e o Ano Novo juntos, os psiquiatras disseram que seria como um ato de confiança e que isso poderia ajudar ele a melhorar.

— Mas? — perguntou Liz.

Uma brisa fria soprou na direção das duas, atenuando o abafamento do asfalto após um dia inteiro de chuvas. No céu não havia o menor sinal de estrelas.

— Vai ser horrível se eu disser que tenho medo de que aconteça tudo de novo? Eu amo meu irmão. Mesmo. Não quero que ele fique trancafiado num sítio para sempre, mas só a ideia de eu e meus pais passarmos por tudo aquilo outra vez... — Di suspirou. — É egoísta, eu sei.

— Onde você vê egoísmo, eu vejo uma pessoa traumatizada que não quer passar pelo mesmo trauma de novo. — Liz balançou os ombros. Não sabia o que fazia Diana pensar que logo ela, dentre tanta gente, lhe daria uma resposta satisfatória àquele problema. Logo Liz, filha única, cujos maiores abalos emocionais consistiam em decepções amorosas e abandono paternal. — É complicado. — *Também conhecida como a resposta universal e genérica para 99,9% das situações de conflito.* — Mas você sempre pode conversar com seus pais e juntos pensarem em algum jeito de evitar essa situação. E, se não der pra evitar, existem jeitos de contorná-la.

— O jeito de *contornar* seria mandar meu irmão de volta para a clínica com uma passagem só de ida, e isso faz todos nós termos dez tipos de crise só de pensar. — Ela bufou, a veia em sua testa mais saltada do que nunca. — Levando em conta que a gente encontre ele dessa vez.

— Quer saber? Você tá pensando demais. E eu sei disso porque se pensar demais fosse um esporte olímpico, eu seria medalhista.

Diana riu baixo. Elas já tinham dado a volta no quarteirão e estavam de novo à portaria do prédio. Louis enfiava o focinho no portão, afoito para estar outra vez no conforto do apartamento e, honestamente, ele não era o único.

— Me desculpa por ter jogado tudo isso em cima de você assim do nada. Prometo que vou compensar. Mais tarde.

— Não precisa se desculpar, mas... — Liz ergueu o antebraço diante dos olhos para fingir que olhava a hora em seu relógio imaginário. — Já são quase nove da noite, então é melhor você se apressar.

Elas riram durante o caminho para o elevador e, quando as portas dele se fecharam deixando-as às sós, seus corpos agiram feito dois campos magnéticos opostos, atraindo-se de maneira intensa e irrefreável.

Liz empurrou Diana contra o espelho do elevador e, das rápidas vezes que seus olhos se abriram enquanto a beijava, ela se via de frente para a cena mais *sexy* que já vira na vida; seus joelhos vacilavam, a região de seu baixo-ventre esquentava feito brasa. E não só porque Diana era uma mulher espetacular, mas porque as duas juntas faziam uma combinação que só... *fazia sentido*. E era de tirar o fôlego.

Elas só partiram o beijo quando Louis começou a latir.

— Esse cachorro me odeia *tanto* — disse Liz, ofegante.

Diana gargalhou, puxando os dois para fora do elevador quando ele abriu.

— Eu vou trancar ele na cozinha enquanto vocês dois não resolvem as suas diferenças. — A morena pegou o cachorro no colo e o levou para a cozinha junto com água, comida e um lugar para dormir. — Me desculpa, filho — disse, antes de fechar a porta.

— Você não precisava... — Liz começou a dizer, mas foi interrompida pela boca de Diana na sua.

— Ele vai ficar bem, além do mais, ia ser estranho se ele estivesse aqui enquanto a gente... *você sabe*.

Liz achava que sabia, até Diana jogar o corpo contra o dela, fazendo com que as duas fossem parar no sofá. Quando imaginou como aquilo seria, a loira podia jurar que elas estariam num quarto, ao invés de disputando espaço com as almofadas do sofá. Mas Diana estava sentada sobre os quadris dela, uma perna de cada lado enquanto tirava os brincos e depois a própria blusa. Quando se tratava daquela mulher, a realidade sempre conseguia superar as fantasias.

Sem esperar demais, Liz alcançou o zíper na lateral da saia que Diana estava usando e, em vão tentou deslizá-la para baixo. Para ela sair, Di teria que se levantar de cima dela e, considerando que seus lábios estavam perto demais de tocar os dela outra vez, isso não aconteceria tão cedo.

Elas se beijaram de novo, a inversão de posições fazendo com que tudo fosse ainda mais excitante, porque Diana estava usando um sutiã daqueles de renda sem bojo e Liz tinha a visão mais privilegiada possível. Quando seus dedos alcançaram as alças para removê-lo do seu caminho, Diana recuou.

— Nada disso. Agora é a sua vez.

— Ah. — Liz gaguejou, arqueando as sobrancelhas, surpresa com o ousadia com qual Diana estava dominando-a.

Parte de si, queria retomar o controle, porque ela não era nada inclinada à submissão na cama — ou, nesse caso, no sofá da sala —, mas a outra parte estava curiosa para ver até onde iria a disposição da mulher que, até semanas atrás, era heterossexual.

Diana começou a tirar a regata da loira infiltrando as mãos pelo tecido e empurrando-o para cima. Sem sutiã, Liz senti um arrepio quando a pele ficou exposta, os mamilos enrijecidos graças ao ar-condicionado e tesão. Seus peitos eram pequenos, e ela nunca tinha se sentido tão superconsciente disso até Diana passar longos segundos olhando para eles, como se estivesse congelada.

— O que foi? — perguntou Liz, com um vinco entre as sobrancelhas.

— Nada. — Diana mordeu o lábio inferior por dentro, enquanto suas mãos subiam da cintura até o busto para massagear os seios de Liz com o polegar, fazendo-a se contorcer sob ela. — Eu definitivamente gosto de mulheres.

Liz não se conteve a rir baixo, ainda que seu ego preferisse ter escutado um elogio mais direcionado e menos generalizado. Mas ela não teve muito tempo para pensar demais no assunto, já que no instante seguinte a boca de Diana estava na sua, depois em seu pescoço e depois em seu colo, traçando caminhos de um seio para o outro, inflamando-a feito uma febre que ela não queria que cessasse.

Ela se deixou vocalizar pela primeira vez um som tímido quando Diana usou os dentes, arranhando um dos mamilos, brincando com a sensibilidade. Depois, foi como se os outros gemidos não se importassem com sua permissão.

O que aquela mulher estava fazendo com ela?

Não no sentido literal da coisa, porque estava bem claro que Diana Marinho estava naquele mesmo instante arrancando as calças dela, mas o que ela estava fazendo com a Liz que gostava tanto de estar no controle?

Bendita pergunta que se tornava cada vez mais impossível de responder à medida que sua chefe brincava com o elástico de sua calcinha e a abaixava para tocá-la onde ela mais precisava.

No entanto, por mais que Liz desejasse que Diana não parasse por nada, ela sentiu a dor aguda de um arranhão entre as coxas que a fez lembrar de um detalhe:

— Você cortou as unhas? — perguntou, erguendo o pescoço para inspecionar os dedos de Diana.

— Não... — respondeu, envergonhada. — Não dá para cortar. É fibra de vidro, eu ia precisar ir até o salão.

— Bom, se você enfiar essas garras em mim eu posso ir parar no hospital então acho que temos um *menos ruim* aqui.

— Isso é sério? — Diana revirou os olhos. — Eu posso ir mais devagar.

— *Muito* sério. Não vai rolar. — Liz fez um muxoxo. Ela estava ali, nua, exposta por completo e tão excitada que chegava a doer, mas não o suficiente para que ela arriscasse ter uma infecção ou ganhar uma laceração. — Mas, ei, eu posso continuar isso por nós duas.

— Não mesmo — retrucou Diana, curvando-se entre as pernas de Liz, realizando a façanha de ficar ainda mais sexy. — Existem outros jeitos. — Os lábios dela tão perto de seu sexo fizeram Liz contrair-se.

Sim, existiam outros jeitos, mas ela jamais achou que a chefe se aventuraria em nenhum deles.

E, *puta merda*, como ela estava deliciosamente errada.

Depois de usar o elástico preto que nunca saía de seu pulso para prender os cabelos em um rabo de cavalo alto, Di olhou a loira de cima a baixo e abriu um sorriso pequeno.

Liz jamais olharia para aquele objeto da mesma maneira.

Quando a boca da mais velha começou a revirá-la e sugá-la, Liz perdeu o fôlego e o controle sobre o próprio corpo. Seus quadris não a obedeciam, tampouco suas mãos ou suas cordas vocais. De olhos fechados, ela saboreou cada segundo até se ver na ante sala do melhor orgasmo da sua vida. A pressão e a temperatura dentro de si, alcançando níveis estratosféricos enquanto ela se via cada vez mais sensível, contraindo-se todas as vezes que Diana ia um pouco mais rápido.

E então tudo escureceu, só para explodir em cores no momento seguinte. Foi a primeira vez que notou que estava gritando.

Diana Marinho tinha a feito *gritar* e nem era pelos motivos de sempre.

Liz ainda estava vibrando quando a chefe se deitou ao seu lado e beijou-a *com o gosto dela em sua boca, por tudo que é mais sagrado.*

— E então? — perguntou Diana, um sorriso despretensioso iluminava todo o seu rosto. — Eu me saí bem?

Liz precisou respirar fundo pelo menos umas três vezes antes de conseguir formular uma frase completa.

— Eu não sei o que você espera que eu diga — confessou Liz, resfolegando. — Eu preciso de um tempo.

Respirou fundo outra vez, encarando o teto e questionando a própria existência. Ela não sabia que seu corpo podia se sentir assim. E certamente não achava que Diana seria capaz de fazê-lo se sentir assim.

Na tentativa de encontrar uma explicação lógica para o que tinha acabado de acontecer, Liz considerou algumas possibilidades óbvias como: uma mulher excepcional como Diana precisava de muito pouco para fazer alguém chegar ao seu ápice. E ter espasmos. E sentir o corpo inteiro formigando enquanto uma névoa envolvia qualquer pensamento racional e te fazia querer tudo de novo, mesmo que suas pernas ainda estivessem trêmulas.

— Deus... — Era tudo que ela conseguia dizer. — Onde você aprendeu a fazer isso?

Diana riu.

— Já ouviu um ditado que diz: faça pelos outros o que gostaria que fizessem por você? — Liz gargalhou e girou o corpo, o sofá era espaçoso, mas elas estavam grudadas uma na outra.

— Gosto da sua forma de pensar — disse Liz, com um sorriso no rosto que não queria ir embora. Elas se beijaram de novo, mais devagar dessa vez. — E, nesse caso, é melhor eu tratar de retribuir o favor.

— Posso te fazer uma pergunta clichê? — questionou Liz.

Eram duas da manhã, e elas estavam na cozinha dividindo uma lasanha 4 queijos congelada, que Liz teria acho boa, não fosse pelo gosto sutil, porém intolerável de cheddar, cuja camada ela deslizara para fora de seu prato de forma discreta e deixara cair no chão para que Louis cuidasse do resto. Ao menos o vinho branco que elas abriram era um ótimo purificador de paladar.

— Você tem um conceito muito único do que é clichê, mas manda ver.

— A tatuagem de onça-pintada. Ela tem algum significado?

— Na verdade, é uma história engraçada porque eu fiz ela bêbada na minha festa de formatura. — Liz franziu o cenho, ainda sem entender a escolha do bicho. — Meu TCC foi sobre o simbolismo da onça-pintada no debate da preservação ambiental do Pantanal. Em uma linguagem mais simples: escrevi um artigo sobre como é mais fácil argumentar contra o desmatamento usando um felino peludinho como bandeira ao invés de alguma planta aquática que ninguém conhece ou se importa.

— Ah! — exclamou Liz, sem saber se o assunto era mesmo interessante ou se ela só estava encantada ao ver Diana falando com tanta propriedade sobre um assunto da área dela, e do qual a loira não tinha o menor conhecimento. — Me fala mais sobre isso.

— A gente estuda bastante semiótica nos cursos de comunicação. Signos, símbolos, e como eles são usados para criar e transmitir mensagens na comunicação humana. A onça é um símbolo fácil da causa ambiental porque é bonita e gera empatia nas pessoas. No fim, eu acabei tirando um 10 e sendo publicada numa revista importante sobre sustentabilidade.

— E aí você decidiu fazer a tatuagem porquê...

— Porque ela me lembra que ainda que coisas mais importantes estejam em jogo, as pessoas supervalorizam a estética.

— Nossa, que profundo. Eu não esperava que essa fosse a resposta.

— E o que você esperava?

— Que você só gostasse muito de onças e achasse elas fofinhas?

Diana revirou os olhos.

— Você acaba de provar o meu ponto. — A mais velha cruzou os braços e revirou os olhos.

— Você não pode me culpar por achar que logo você, ia fazer uma crítica à obsessão das pessoas com coisas bonitas, sendo literalmente a mulher mais bonita que eu conheço. Mas, ei eu gostei de ser surpreendida pela segunda vez na noite.

— Em primeiro lugar, é meio óbvio que como uma mulher bonita eu entenda melhor do que ninguém a obsessão das pessoas com coisas bonitas. E, em segundo lugar, você foi injusta comigo mais cedo — disse Diana. — Eu não pude usar as mãos.

— Esse assunto de novo? Esquece, eu não vou te deixar chegar perto de mim até você cortar, tirar ou sei lá o que tem que ser feito com essas unhas.

Diana fez um biquinho, encarando as unhas pintadas de vermelho-sangue.

— Mas eu gosto das minhas unhas grandes, elas são tipo parte da minha personalidade.

— A vida é feita de escolhas. — Liz deu de ombros. — Eu não me importo em fazer todo trabalho, se quer saber. Pra dizer a verdade, entrei nessa esperando que você seria o tipo de mulher que a gente costuma chamar de *pillow princess*.

— *Pillow princess*? Ok, eu estou com medo de perguntar.

— Uma *pillow princess* é... Céus, como eu vou explicar? Não acho que exista um termo para isso no universo heterossexual.

— Deixa pra lá, eu vou pesquisar. — A mais velha pegou o celular e num instante digitou o termo no Google. — Vamos lá... O termo *pillow princess* refere-se a mulheres que ficam ali durante o sexo e não fazem nada. — O tom de indignação na voz dela agrava-se a cada palavra lida. — Mulheres bissexuais ou lésbicas que gostam de receber sexo oral, mas não querem retribuir.

Liz deu risada.

— É. É bem isso.

— Eu não acredito que você achou que eu era *esse* tipo de mulher.

— Em minha defesa, eu também nunca achei que a gente transaria e aqui estamos, então esse é um lindo dia para estar errada — disse Liz, enfiando outra garfada de lasanha na boca para se obrigar a ficar em silêncio.

Diana espalmou a mão contra a superfície da bancada em que elas estavam comendo e inclinou-se na direção da loira. As sobrancelhas franzidas e os olhos cerrados simulando sua melhor expressão intimidante.

— Espera até eu marcar minha manicure e eu vou te mostrar quem é a *pillow princess*.

Sentindo os pelos da nuca arrepiar, Liz deu o melhor de si para engolir a comida sem acabar se engasgando.

— Essa foi a melhor ameaça que eu já recebi na vida.

Com gosto de lasanha e vinho branco na boca, Diana beijou o canto dos lábios de Liz, arruinando com os planos que elas tinham feito de assistirem um filme e depois dormir.

Capítulo 23

LIZ FLORES FINALMENTE CONSEGUE TER PAZ.

— Você parece estressada. — Foi a primeira coisa que Diana disse ao entrar em sua sala numa segunda-feira após o almoço e deparar-se com uma Liz Flores encarando a tela do computador com o rosto entre as mãos e uma expressão de derrota. — O que aconteceu?

Completava exatamente uma semana desde que Liz enviara o manuscrito e o pitch de seu livro para o e-mail de Valentina Rosa e, até então, nenhum sinal de resposta. Nada mesmo. Nem um "essa é a pior história que alguém já escreveu, volte para o ensino fundamental e comece tudo de novo".

— A Valentina ainda não me respondeu.

— Liz, você enviou o e-mail pra ela *semana passada*. Relaxa, ela vai responder. E, se quer saber mais, eu encontrei o Rafa na recepção e ele disse que ela enviou para ele na sexta passada. É um ótimo sinal, né?

— *Rafa*? — Liz cruzou os braços. — Desde quando você chama ele pelo apelido?

— Foi só isso que você ouviu?

A loira rolou os olhos. Estava começando a ser atormentada por uma insanidade febril, que falava mais alto do que seu lado racional.

Você está feliz, Valentina Rosa?

— Desculpa. Deve ser um bom sinal, eu acho. Mas bem que ela podia mandar um "*ei, eu não acho que seu livro é uma porcaria*" só para acalmar os meus nervos.

Diana riu, aproximando-se da mesa para contorná-la e ir parar atrás da cadeira em que Liz estava sentada.

Suas mãos macias – e livres das unhas de gel desde a semana passada – pousaram nos ombros de Liz e apertaram de leve a pele sobre o suéter preto que ela estava usando.

— Me corrija se eu estiver errada, mas você acabou de ter uma crise de ciúmes do coordenador gay do Departamento Editorial?

— Espera, ele é gay?

— Sim. E casado.

— Casado *com um homem*?

— É. Da última vez que eu chequei, era isso que ser gay significava.

— Ah.

— Você não respondeu a minha pergunta.

Liz remexeu os ombros feito um gato para se livrar do toque de Diana, depois arrastou sua cadeira de rodinhas para outra extremidade da mesa para poder olhar nos olhos da morena enquanto falava.

— Eu não chamaria de ciúmes. Só fiquei curiosa.

— Você fica uma graça quando está *curiosa*. Na verdade, se eu não tivesse uma reunião importante daqui a dez minutos, eu trancaria aquela porta e tiraria suas roupas agora mesmo.

Liz sentiu as bochechas e a região entre as suas pernas esquentarem. Um dos lados ruins de estar transando regularmente com a sua chefe é o risco eminente de você ficar com tesão no meio do expediente. Para isso, a loira passou a deixar uma garrafa térmica com água gelada ao seu lado sempre que podia, para refrescar seu corpo e seus pensamentos.

— Não dá para adiar? — perguntou Liz, os lábios se curvando em um biquinho triste, as sobrancelhas erguidas feito as de um cachorro manhoso.

— Essa, não. É com a Carmen, a Cassandra e o resto do departamento. — Diana suspirou, frustrada. — Espero que eles tenham boas notícias, porque a Carmen vai deixar a cadeira daqui a um mês e até agora nem sinal de um possível substituto.

— Olha pelo lado bom: mais tempo de namoro falso pra gente.

Diana riu, aproximando-se outra vez. Ela segurou Liz pelo queixo e acariciou o rosto dela com polegar.

— Falando em namoro falso, se você quiser ir lá pra casa hoje a gente pode pedir janta naquele restaurante coreano que você ama.

— Não tem a menor chance de eu não querer.

Abaixando-se, Diana deixou um beijo rápido nos lábios de Liz.

— Foi o que eu pensei.

Faltando treze minutos para o fim de expediente — sim, ela estava contando — Liz recebeu uma mensagem no celular. Era Nina.

Nina: Ei

Nina: Eu sei que a gente não tá conversando, mas tudo bem se eu passar a noite na sua casa hoje?

Liz: na verdade, eu não estava planejando dormir em casa hoje

Liz: aconteceu alguma coisa?

Nina: Eu e a Érika terminamos

Nina: Ela tá tirando as coisas dela do apartamento e eu realmente não queria estar aqui enquanto isso

Ah.

Merda. Merda. Merda.

De todos os desastres que podiam se colocar no caminho de sua noite com Diana, Deus, karma ou o destino havia escolhido o pior deles. Todo mundo sabe que término configura o topo das emergências no código tácito da amizade entre mulheres e, se Liz decidisse dar as costas para a sua melhor amiga num momento como aquele por causa de uma discussão boba, isso causaria uma rachadura irreparável em sua amizade.

Liz: a chave reserva tá embaixo do tapete

Liz: chego em uma hora

Desde o instante seguinte que enviara a mensagem, Liz começou a sentir um nervosismo crescente. Seu coração batia tão rápido que ela tinha certeza de que dava para escutar do lado de fora, tão alto quando pulsava em seus ouvidos.

Um minuto depois e ela começou a bater os pés no chão, o som da sola de seu coturno agora competindo com os batimentos cardíacos enquanto as paredes pareciam mover-se na direção dela e só pararam quando Diana abriu a porta.

— Você não vai acreditar no que acabou de acontecer — disse a mais velha, com tanta empolgação na voz que Liz não se espantaria se ela tivesse ganhado na loteria. — Eu acabei de sair da sala da Carmen e ela me disse com todas as letras que eu estou fazendo um *ótimo trabalho* em convencer a Diretoria a me dar o cargo dela. Você tem noção disso?

— Eu... — gaguejou Liz, esforçando-se para soar empolgada, mas sua voz foi projetada como a intensidade de quem acabou de tomar um soco na boca do estômago. — Isso é bom, não é?

— Tá brincando? Isso é ótimo! Estou tão anestesiada que acho que nem consigo fazer mais nada depois disso, então podemos encerrar o expediente e ligar para aquele restaurante.

Liz engoliu em seco, a frequência cardíaca recusando-se a voltar ao normal.

— Na verdade... — Ela suspirou, mordendo o lábio inferior por dentro até sentir dor. — Eu vou ter que voltar pra casa.

Uma ruga de preocupação surgiu na testa de Diana, o sorriso se desfez aos poucos como fumaça assoprada para longe.

— Eu posso saber o porquê?

— A Nina precisa de mim — explicou Liz, tentando engolir o nó em sua garganta a qualquer custo.

— Meu Deus, ela está bem? Eu posso ir com você se...

— *Não*. Quero dizer, sim, ela está bem. — Liz bufou, levantou-se da sua mesa e começou a guardar seus pertences na bolsa. — Ou não. Na verdade, ela me mandou uma mensagem dizendo que ela e a Érika terminaram o namoro e ela precisa de um lugar para passar a noite enquanto a Érika tira as coisas dela do apartamento.

— Ah. — Diana era uma mulher expressiva, mas naquele momento seu rosto era um recipiente transparente sem nada dentro. Talvez houvesse um pouco de surpresa, mas nada além. E Liz não sabia se devia se preocupar. — Tudo bem.

— Eu sinto muito *mesmo* por isso, Di — disse Liz. — Mas isso surgiu do nada, e é claro que eu preferia ir pro seu apartamento como combinamos, só que eu estaria sendo uma amiga de merda se fizesse isso.

— Você tem toda razão, emergências acontecem. — Ela bateu os ombros, depois suspirou, enfim deixando mostrar sua frustração. — Diz pra ela que eu mandei um abraço.

— E amanhã nós podemos...

— Claro! — confirmou, juntando suas coisas para ir embora. — Amanhã!

Amanhã.

Tudo voltaria ao normal *amanhã*.

Ou pelo menos tão normal quanto o que estava acontecendo entre as duas podia ser.

Liz entrou em seu apartamento e encontrou Nina deitada sobre sua cama. Os braços e as pernas esticadas sobre o colchão, de bruços enquanto suas lágrimas molhavam a fronha do travesseiro.

Não era possível existir mágoa o suficiente no mundo que faria o coração de Liz não se partir em mil pedaços com aquela cena.

— Desculpa a demora, eu passei no mercado antes — dizendo isso, Liz colocou dois potes de sorvete napolitano e colheres na cama. — Eu trouxe o seu favorito.

Fungando, Marina passou uma das mãos no rosto numa tentativa mais do que falha de enxugar as lágrimas.

— Obrigada. — Soluçou, rolando para o lado na cama e colocando-se sentada. — Você claramente é uma amiga melhor do que eu.

— Não é uma competição, Nina. — Liz suspirou, sentando-se sobre o colchão também. — Sobre as coisas eu disse...

— Você tava certa. Não é culpa do seu namoro que a gente não se via mais como antes. E naquele dia quando você disse aquilo eu fiquei na defensiva porque eu e a Érika tínhamos acabado de ter uma DR e eu não quis te contar para não parecer que eu estava aqui por esse motivo.

— Mas era por esse motivo.

— Sim. — Nina soluçou outra vez. — Mas também era porque eu estava com saudades. E aí eu percebi que alguma coisa estava errada, porque eu não deveria me sentir à vontade para matar a saudade da minha amiga, apenas quando estar com a minha namorada não era um opção.

— O que você está tentando dizer?

— Eu amo a Érika, mas existem coisas na minha vida que vieram antes dela e que eu gosto tanto quanto e até mais. E depois de algum tempo juntas eu sentia culpa quando queria fazer outras coisas, ir para outros lugares, ficar sozinha. — Nina cruzou as pernas sobre a cama e arrastou um pote de sorvete em sua direção, para depois prosseguir. — Porque a Érika é do tipo de pessoa que quer estar perto o tempo inteiro e não vê sentido em fazermos as coisas separadas. O que é bom por um lado, porque significa que ela aprecia minha companhia, mas eu não sou assim.

— Eu devia ter me dito como eu me sentia quando tudo isso começou. Me desculpa por não ter sido sincera antes.

— Não é culpa sua. Somos duas mulheres adultas e é claro que essa ideia maluca de morarmos juntas tão cedo não ia dar certo.

— É. Eu poderia ter falado isso também quando você me perguntou sobre, mas fiquei com medo dos meus sentimentos estarem falando mais alto do que o meu cérebro.

Nina franziu o cenho.

— Por que você pensaria uma coisa dessas? Você é a pessoa mais racional que eu conheço.

Liz engoliu em seco e seu rosto perdeu um pouco da cor.

Se algum dia ela pretendia confessar que fora apaixonada pela melhor amiga, não seria no mesmo dia em que ela acabara de terminar com a namorada. Talvez enfim contar sobre o seu namoro falso a ajudasse a se sentir melhor, mas, de um jeito ou de outro, não queria tornar aquela conversa sobre ela.

— Por causa do meu medo de que a gente acabasse se afastando. Ainda que no fim isso tenha acontecido de um jeito ou de outro.

— Bom, eu ia dizer que você podia ter me dito, mas não é como se fosse mudar alguma coisa.

— É. — Liz riu. *De nervoso*. — Então... vocês duas conversaram sobre isso e acharam melhor terminar?

— Mais ou menos. Ela ficou magoada quando eu falei que a gente não precisava ficar coladas durante todas as horas do dia, e disse que não queria me sufocar. Mas parecia mais chantagem emocional do que qualquer outra coisa, então eu disse que precisava de um tempo.

— Mas vocês dividiam o mesmo apartamento.

— Exato. E isso tornou tudo bem maior, porque parece que eu expulsei ela de casa.

— Eu deveria ter te avisado.

— É. Deveria. — Nina fungou, depois piscou várias vezes para afastar as lágrimas enquanto enchia sua sexta colher de sorvete.

— Está vendo? Se eu perder mais uns pontos de amizade, a gente quase fica quite.

Elas riram.

— Certo, isso me faz sentir menos péssima.

— Sabe o que não faria você se sentir péssima? — Nina ergueu uma sobrancelha. — Um filme de terror de qualidade duvidosa, porque aí você pode se sentar no sofá e assistir uma hora e meia de personagens estúpidos se colocando frente a frente com a morte por absolutamente nada.

— Eu ia dizer que é a minha vez de escolher, mas nós duas sabemos que eu escolheria uma comédia romântica fofinha e terminaria chorando até desidratar, então que seja. Mas nada de filmes com aranhas ou tripas saindo para fora.

— Você não sabe o que é bom de verdade — Liz cruzou os braços.

Elas se realojaram na sala. Nina em uma ponta do sofá com as pernas sobre uma almofada no colo de Liz enquanto ambas zapeavam pelo catálogo da Netflix em busca do filme perfeito.

Acabaram escolhendo "O Homem Invisível", porque era impossível errar com um filme de terror cujo poster é a Elizabeth Moss no banho. Se existia alguém capaz de entregar uma personagem mentalmente perturbada, essa pessoa era ela.

Depois de quarenta minutos e a medida certa de *jumpscares* que se espera em um filme com um título tão sugestivo, batidas na porta fizeram as duas pularem do sofá.

— Deve ser a Érika — disse Liz com uma das mãos sobre o peito enquanto tentava recuperar-se do susto.

— Eu sei. — Nina bufou. — Mas eu preferia que fosse uma entidade invisível.

Quando Nina atendeu a porta, Liz deu o que pôde de si para não ser uma intrometida e não escutar o que elas conversavam, mas seu apartamento não era tão grande assim.

— Eu já terminei — disse Érika com uma mala em mãos. — Quando... *Se* você quiser conversar, eu sempre vou estar disponível.

— Tudo bem — respondeu Nina, enquanto abraçava o próprio corpo. — Me desculpa por te fazer passar por isso.

— A gente colocou o carro na frente dos bois. Dar um tempo é a melhor escolha agora.

— É. — Nina deu um longo suspiro, depois elas se abraçaram. — Me manda mensagem quando chegar em casa para eu saber que você chegou bem.

— Pode deixar. A gente se vê.

— A gente se vê.

Depois de despedirem-se, Nina voltou para o sofá com ombros caídos e um semblante frustrado de quem sabia que estava com problemas. Enquanto isso, Liz aproveitava que estava no celular fingindo não prestar atenção no que acontecia ao seu redor e digitava uma mensagem para Diana.

Liz: *tô assistindo filme com a Nina*

Liz: *ela tá bem melhor, mas você sabe como essas coisas são*

Liz: *aliás, boa noite :)*

Depois que terminou, ela colocou o celular de lado com a tela virada para baixo e voltou sua atenção para amiga.

— E então? — perguntou a loira, aproximando-se e oferecendo seu ombro como encosto. — Como nós estamos?

— Você tem razão, um término parece bem melhor do que ter um ex invisível dentro da sua casa te assombrando e tentando te matar. Então, por favor, coloca o filme de novo para eu me sentir menos péssima.

Liz suprimiu uma risada e fez o que Nina pediu. Seu celular vibrou uma única vez logo em seguida e ela viu rapidamente pela barra notificações que era uma figurinha do Louis usando capuz e um emoji de coração rosa ao lado.

Capítulo 24

LIZ FLORES JÁ ZEROU TODAS AS FORMAS POSSÍVEIS DE TER UM CORAÇÃO PARTIDO.

Liz não quis acordar Nina ao sair para trabalhar, então deixou a chave reserva em cima da mesa, junto com torradas, manteiga e iogurte de morango.

Toda aquela situação com Érika causava sentimentos conflituosos dentro de si, porque por mais que ela não fosse a maior apoiadora daquele relacionamento, ela definitivamente era a maior apoiadora da felicidade de Nina.

E Nina estava miserável. Ela chorara até pegar no sono depois de acreditar que Liz dormira. Estava claro como a água como aquele término não era desejado por nenhuma das partes, e devia ser doloroso saber disso e mesmo assim não poder fazer nada sobre.

Liz não podia fazer nada sobre aquilo e se sentia péssima, ainda que nada a envolvesse.

A ambiguidade estava justamente ali.

Por mais que não se orgulhasse nem um pouco disso, houvera um tempo em que ela desejara o fim desse relacionamento mais do que qualquer outra coisa; porque ela era apaixonada por Nina e Érika estava no caminho.

Era o curso natural das coisas.

Na superfície de sua consciência, ecoava a pergunta de um milhão de dólares: seria esse sentimento de culpa e angústia o decreto oficial do fim de seus sentimentos românticos por Nina?

Enquanto ela esperava na fila para pegar o frappuccino caramelo de Diana, a resposta que ela não queria dar a si mesma brincava na ponta de sua língua.

— Bom dia, *Daiêna*! — exclamou Liz com um sorriso, colocando o copo com a bebida gelada na frente da chefe. — Acabei de lembrar dessa música do One Direction no caminho e acho que te arranjei o apelido perfeito. — Ao olhar para a figura do outro lado da mesa, Liz ficou surpresa ao encontrar uma Diana cansada, com manchas escuras sob os olhos que nem mesmo a maquiagem pudera esconder. — Nossa. Você dormiu bem?

— A gente tem que conversar — respondeu a mais velha, o tom cortante fez Liz dar alguns passos para trás e desfazer o sorriso num piscar de olhos.

Ela se sentou na cadeira de forma automática e limpou a garganta.

— Olha só, eu sei que você ficou chateada por ontem, mas eu juro que hoje nada vai me impedir de ir pra casa com você, eu só...

— Não, Liz. Não é sobre isso que eu quero falar. — Ela recostou o dorso na cadeira, ergueu o queixo e cruzou os braços. — Na verdade, ontem eu parei para pensar no que estamos fazendo e eu acho que já podemos acabar com isso.

— Acabar com o que exatamente? — perguntou Liz, tentando desembaralhar as palavras da chefe na tentativa de encontrar significado.

— Você sabe. *Isso*. — Ela gesticulou para as duas e voltou a cruzar os braços depois, enquanto seus scarpins batiam contra o chão. — Eu vou conseguir meu emprego, a Valentina está com o seu livro e não tem mais nada que eu possa fazer que eu já não tenha feito, então não tem sentido continuar. Você não concorda?

A pergunta fez Liz congelar, porque as palavras que ela queria dizer estavam presas no fundo de sua garganta como uma bola de cimento de densidade incalculável.

Não.

Ela não concordava. E não era porque o argumento de Diana estava incorreto, já que os objetivos primordiais daquele acordo haviam mesmo sido alcançados, sim, mas..., *mas*... Em algum ponto da jornada, Liz podia jurar ter visto aquilo se transformar em algo a mais. Ela acreditara, de todo o seu coração, que tudo que elas viveram, tudo que elas *fizeram* juntas podia estar acima de sonhos profissionais ou de uma carreira.

Pelo visto, era só Liz sendo ingênua outra vez.

— Eu... — Ela engoliu em seco, na tentativa de fazer a mágoa descer pelo esôfago. — Claro, eu concordo.

— Mesmo? — Diana franziu os lábios, deixando as linhas de expressão em seu rosto suavizarem. Liz balançou a cabeça em positivo, porque era tudo que ela conseguia fazer. — Então está bem. Quero dizer, nós ainda podemos trabalhar juntas até você se resolver sobre o livro e não precisa ser estranho, certo?

— Certo.

Em passos lentos e mecânicos, Liz iniciou o caminho para sua mesa, mas parou ao ouvir Diana chamar:

— Liz — a loira fez um giro de 360 graus, em algum lugar estúpido da sua cabeça, Diana estava prestes a retirar tudo o que dissera —, obrigada pelo café.

O resto da manhã foi como gotas dolorosas de ácido sulfúrico respingando sobre a pele, queimando-a, transformando tudo numa massa disforme e amarelada de bolhas inflamadas e tecido morto.

Liz queria arrancar a pele fora. Matar o mal pela raiz.

Que seria o equivalente a deixar aquele escritório e fumar um maço de cigarros até sua pressão abaixar tanto que induziria um desmaio.

E ela nem gostava de fumar.

Mas qualquer coisa parecia melhor do que sentar-se durante horas ao lado da mulher que destroçara seus sentimentos e fizera isso como quem joga fora um objeto de decoração que quebrara e perdera seu sentido.

Ótimo.

Agora ela não conseguia trabalhar e, pensando melhor, quais eram as chances de toda essa cilada de namoro-falso não terminar mal para ela? Tinha tomado o fora mais cínico de toda a sua vida, seu futuro no mercado editorial possivelmente estava muito perto de se tornar um e-mail arquivado e o desemprego lhe aguardava virando a esquina.

Tudo isso e ninguém além de seu próprio consciente autodepreciativo para dizer "*eu te avisei, sua anta*".

Se as piores partes daquele inferno fossem ranqueáveis, as memórias ocupariam primeiro lugar no pódio. E não só porque era doído revivê-las, mas também porque agora ela ficava rebobinando-as, dando replay em cada um dos pequenos momentos que elas tiveram para tentar entender onde tinha dado tudo errado – ou onde *ela* entendeu tudo errado.

Liz parecia uma palhaça, ou pelo menos se sentia como uma.

No horário de almoço, sentada no refeitório, ela sugava lentamente o suco de maracujá de caixinha pelo canudo; sozinha, porque Van estava numa conferência externa. A amiga compreensiva e um pouco psicótica nunca está por perto quando se precisa dela.

Tentada a recorrer aos seus instintos mais primitivos, Liz quase pegou o telefone e ligou para pedir que sua mãe viesse buscá-la. O que a impediu foi se lembrar que dali elas parariam na Universidade mais próxima onde a loira ficaria trancafiada a uma matrícula sem possibilidade de liberdade condicional.

Por todos os lados ela estava cercada. Van não estava ali, sua mãe usaria qualquer mínima inconveniência para arrastá-la de volta para a faculdade e Nina... Bem, contar a verdade para Nina soava como uma baita ideia agora.

Mas antes que ela cometesse a estupidez de fazer isso por telefone, outra pessoa se sentou à mesa junto com ela.

Valentina Rosa estava bonita, mas apontar isso era como dizer que o céu é azul, dentre outras obviedades. O que importava no momento era que ela estava ali, com um sorriso amistoso.

— Oi, Liz — disse Valentina. — Você tem cinco minutos?

Cinco minutos?

Se Valentina Rosa pudesse trocar de lugar com Liz durante esse dia, ela saberia que nas taxas de velocidade com a qual o tempo estava passando, dois minutos eram mais do que suficientes para qualquer conversa.

— Claro — respondeu Liz, abaixando a caixinha do suco e arrastando a cadeira para frente.

— Eu terminei o seu livro ontem à noite. Ia te mandar um e-mail em breve, mas, já que te vi aqui, achei que seria melhor te falar isso pessoalmente. — Liz prendeu a respiração, preparando-se para o que viria, perguntando a si mesma se estava prestes a bater algum recorde de frustrações potencialmente avassaladoras em um só dia. — Você tem algo com bastante potencial ali.

— Mas...?

— Mas ainda não é um livro, se consegue me entender. — Liz franziu o cenho, sem saber se estava confusa ou só atordoada com a fala da agente. — Sua escrita é excelente, contudo, um pouco engessada. Eu gosto das personagens, do cenário e da trama, mas falta algo essencial para transformar isso tudo numa história digna de ser contada. Você precisa de um tema.

— Um tema? Mas o tema da minha história é claramente saúde mental e o machismo dentro das corporações.

— Esses não são temas, Liz, são só assuntos. Você usou a palavra "claramente", e aí é que está a questão, o tema de um livro nunca fica claro, mas precisa ser a ideia central que envolve todo o enredo. Conceitos abstratos, como amor, justiça, liberdade, medo, a natureza humana, o sentido da vida, o bem e o mal, entre outras possibilidades. Ele vai te ajudar a dar significado e conectar os acontecimentos da trama.

— Ah! — Liz balbuciou. Ela estava sendo estúpida outra vez e surpreendendo um total de zero pessoas. — É tipo a moral da história?

— Isso. E você precisa chegar lá com a sua personagem. Uma história sem um tema é só um monte de ações e narrações em sequência, sem muito significado.

— Acho que eu entendi. — Ela balançou os ombros e respirou fundo, enquanto assistia em câmera lenta a cena de mais uma coisa importante para ela indo por água baixo. — Vou trabalhar nisso em outras versões. Mas obrigada pelo seu tempo, de qualquer forma.

— De nada. — Valentina levantou-se. — Vou te enviar uma cópia de um livro muito bom do Stephen King onde ele fala sobre isso. Realmente vale a pena ler, e eu consigo de graça já que a editora é nossa cliente. Enquanto isso, tenta pensar em alguma coisa que a sua personagem tem a aprender que os seus potenciais leitores possam se aproveitar também.

— Pode deixar.

— Mas não demora, porque o Rafael está no meu pé para fecharmos logo novos contratos.

Liz piscou várias vezes, sem entender.

— Espera, você está dizendo que quer que eu edite a história e te mande de novo?

— É claro que sim. Como eu te disse, a trama é muito boa, saúde mental e temas de gênero sempre estão em alta nesse mercado, e eu consigo ver perfeitamente o potencial para roteirizar.

Roteirizar?

Puta merda.

— Ah... eu... — Liz gaguejou, depois levantou-se também. — Quer saber? Vou trabalhar nisso agora mesmo.

— Muito bem — disse Valentina, depois de rir baixo. — Eu te vejo por aí, então.

Liz deu um sorriso e acenou em despedida. Então, quando Valentina Rosa passou pela porta do refeitório, Liz socou a mesa a sua frente de maneira discreta, mas forte o suficiente para fazer a caixinha do suco tombar.

Graças ao que só podia ser a ajuda de alguma divindade que ficou com muita pena de Liz, Diana passara o resto do dia fora em reuniões externas. Ela ainda trocara mensagens com Liz vez ou outra pelo celular corporativo para checar informações e horários, mas isso ainda fora mais suportável do que passar horas trancada na mesma sala que ela.

A dor pungente na parte de trás de sua cabeça dava 'olá' de vez em quando ao longo do dia, mas Liz dera o melhor de si para lidar com ela; abaixara as persianas, tomara um analgésico, colocara fones abafadores de ruído e começara a reler o próprio livro na busca pelo tema perfeito.

Pensando no que Valentina lhe dissera mais cedo, ela pudera enxergar alguns temas possíveis, baseando-se nas coisas que eram importantes para si e no que ela precisava aprender. Como quem sempre lidou com seus problemas pessoais colocando-os em páginas, dessa vez não tinha como ser diferente. Ainda mais naquele ponto de sua vida onde tanta coisa tinha desmoronado.

— Eu sei que eu disse que você podia se sentir à vontade, mas organizar todos os livros da minha estante por cor? Isso é um pouco demais — disse Liz, quando chegou em seu apartamento e descobriu que Nina ainda estava lá.

E, no fundo, ela ficou muito feliz por isso.

— Mas ficou tão bonito! Tudo bem que você tem livros demais na cor preta, mas isso aqui tá parecendo um arco-íris — disse Nina, parando em frente a estante e cruzando os braços para admirar sua obra.

— E como eu faço se eu quiser achar um livro específico?

— Pra isso os títulos enormes nas lombadas. — Ela balançou os ombros enquanto Liz rolava os olhos. — Ah, e eu também fiz um fricassê pra gente jantar.

— Você não devia estar na aula?

— É. Eu devia. — Marina mordeu o lábio por dentro. — Mas pra ser honesta eu duvido que estaria conseguindo me concentrar em alguma aula agora. Então eu resolvi ficar, organizar suas coisas e fazer o jantar pra gente comer enquanto eu escuto sobre o seu dia. E por favor não me diga nada sobre como seu relacionamento com a sua chefe vai muito bem, porque as chances de eu começar a chorar são altíssimas.

— Sobre isso... — Liz engoliu seco, depois tensionou a mandíbula. Alguém *definitivamente* estava prestes a chorar. — Eu preciso te contar uma coisa.

— Ei, o que foi? — Nina aproximou-se dela e enlaçou seus ombros com um braço; Liz não sabia dizer se tinha sido por seus olhos de cachorro que caiu da mudança ou a voz falha. — O que houve?

— Vem, vamos sentar. — As duas caminharam até o sofá, o cenário dramático de grande parte de suas conversas sobre problemas amorosos. — Ontem quando você estava se sentindo mal por ser uma péssima amiga, eu fui injusta em te deixar sentir assim.

— Nós já conversamos sobre isso, Liz. Fomos honestas uma com outra e agora são águas passadas.

— Eu não fui honesta com você. Na verdade, já tem algum tempo que eu não tenho sido, mas isso vai mudar.

— Do que você tá falando?

— A Diana não é minha namorada. — Nina ergueu as sobrancelhas e afastou o rosto por um breve momento. — E não, nós não terminamos. Ela *nunca* foi a minha namorada.

— Mas, naquele dia... A gente foi jantar juntas e depois...

— Eu sei, eu sei. Nada daquilo era verdade, nós fizemos um acordo para fingir que estávamos namorando na empresa e ela conseguir uma promoção. — O cenho de Nina franziu ainda mais. — Longa história, mas, em troca, ela me ajudaria a conseguir um agenciamento para publicar o meu livro.

— Tá, Liz. Mas e eu? Por que você mentiu pra mim também?

— Sendo sincera? Eu não tenho certeza. Já tentei achar uma explicação razoável, dizer pra mim mesma que era porque eu queria que você sentisse orgulho de mim por conseguir, por mérito próprio, enfim publicar o meu livro. Ou porque eu via o que você e a Érika tinham e não queria ser a amiga solteira que fica de vela pra menina por quem ela foi apaixonada e sua namorada.

— Espera aí, você o quê?

— Você ouviu. Eu era apaixonada por você até um tempo atrás. *Muito*. Por isso ontem quando eu disse que tive medo dos meus sentimentos estarem falando mais alto do que o meu cérebro, eu estava falando sobre meus sentimentos por você e como eu odiava a ideia da sua namorada se mudar pra cá porque eu estava me mordendo de ciúmes.

— Isso é... *muito* para absorver. — Nina suspirou, os olhos divagando pelo apartamento até pararem em Liz outra vez. — Eu nem sei o que te dizer, tô chocada pra caralho.

— Tá tudo bem. Eu sei que esse não era o melhor momento pra despejar todas essas coisas do nada, mas é um alívio contar a verdade.

— Eu não sei o que eu tô sentindo, tipo assim... eu podia jurar que você estava perdidamente apaixonada pela sua chefe.

— Talvez eu esteja. — Liz abaixou o olhar, o peso de uma bola de destruição pressionava seu peito e estômago. — Mas isso não importa, porque agora que ela vai ser promovida, ela "terminou" comigo. — A loira suspirou, depois olhou nos olhos da amiga outra vez. — A gente se envolveu, sabe? Além do nosso acordo, nós acabamos... enfim, eu achei que pudesse ser mais do que físico, mas eu tava enganada.

— Ah, Liz. — Marina esticou o braço para afagar os cabelos dela. — Eu sinto muito *mesmo*.

— É, eu sei. Mas não quero ficar pensando sobre isso agora, o que importa para mim, é saber se você me perdoa por ter mentido.

— Você é uma das pessoas mais incríveis que eu conheço, apesar de não ser a melhor em lidar com os próprios sentimentos. — A fala fez Liz rir baixo. — Agora que, enfim, estamos quites no quesito amiga de merda, é claro que eu te perdoo.

Saltando de seu lugar no sofá, Nina envolveu Liz num abraço longo e apertado, cheio de significados e com cheiro de creme de camomila.

— Eu te amo — disse Liz. — Mesmo.

— Eu também te amo. Mesmo. Mas se mentir pra mim de novo eu vou invadir esse apartamento no meio da noite e pintar a capa de todos os seus livros de amarelo mostarda.

— Você faria essa crueldade com uma mulher que acabou de ter seu coração partido?

Nina riu e elas desfizeram o abraço.

— Eu também sou uma mulher com o coração partido.

— Nesse caso, sem mais mentiras. E sem mais filmes de romance porque podem conter gatilhos e tortura psicológica não é entretenimento.

— Não força. Eu ainda não assisti aquele do Ashton Kutcher com a Reese Witherspoon. Agora liga na Netflix que eu vou pegar nossa janta.

— Que ótimo. Eu não tenho mais a minha namorada falsa, mas pelo menos arranjei uma esposa de aluguel que manda em mim e tudo.

Elas riram, e Nina arremessou uma almofada no rosto de Liz.

Capítulo 25

LIZ FLORES NÃO GOSTARIA QUE UM METEORO ATINGISSE A TERRA SÓ PORQUE ELA ESTÁ ENFRENTANDO PROBLEMAS PESSOAIS.

Liz sempre foi boa em agir como se nada tivesse acontecido, enquanto por dentro seus sentimentos estavam consumindo toda a sua energia para deixá-la um caco no fim do dia.

Sua cabeça era melhor em exauri-la do que quaisquer outras atividades físicas, ou dirigir em horários de pico. Por isso, nos últimos dias ela pegara o metrô para o trabalho. Nada melhor para distrair a mente escutando Do Me a Favour do Arctic Monkeys no último volume, enquanto um monte de estranhos está a sua volta cuidando das próprias vidas; ou pelo menos tentando, já que sempre tem um desavisado com um aplicativo de mensagens aberto numa conversa suspeita. Dá última vez, ela lera a conversa picante de uma senhora de meia idade com uma pessoa cujo contato estava salvo sob "Sandra Benzedeira". O curioso era que a tal "Sandra" não dizia nada bento e atendia por pronomes masculinos.

Criativo, ela precisava admitir.

E que a pessoa que estava sendo chifrada a perdoasse pelas risadas, mas havia sido uma distração excelente.

Se por um lado Liz era boa até demais em fingir que nada estava acontecendo, Diana era terrível. Ela evitava Liz, o que era um problema, já que a função de uma assistente *pessoal* é baseada no contato e comunicação frequentes.

Ela precisava arranjar outro emprego com urgência.

E por saber disso, estava naquele exato momento atualizando seu currículo e preenchendo formulários de vaga enquanto Diana participava de uma reunião na sala da Diretoria com Carmen e Cassandra.

Era a reunião da promoção.

Liz soubera disso através do e-mail que chegara para Diana há dois dias falando sobre ela. Não estava escrito nada explícito, mas uma reunião com apenas a diretora, a coordenadora prestes a aposentar e a agente favorita do setor, só podia significar uma coisa.

Por isso, quando o celular pessoal de Diana tocou sobre sua mesa, Liz não se importou em ir atrás dela para avisar, porque o que quer que fosse, ia ter que esperar.

Ele tocou outras três vezes até pararem de chamar. Foi quando o celular de Liz começou.

Era um número desconhecido, que ela jamais atenderia em outra situação, mas a pulga atrás da orelha a fez aceitar a chamada.

— Alô? — disse Liz.

— Ah, oi! Eu tô falando com Eliza Flores? — perguntou a voz feminina e esbaforida do outro lado da linha.

— Liz. Liz Flores. Sim, é ela. Com quem eu falo?

— Oi, Liz. Aqui é a Daniela, monitora da creche do cachorrinho Louis. Nós tentamos ligar pra Diana, mas ela não atendeu e você é um dos contatos de emergência. Sabe como podemos falar com ela?

— Ela está numa reunião agora. Aconteceu alguma coisa?

— A gente acha que o Louis comeu alguma coisa diferente. Ele começou a vomitar e ter diarreia, aí nós decidimos encaminhá-lo para a enfermaria e ligar para avisar.

— Meu Deus. Ele está bem?

— A veterinária ainda está examinando, mas seria bom se uma de vocês pudesse vir pra cá.

— Eu vou avisar a Diana e logo estaremos a caminho. Obrigada por ligar, Daniela.

A ligação foi encerrada e, Liz, que nem de longe era uma pessoa religiosa, começou a rezar para São Francisco, porque Diana uma vez lhe dissera que era o santo protetor dos animais, e porque aquele maldito cachorro não tinha o direito de morrer naquele dia.

A chuva tornou aquela viagem de carro mais longa do que ela precisava ser. Enquanto estava no banco do carona, Diana mantivera-se em silêncio, por mais que sua linguagem corporal denunciasse seu desespero e seu rosto estivesse tão branco como o de alguém que sofre uma crise hipovolêmica terrível.

— Nós suspeitamos que o Louis tenha sido envenenado — disse a médica veterinária que estava cuidando do canino.

— Envenenado? Isso é... Onde ele encontraria veneno? — inquiriu Diana, aturdida.

— Existem várias substâncias, comidas ou até plantas que podem ser tóxicas pros bichinhos e que pra nós são só cotidianas. Água sanitária, desinfetantes, chocolate, alho, abacate, azaleias...

— Não. Ele não tem ou teve contato com nenhuma dessas coisas em casa e nem na creche pelo que as meninas disseram. Não aconteceu nada de diferente na rotina dele.

— Bom, os sintomas são bem característicos. Além do vômito e da diarreia, ele está salivando e tendo escoriações pelas vias aéreas. Ainda precisamos fazer alguns exames e testes pra ter certeza, mas vamos esperar um pouco mais até ele ficar estável.

— Ai, meu Deus. — Diana desistiu de segurar o choro. De um instante para o outro, seu rosto foi tomado por lágrimas grossas e abundantes, enquanto ela soluçava.

Liz não era do tipo que chorava. Ela mal se lembrava da última vez que algo a perturbara o suficiente a ponto de fazê-la derramar lágrimas. Ela se lembrava de querer fazer isso quando Nina lhe contara que estava namorando, ou quando ela estava de TPM e sua mãe ligara para dizer que estava com saudades. A última vez fora quando Diana a chutara para fora de sua vida sem dar aviso prévio. Mas ela não cedeu.

Entretanto, presa no meio desse turbilhão de emoções, ver a mulher por quem ela ainda era apaixonada naquele estado de angústia foi seu ponto de quebra.

Ela chorou porque queria abraçar e confortar Diana, mas não sabia como. Chorou porque preferia que fosse ela no lugar daquele pulguento de quem ela havia aprendido a gostar. Era só uma lágrima fina, escorrendo de sua bochecha até o seu queixo, mas ainda assim. Não que isso traduzisse a sensação do chão sendo tirado de baixo dos seus pés, mas significava mais do que palavras podiam traduzir.

A veterinária decidiu deixar Liz sozinha com Diana, seus soluços e a vontade enlouquecedora de gritar.

O melhor seria se afastar. Ela não precisava ir embora, só sair para tomar ar fresco ou coisa assim. Só que, antes que pudesse fazê-lo, Diana usou os dois braços para enlaçar sua cintura e apertar seu torso num abraço. Sem dizer nada, a mais velha recostou a cabeça no peito de Liz e não parou de chorar.

— Como você tá? — Diana perguntou, dentre o silêncio que se fez na sala enquanto elas esperavam sentadas o retorno da veterinária.

— Bem. — *Bem mal.* — Preocupada com o seu Lu-lúcifer da Pomerânia, mas bem.

Diana riu pelo nariz.

— Eu não sabia que você gostava dele tanto assim.

— A gente aprendeu a se suportar. — Liz balançou os ombros. — Como você está?

— Me recuperando do susto, torcendo pra aquela mulher não sair por aquela porta com cara de más notícias. Mas também estou frustrada, porque eu esperei pelo dia em que eu receberia a notícia da minha promoção por muito tempo, e agora parece que ficou tudo muito pequeno comparado à possibilidade de eu ficar sem o Louis.

— Meus parabéns pela vaga e... *sinto muito*.

— Obrigada. — Ela apertou os lábios num sorriso pequeno. — E tá tudo bem. Talvez seja a vida tentando me mandar uma mensagem, me lembrando que existem coisas mais valiosas do que um simples trabalho. — Diana deu um longo suspiro, depois deixou o corpo deslizar um pouco na cadeira. — Obrigada por vir comigo. Você não precisava estar aqui.

— Eu não podia deixar você vir sozinha naquele estado.

— É, mas você ficou aqui esse tempo todo também. Não precisava.

— Só achei que você fosse querer companhia. — *Porque, ao contrário de umas e outras, eu sinto empatia.*

— Eu quero.

— Que bom. Porque essa teria sido a hora mais constrangedora da minha vida.

Diana riu.

— Você também é literalmente a única pessoa que conseguiria me fazer rir em um momento como esse.

— Ao seu dispor. — Depois de dizer isso, Liz franziu a testa e chacoalhou a cabeça em negação. *Que patética.* — A Valentina veio falar comigo uns dias atrás, e disse que ela e o Rafael estão interessados no meu livro, só que eu ainda preciso consertar algumas coisas. Não é um contrato, mas já é alguma coisa. Eu sempre vou ser grata a você por isso.

— Não é uma dívida, Liz. Nós fizemos um acordo, e eu cumpri a minha parte.

— Mesmo assim, tá? — A loira girou o corpo na cadeira para encontrar o olhar de Diana pela primeira vez em muitos dias. Foi quando ela soube que havia algo a mais sobre o rompimento das duas que a mais velha não estava lhe contando, porque como Tony Montana dissera uma vez em Scarface: "*The eyes, chico. They never lie*". — Di, eu...

— O Louis já pode receber visitas — disse a veterinária. Porque é claro que ela apareceria *naquele* momento. — Como eu havia suspeitado, os sintomas e os testes indicam envenenamento por algum tipo de rodenticida. Mas como ele estava sob supervisão quando os efeitos começaram, conseguimos introduzir a medicação e as antitoxinas a tempo e tudo indica que ele vai ficar bem.

— Rodenticida é veneno de rato, né? — disse Diana, então levantou-se da cadeira. — Eu nunca usei nada disso em casa, então ele só pode ter comido alguma coisa na creche.

— Acho improvável. A creche não tem problemas com ratos desde que abriram o espaço para gatos, porque o miado e o cheiro espantam eles. E, mesmo se tivesse, esse tipo de veneno costuma manifestar sintomas depois de 24 horas de ingestão.

— Não faz sentido. Ontem foi domingo e nós não passeamos porque eu precisei sair.

— Você costuma ter reclamações de vizinhos em relação aos latidos? Vocês ficariam surpresas se soubesse quantos pacientes chegam aqui por esse motivo.

— Não, não. Ele só late quando chega algum estranho às vezes, e o apartamento em frente ao meu está vazio. Não tem ninguém que poderia querer machucar o Louis.

— E você? É cruel, mas também acontece bastante de alguém fazer uma coisa dessas para atingir os tutores.

— Eu até consigo pensar em alguém, mas essa pessoa não tem acesso ao meu prédio desde que nós... — Ela fez uma pausa, os olhos se direcionando para esquerda porque buscavam algo na memória. — Não pode ser.

Liz sentiu o estômago afundar.

— O quê? — perguntou a loira, sentindo a ponta dos dedos formigar e as pernas ficarem trêmulas. — Foi ele, não foi? Foi o escroto do seu ex.

— O Nikolas apareceu no portão do meu prédio na madrugada de ontem. Ele tava muito bêbado e dirigindo, então eu deixei ele entrar pra ganhar tempo e eu conseguir ligar pros pais dele irem até lá e levarem ele pra casa. Talvez... — Diana sacudiu a cabeça em negação. — Não. Ele não faria isso.

— Não faria isso? O cara foi no seu trabalho fazer cena, ele te liga de vários números diferentes, vai atrás dos seus pais e aparece bêbado na sua casa. Eu acho que ele faria isso, *sim*.

— Não dá pra saber com certeza, tá? Pode ter sido qualquer outra coisa — disse Diana, o rosto vermelho. — O que importa é que o Louis está bem, e eu vou tomar mais cuidado com essas coisas agora.

— *Essas coisas*? O que vai acontecer da próxima vez, Diana? Você tem que ir à polícia e pedir uma medida protetiva contra esse lunático.

— Olha só, Liz, eu não tô com a menor cabeça pra isso agora, tá? Eu preciso ver o Louis, então será que você pode me levar até ele, doutora?

A veterinária, que estava assistindo ao pequeno embate das duas como quem assiste uma partida de pingue-pongue, assentiu e guiou Diana porta adentro.

Liz bufou alto, um som muito parecido com um grunhido escapou de sua garganta e agora ela queria descontar todo o seu ódio socando alguma coisa com força.

A notícia reconfortante, era que ela sabia exatamente onde encontrar a superfície perfeita para receber o impacto.

O Hospital Santa Maria era um pouco longe demais para quem morava na Liberdade, mas sem dúvidas era um desvio que valeria a pena.

Liz se apresentou na recepção como Nicole Borges, irmã do doutor Nikolas Borges e convenceu a atendente a chamá-lo na portaria porque, aquela era uma emergência de família. Então dá para entender o porquê de Nikolas ter ficado bastante surpreso ao encontrar a assistente pessoal da sua ex namorada.

— O que você tá fazendo aqui? — perguntou ele, carregando a soberba de sempre. — Cadê a minha irmã?

— Ah, ela não veio. Mas você deve estar se perguntando como eu sei o nome dela, ou o lugar onde você trabalha.

— Isso é alguma brincadeira de mau gosto? Não é difícil saber que só pode ter sido a Diana que te mandou aqui.

— Errado. Ela não me mandou aqui, mas é por causa dela que eu estou aqui, e agora você vai me ouvir.

— Escuta...

— Liz.

— Liz. Eu não quero saber o que você tem a dizer. Estou no meio do meu plantão e alguns de nós têm trabalhos importantes a fazer ao invés de preencher planilhas e servir cafezinho.

Toda a raiva que havia se dissipado no trajeto da clínica veterinária até ali voltou num passe de mágica. Mas Liz não podia ceder ao impulso de esmurrar a cara do filho da puta sem antes fazer o que ela tinha ido fazer.

— Tipo o quê? Salvar vidas? — Sem esperar ela terminar, Nikolas deu as costas e começou a andar. — E o que você pretende receitar pros seus pacientes? *Raticida*?

Ele parou, depois se virou lentamente, olhando para os lados para certificar-se de que o corredor estava vazio.

— Você não tem nada a ver com isso — disse ele. — Vai embora ou eu vou chamar a segurança.

— Aposto que a Dona Irene não ia gostar de saber que o filhinho dela está envenenando cachorrinhos indefesos por aí — continuou Liz. — Ela parece bem apegada ao Tobias, Yorkshires são cachorros muito carinhosos. — Liz deu um sorrisinho de canto. — E, sim, eu sei o nome dela e do cachorro também. Caso contrário, eu jamais teria como enviar pra casa de vocês no Brooklin Novo aquela coleira personalizada que eu encomendei pra Diana dar de presente pra ele ano passado. Mas não se preocupa, ninguém aqui quer vingança. Só um sociopata machucaria um animal por um motivo tão torpe.

— Então o que você quer? — Ele cuspiu as palavras, uma veia saltava de sua testa à medida que ele cerrava os punhos e seu rosto perdia cada vez mais o viço.

— Quero que você fique longe da Diana e do Louis. Pra valer, você me ouviu?

— *Ou*?

— Sei onde você trabalha, seu endereço e até alguns dos seus horários, e não duvide da minha criatividade para infernizar a vida de alguém. A começar por divulgar o vídeo da babá-eletrônica que pegou você dando veneno pro Louis. Não sei sobre a direção desse hospital, mas ninguém costuma ter muita empatia com assassinos de cachorro em potencial.

— Você tá blefando. — O tom de voz trêmulo indicou que ele não tinha tanta certeza do que estava falando. — Não tem vídeo nenhum.

— Tem razão — disse Liz, balançando os ombros. — Talvez você devesse arriscar e procurar a Diana de novo.

— Vai se foder. — Ele deu as costas outra vez.

— Ah, e Nikolas — chamou Liz uma última vez.

— O que é? — Ele se virou, bufando feito um touro enraivecido.

— Tenta não parecer tão transtornado assim na frente das enfermeiras. A namorada do meu pai trabalha aqui e ela diz que essas mulheres inventam e espalham boatos como rádios, elas têm um grupo no WhatsApp e tudo.

Quando ele sumiu pisando forte pelos corredores, Liz deixou seu corpo cair numa maca que estava por perto, nervosa e se tremendo feito um pinscher.

Não tinha vídeo nenhum, e Liz não sabia com o que diabos a namorada do seu pai trabalhava. Mas Nikolas não precisava saber disso.

Capítulo 26

LIZ FLORES PREFERIA MORRER DO QUE SER ROMÂNTICA.

Louis voltara para casa dois dias depois do incidente com o veneno. Ele ficara bem, sem nenhuma sequela. Diana prestara uma queixa contra Nikolas Borges naquele mesmo dia e exigira uma medida protetiva.

Depois de mais alguns dias de olhares constrangedores e silêncios desconfortáveis no escritório, Liz aceitara a realidade de que nunca teria coragem de dizer à Diana como se sentia. Se ao se abrir ela corria o risco de acabar tendo o coração despedaçado outra vez, então parecia um preço muito alto.

Resolvera pedir demissão. Ela conseguiria se sustentar com suas economias por um tempo enquanto trabalhava em seu livro. E depois, se não arranjasse um emprego novo, voltar para Ribeirão Preto era sempre uma opção.

Uma opção terrível, mas uma opção.

Seu contrato previa o cumprimento de um mês de aviso-prévio, portanto, enquanto Diana recebia instruções de Carmen para começar em seu novo cargo, Liz passara quase um mês inteiro entrevistando candidatas para substituí-la.

E achar a pessoa perfeita para ocupar a vaga de assistente pessoal da futura coordenadora do Departamento de Influencers estava sendo a tarefa mais impossível de sua vida, até *ela* aparecer.

Thaísa era uma mulher que cumpria todos os requisitos, muito simpática e meio metódica – o que era uma característica excelente se você quer trabalhar ao lado de Diana Marinho e não acabar enlouquecendo.

Nos dias que restavam de seu aviso-prévio, Liz se dedicara a ensinar tudo o que podia à Thaísa. E surpreendera-se ao perceber que eram mais coisas do que ela havia se dado conta. Existiam as tarefas, os horários, as comidas que Diana mais gostava e as que ela mais detestava, o número da loja onde a chefe encomendava a essência do difusor de aroma do escritório e a lógica de organização dos e-mails e dos arquivos do drive.

— Posso fazer uma pergunta meio pessoal? — disse Thaísa.

Elas estavam sentadas à mesa que em breve pertenceria a nova assistente pessoal de Diana. Pelo menos até ela se mudar oficialmente para a sala de Carmen.

— Fica à vontade. — *Mas não tanto assim*, pensou Liz.

A decisão de ir embora desencadeara uma onda terrível de melancolia em seus dias. E os incontáveis dias chuvosos e cinzentos vistos da janela panorâmica serviam como o cenário perfeito para que a vontade de Liz de se encolher em um canto e fingir que os problemas não existiam fosse ainda maior.

Ela estava cansada.

— Dá pra ver que você conhece a Diana muito bem — disse Thaísa. — É impressionante, na verdade.

— Trabalhamos juntas por mais de um ano. Todos os dias úteis e até algumas noites e um fim de semana ou outro. Não esquenta, boa parte dessas coisas você vai acabar pegando na prática. — *Mas meu conselho principal é: não se apaixone por ela.* — Desculpa, você ia perguntar?

Thaísa levantou-se, caminhou até a mesa de Diana e depois olhou para a porta certificando-se de que ninguém estava chegando. Então ela levantou o teclado do computador da futura chefe e tirou de lá uma polaroid.

— Eu estava procurando uma caneta hoje mais cedo e encontrei isso aqui por acaso. — Liz aproximou-se da moça para conseguir enxergar do que se tratava a foto. — Vocês parecem ser bem próximas, né?

Liz mordeu a boca por dentro ao notar que era uma foto delas que havia sido tirada na festa da empresa. Diana estava atrás da cadeira onde Liz se sentava, com os braços sobre os ombros dela enquanto dava um beijo no rosto da loira.

— É. — Liz engoliu em seco, o gosto amargo descendo pela garganta enquanto ela ouvia um zumbido incômodo dentro da cabeça. — Nós fomos próximas por um tempo. — Não queria dizer "namoradas", já que aquela mentira perdera o sentido. Mas, sem usar essa palavra, era praticamente impossível explicar o que as duas tiveram sem soar como uma maluca. — Mas as coisas mudam.

As duas não discutiram se iriam deixar as pessoas saberem do "término" ou não. A verdade, é que o relacionamento falso parara de atrair atenção depois de algum tempo, e talvez demorasse para as pessoas notarem a ausência de fotos nas redes sociais, ou perceberem o clima fúnebre que inundava qualquer ambiente em que estivessem juntas.

De um jeito ou de outro, era de se esperar que surgissem perguntas constrangedoras.

— Me desculpa, eu não quis ser invasiva. — As duas voltaram à mesa de Liz. — É que durante esses dias você me falou sobre como fazer o trabalho, mas você não me disse quase nada sobre a Diana.

— Como assim? Tudo o que eu fiz foi falar sobre ela durante todo esse tempo.

— Você falou bastante sobre como *trabalhar* com ela, mas... Eu também preciso saber: como é *lidar* com ela? *Conviver* com ela? Ela é do tipo calma? Paciente? Explosiva?

Gentil? — Thaísa fez uma pausa para respirar, ela falava tão rápido que seu rosto ficou vermelho. — Saber dessas coisas aliviaria muito a minha ansiedade.

Liz quase riu.

— Está bem, vamos lá. — Puxando o ar para respirar bem fundo, Liz pensou na infinidade de coisas que poderia dizer. E a verdade era que ela não sabia por onde começar. Talvez pelo início fosse o melhor. — Bom, ela foi gentil o suficiente pra contratar a garota que derramou café nela inteira no dia da entrevista. Sei disso porque você está olhando pra ela agora mesmo. — Os olhos de Thaísa se esticaram em incredulidade e Liz riu com a memória, que agora carregava notas agridoces. — A Diana é provavelmente a pessoa mais amigável que eu conheço. Mesmo. Durante todo esse tempo, eu conheci poucas pessoas que não a adorassem. Mas, não, ela não é nada paciente, aliás eu tenho quase certeza de que ela nasceu de sete meses. — Thaísa riu. — Acho que essa é uma das poucas coisas que eu e ela temos em comum. Mesmo assim, não é o tipo de impaciência que te coloca em problemas, só vai te deixar irritada pra caralho.

— Meu último chefe tinha mania de me explicar as coisas como se eu fosse uma criança de 5 anos, então acho que consigo lidar.

— Ótimo. E saiba que agora você vai ter que explicar algumas coisas pra ela como se ela tivesse 5 anos. A Diana tem uma memória péssima e consegue ser bem desatenta também. Colar notas adesivas no computador dela sempre vai funcionar melhor do que e-mails ou lembretes no celular.

— Anotado.

— A Di é um amor na maior parte do tempo. Ela é incrivelmente inteligente também, eu ficaria ouvindo ela falar sobre o assunto mais entediante do mundo por horas. Mas eu devo alertar que ela pode parecer *intensa* de vez em quando, especialmente se estivermos falando de negociações com clientes importantes ou metas que precisam ser batidas. Não esquenta, nunca é pessoal.

Liz sorriu sem querer. A memória do dia em que as duas ficaram até mais tarde numa reunião para fechar um contrato com uma marca de chocolates italiana lhe atingindo feito um vento forte. Quando o cliente assinou o acordo, Diana saltou de sua mesa, puxou Liz pela blusa e a abraçou. Depois elas jantaram comida mexicana.

— Ah, e não deixa ela te convencer a ficar depois do horário sempre. É difícil dizer não pra ela, eu sei, mas vai acabar te colocando num ciclo vicioso e, quando você perceber, vai estar levando o cachorro dela pra creche numa segunda de manhã. Aliás, você dirige?

Thaísa ergueu uma sobrancelha.

— Não. Eu deveria? — indagou, preocupada.

— Não, não. É melhor pra você. — Liz suspirou.

Por mais que odiasse admitir, ia sentir falta daquela rotina maluca, daquele cachorro cretino, de Diana.

Merda.

Ela ia sentir muita falta de Diana.

Mesmo sabendo desde o começo que seus caminhos seguiriam para lugares diferentes em algum momento, e que elas nunca permaneceriam ao lado uma da outra, Liz desejou estar errada só essa vez.

— Você fala dela de um jeito bonito — observou Thaísa. — Dá pra ver um brilho nos seus olhos e acho que isso diz mais do que qualquer outra coisa.

Liz sentiu seu rosto esquentar, então desviou o olhar para janela. A cadeia de prédios e mais prédios ao redor nunca parecera tão silenciosa e vazia. Talvez fosse a chuva, ou talvez ela só estivesse projetando.

— Ela é uma pessoa incrível. De verdade, eu não poderia pedir uma pessoa melhor pra... — Liz hesitou, enumerando em sua cabeça todas as coisas que aquela mulher havia significado pra ela em um período tão curto e como ela jamais saberia colocar nada daquilo em palavras. — Trabalhar junto comigo.

— Nesse caso, eu imagino que alguém tenha te feito uma proposta irrecusável.

— O quê? — O cenho de Liz franziu.

— Você pediu demissão, não foi? Imagino que seja pra ir pra outro lugar muito melhor. Não é em todo lugar que a sua chefe guarda uma foto sua mesa de trabalho.

— Na verdade, não. — *Ai, meu Deus.* — Eu... — *Sou uma idiota.* — Não tem outro lugar.

— Sério mesmo? — Thaísa soou surpresa. — Então, se não se importa com outra pergunta: por que você está indo embora?

Liz respirou fundo, deixando o ar inundar seus pulmões e oxigenar bem o seu cérebro para ver se, em algum lugar, ela encontrava a resposta racional que ela e Thaísa esperavam ter.

Dentre as coisas que ela não podia falar, havia um mundo de razões perfeitamente aceitáveis. Ela não podia mais trabalhar ao lado de Diana Marinho sem ser lembrada de seus sentimentos por ela, e de tudo que as duas viveram juntas. E depois, não podia olhar nos olhos dela dia após dia e saber que havia algo mais ali do que a simples indiferença e a relação de chefe e funcionária que elas jamais voltariam a ter, porque um acordo idiota alterou para sempre o curso de suas vidas.

Havia mais.

E Liz estava prestes a trocar isso por uma pilha imensa de *coisa nenhuma*.

— Eu não sei — confessou Liz, soprando as palavras pra fora, com a certeza de que elas estavam fazendo-a soar como uma louca. — Eu *realmente* não sei.

Liz Flores não era louca, ela era, na verdade, a pessoa mais racional que conhecia. E, se sua racionalidade lhe permitia chegar a uma conclusão, era de que ela havia se metido em problemas o suficiente por não dizer a verdade durante esse último ano.

E, ainda que talvez o que ela estava prestes a fazer se encaixasse mais no campo das paixões do que da razão, Albert Einstein uma vez dissera que loucura é querer resultados diferentes fazendo as mesmas coisas, então quem era ela para discordar?

O terraço do prédio da STARts era o único lugar daquela empresa toda que sempre estava vazio. Independente da hora do dia em que alguém subisse até lá, nunca havia nenhuma alma viva. Isso porque ele estava em construção desde quando Liz começara a trabalhar ali.

O lugar, que era para ser uma área aberta de trabalho, tinha o tamanho de um andar inteiro e contava com algumas coberturas, incluindo uma estrutura em vidro que ia do teto até o chão. A chuva dera uma trégua e deixara alguns raios de sol penetrar por entre as nuvens finas, deixando a vista de um dos locais mais nobres de São Paulo ainda mais estonteante.

Depois de enviar uma mensagem pedindo para que Diana a encontrasse ali, Liz estava de pé sobre uma lona, dentre materiais de construção e mesas, encarando ansiosa a porta do elevador.

Quando o LED indicou que a plataforma estava um andar abaixo, o coração dela pulou uma batida.

E mais outra, depois que ela assistiu a porta abrir e viu Diana do lado de dentro. Ela caminhou para fora, depois olhou para o lado para admirar a visão, a luz amarelada tocando sua pele, ressaltando o tom dourado.

Liz suspirou.

Isso tudo seria mais fácil se ela não fosse *assim*.

— Oi — disse Liz, então Diana a olhou.

— Oi.

— Você estava ocupada?

— Na verdade, acabei de encerrar o expediente com a Carmen hoje. — Diana enfiou a mão nos bolsos de trás da calça e caminhou mais pra perto. — Você queria conversar?

— É, eu... — *Vamos, Liz, é só uma pergunta, você consegue.* — Quando você terminou o nosso relacionamento de mentira... — *Você está indo bem, agora é só respirar.* — Me pegou meio de surpresa, sabe? Eu não estava esperando que você estivesse apaixonada por mim, se declarasse ou qualquer coisa assim, mas eu realmente achava que existia... que podia existir alguma coisa ali. — Ela reuniu coragem e deu dois passos à frente. — Quero dizer, quando estávamos juntas, eu pensava que parte daquilo podia ser real.

— Onde você quer chegar? — entrecortou Diana, a voz reverberando na parede devido à ausência de isolamento acústico daquele vazio.

— Era real? — perguntou Liz, uma onda de coragem correndo por seus nervos. — Porque se durante as nossas conversas, risadas, entre outros momentos que dividimos, eu tiver inventado um sentimento dentro da minha cabeça, você pode me dizer. — A loira suspirou, deixando o ar de seus pulmões levarem com o vento o peso do qual suas palavras estavam livrando-a. — Mas eu não acho que foi o que aconteceu, por isso precisava te perguntar e tirar essa dúvida da minha cabeça antes que eu surte.

Diana não disse nada de primeira. Ela fechou os olhos por alguns segundos e a tensão aumentava a cada momento que se passava sem que nenhuma palavra fosse dita. A mais velha então deu um passo à frente, com a confiança de quem caminha na direção de um precipício de incertezas.

— Eu fiquei assustada, tá? — começou, os olhos abertos agora sustentavam-se nos de Liz, atravessando-os. — Isso é tudo muito novo pra mim e eu não queria te arrastar pro meio dessa bagunça, porque, *porra*, você parece ter tudo resolvido. Sua família, sua sexualidade, suas opiniões, e eu... — Liz piscou diversas vezes, sem conseguir fazer sentido de uma palavra sequer que a outra dizia. — Bom, eu sou *eu*. A única coisa da qual eu tenho certeza é a minha carreira e eu achei que pudesse me apegar nisso, mas não tem sido nenhuma maravilha porque, parece que nunca é o suficiente. — Ela suspirou alto, a respiração acelerada fazia seu peito descer e subir mais rápido. — Estamos em momentos da vida muito diferentes, nós *somos* pessoas muito diferentes, e a última coisa que eu quero é ficar no seu caminho.

— *Eu* tenho tudo resolvido? — Liz quase riu. — Eu? Que menti pra minha mãe por meses sobre ir pra faculdade, depois menti pra minha melhor amiga que estava namorando e depois deixei a mulher por quem estou apaixonada me mandar embora só porque não tinha coragem o suficiente pra pedir uma explicação? — As palavras escorregaram de sua boca antes que ela pudesse retirá-las, e sua cabeça começou a zumbir. — *Essa* pessoa é quem você acha que tem tudo resolvido?

— Espera, você disse que..., mas e a Nina?

— O que tem a Nina? — Liz cerrou os olhos.

— Bom, agora que ela terminou com a namorada, eu pensei...

— Ah — interrompeu Liz, a realização catártica do que. — *Ah*! Meu Deus, não. — Dessa vez ela riu, incrédula. — Você pensou... Uau. Ok, eu não estava esperando por isso.

Diana cruzou os braços e rolou os olhos.

— É *claro* que eu pensei. A mulher dos seus sonhos fica solteira de uma hora pra outra e você me deixa de lado e vai correndo consolar ela. Meio sugestivo, não acha?

— Eu te disse que estava sendo uma boa amiga. — A chuva começou outra vez lá fora e o chiado dos pingos no vidro fez Liz precisar aumentar o tom de voz. — Além do mais... — ela chegou mais perto, deixando apenas um palmo de distância entre as duas pra ter certeza de que seria ouvida.

Um sorriso charmoso esticou-se nos lábios da loira, suas mãos repousaram no quadril de Diana, que desviou o olhar pela primeira vez, e Liz segurou seu queixo entre os dedos para capturar a atenção dos olhos dela novamente. No entanto, antes que pudesse retomar a fala, o estrondo de um trovão ecoou de longe.

— Quer saber? Eu tive uma ideia — disse Liz, tomando a mão de Diana na sua e caminhando na direção da porta de saída para a área externa do andar. — Não temos música, mas chuva e um terraço. O que você acha?

A loira se virou para olhar para Diana, que ainda estava meio atônita, mas balançou a cabeça em positivo e isso foi o suficiente para que Liz abrisse a porta e as duas sentissem os primeiros respingos beijarem suas peles, ensopando tudo; o cabelo, as roupas, até mesmo o lado de dentro dos seus sapatos.

— Eu não acredito que você quer mesmo fazer isso — disse Diana.

— Pra falar a verdade eu detesto me molhar, e sempre fui uma péssima dançarina. Mas eu definitivamente dançaria durante uma tempestade com você — respondeu Liz, as mãos correndo no rosto para espantar a água feito para-brisas. — E é isso que eu vou fazer.

Liz estendeu um braço e segurou a mão de Diana no ar antes de puxá-la para si, depois a rodopiou e deixou que ela jogasse seus braços sobre os ombros dela enquanto segurava sua cintura.

— Por quê? — Diana mordeu os lábios, e Liz soube que ela sabia a resposta, mas queria ouvi-la da sua boca.

— Porque *você* é a mulher dos meus sonhos, Diana.

De perto, Liz assistiu Diana sorrir pela primeira vez.

E era isso.

Ela tinha diante se si a mulher perfeita, dona do sorriso mais radiante e dos olhos mais bonitos de todo o planeta Terra, e a luz do sol brilhava como um holofote dourado sobre ela.

O coração de Liz parecia estar prestes a derreter.

Não havia momento melhor.

Os lábios se tocaram com delicadeza no começo e, o que antes tinha gosto de coisas inalcançáveis, agora tinha gosto de voltar para casa. No instante seguinte, o frio incômodo da chuva era um elemento que não fazia mais parte da equação, bem como qualquer outra coisa ao redor que não fosse as duas e apenas elas; as mãos trazendo-se mais para perto, suas bocas se conhecendo novamente.

Quando o ar começou a fazer falta em seus pulmões elas tomaram um pouco de distância e recomeçaram com selinhos demorado, sorrindo entre um e outro, até que Liz sentiu a ponta da língua formigar e precisou desprender-se dos beijos para dizer:

— Agora que eu assumi essa *vibe* de sempre contar a verdade, preciso confessar uma coisa. — Liz comprimiu os olhos, suas bochechas ficaram vermelhas antes mesmo que ela começasse a falar. — Naquele dia em que o Louis foi internado, eu meio que fui até o trabalho do seu ex e ameacei acabar com a vida dele se ele chegasse perto de você ou do cachorro de novo.

— Você fez *o quê*?!

— O maldito envenenou seu cachorro e sua reação é ficar pasma com o que *eu* fiz? — rebateu Liz, cruzando os braços. — Por favor, ele mereceu.

— Ah, eu não tenho a menor dúvida, por isso fui à delegacia e pedi a medida protetiva. Mas, caramba, Liz. Você é maluca, podia ter acabado muito mal.

— Eu precisava fazer alguma coisa. — Deu de ombros. — Além do mais, foi só um susto.

Diana tentou conter o riso, mas falhou.

— O que você fez?

— Eu posso ou não ter ameaçado enviar pros colegas de trabalho dele um vídeo dele dando veneno pro Louis. Um vídeo que eu vou assumir que ele ache que você ainda tem, já que você não sabia de nada.

— Isso explica muita coisa. — Diana soltou uma lufada de ar. — Eu me questionei se a medida protetiva tinha funcionado, porque essas coisas nunca impediram ninguém de fazer nada. Mas quem precisa disso quando se tem uma ex namorada falsa metida a *Daredevil*.

Liz riu e, cedendo à própria vontade, trouxe Diana para outro beijo demorado. A chuva parara outra vez, e as duas estavam encharcadas, mas mais aquecidas do que nunca.

— E o que a gente faz agora? — perguntou Liz, quando o beijo foi partido, contra a vontade das duas.

— É uma ótima pergunta — observou Diana. — E se a gente começasse de onde tudo começou?

— Comigo derramando frappuccino em você?

Elas riram.

— Não, sua idiota. — A morena revirou os olhos. — Eu te peço em namoro. De verdade, dessa vez.

Liz sentiu a barriga gelar, as tais borboletas no estômago se pareciam bem mais com pássaros em um voo desordenado e sem destino.

— Vai em frente — desafiou Liz.

— Está bem. — Diana limpou a garganta, ergueu o queixo, e então enfim perguntou: — Liz, você quer ser a minha namorada *de verdade*?

— Não.

— Oi?

— Não, eu não aceito ser a sua namorada.

— Mas...

— Nós nem tivemos um primeiro encontro, e eu tô começando a tomar um gostinho por essas coisas românticas, então não quero fazer as coisas tão depressa.

Com os lábios cerados, Diana acertou um tapinha leve no ombro da loira, fazendo-a rir.

— Muito bem. — Di revirou os olhos de novo, perguntando-se onde ela tinha se metido. — Liz, você quer ir a um encontro comigo?

— Tá brincando? É claro que eu quero!

— Ufa! — Diana levou uma das mãos até o peito. — Você estava começando a me deixar nervosa.

— Eu tenho esse efeito nas mulheres.

Depois de outro tapa, Diana disse:

— Eu vou te beijar agora, antes que você continue falando e me faça retirar o convite.

Entre risadas, elas se beijaram outra vez. E, agora que Liz estava beijando a mulher por quem ela era apaixonada *de verdade* sem precisar mentir para si ou pros outros sobre isso, ela soube que nunca se cansaria daquele sentimento.

Um ano depois

LIZ FLORES NÃO ACREDITA EM "FELIZES PARA SEMPRE".

— "Em Queda Livre" conta a história de Lillian Ferraro, uma mulher que se jogou do viaduto Santa Efigênia no silêncio da madrugada. Ao menos, essa é a história que lhe contam quando ela acorda na ala psiquiátrica do hospital com fraturas que podiam ter custado sua vida. — Liz lia em voz alta com o celular em mãos. — A parte sombria, no entanto, é que Lillian estava convencida de que ela nunca teve a intenção de cometer um suicídio. Numa trama que te prende desde a primeira página, Liz Flores brinca de gato e rato com o leitor ao criar uma atmosfera claustrofóbica que cutuca as feridas abertas da nossa sociedade como a estigmatização de transtornos psiquiátricos e o machismo dentro das instituições.

Ela rolou sobre os lençóis, balançando as pernas de um lado pro outro freneticamente.

— Eu vou ter um treco! — exclamou. — Você tem noção que isso tá no Instagram de uma das maiores escritoras de suspense do Brasil?

— Liz, são sete da manhã — resmungou Diana, do outro lado da cama.

— Eu não dormi. Fiquei a noite toda rolando na cama, me corroendo de ansiedade.

— O lançamento do livro é às sete da noite, então você tem aproximadamente dez horas pra colocar seu sono em dia.

Diana girou o torso e se deitou com a cabeça sobre um dos braços de Liz, enquanto a loira relia o comentário sobre seu livro pela terceira vez. Fazia frio, já que o aglomerado de prédios ao redor não deixava os raios de sol passarem, mas o dia estava estranhamente claro para aquela época do ano. A luz do sol transpassava as cortinas finas da janela do quarto, banhando o cômodo com uma meia-luz amarela opaca.

— Relaxa. — Liz tirou proveito da proximidade de seus lábios com o rosto de Diana e deixou um beijo na têmpora da mais velha. — Eu posso aproveitar essa descarga de energia que acabei de receber pra fazer o passeio matinal com o Lúcifer enquanto você dorme mais um pouco.

— Quando você vai parar de chamar ele assim? — perguntou Diana, rolando os olhos.

— Boa pergunta. — Liz sentou-se e depois apoiou-se com os dois braços no colchão para beijar a namorada nos lábios. — Acho que nunca.

De pé, ela tirou o pijama e colocou uma roupa apropriada para uma caminhada. Só depois de terminar de vestir a blusa que ela notou que Diana a fitava da cama com os olhos entreabertos e expressão distante.

— Ei, tem certeza que você não ficou chateada por eles terem marcado o lançamento no dia do nosso aniversário de namoro?

— *Pfff.* Claro que não, é só uma data.

— Mesmo? Porque em fevereiro eu esqueci e a conversa foi bem diferente.

Um travesseiro atingiu o rosto de Liz antes que ela pudesse desviar, e ela arriscou uma risada.

— Vai *logo*.

Desde que Diana e Liz começaram a namorar, elas revezavam os apartamentos, o que significava que a loira se tornara oficialmente mãe de pet em meio-período. Louis tinha suas próprias coisinhas no apartamento da Liberdade e a rua inteira já o conhecia como o cachorro de Liz.

Se ela pudesse se ver há dois anos, segurando aquela coleira púrpura com glitter enquanto Louis cheirava todos os postes e lixeira que via pela frente, pensaria que os alienígenas enfim haviam invadido a Terra e forçado todos a viverem dentro dos seus piores pesadelos.

Mas Liz aprendera amar aquele cachorro, ainda que ele às vezes enfiasse o focinho entre ela e Diana enquanto estavam se beijando, e sempre pulasse primeiro na última quando as duas chegavam juntas no apartamento.

O último ano fora uma grande montanha-russa. A começar por quando elas aceitaram serem muito ruins em tentar levar as coisas devagar, um mês depois de terem se proposto deixar as coisas acontecerem naturalmente e, enquanto isso, reservarem gavetas para as coisas uma da outra em seus apartamentos. Diana estava mesmo tendo a experiência lésbica completa.

Liz terminara de escrever seu livro há nove meses. Encontrar um tema fora muito mais fácil do que ela pensara que seria. Depois de muitas releituras com o olhar crítico e conhecimento teórico sobre os temas das histórias, ela percebera que sua personagem estava empacada no mesmo lugar e dando com a cara na parede por se recusar a olhar para si com honestidade, e tentar consertar as coisas que estavam erradas de dentro para fora. Além de parar de mentir pra si mesma e para os outros, ela precisava se desarmar de suas concepções pré-formadas e deixar algumas verdades se apresentarem sozinhas.

Lillian e Liz aprenderam isso juntas.

E Valentina Rosa amara a ideia tanto, que em pouquíssimo tempo elas assinaram o contrato de agenciamento e o livro fora vendido para uma editora em uma questão de semanas.

Um pouco mais tarde naquele mesmo ano, e sem o peso de sentir que estava afundando suas chances de ser uma escritora, Liz decidira que voltaria para a faculdade. Sua matrícula ainda estava ativa, ela conseguira transferência para o curso de Jornalismo e, se soubesse que ia gostar tanto das aulas, teria começado antes.

Quando voltou para o apartamento, encontrou Diana de pé colocando café para coar na cozinha e reabastecendo as tigelas de comida e água do Louis. Ela não fizera questão de vestir shorts por baixo da camisa que surrupiara do guarda-roupa de Liz.

— Eu juro que queria entender como essa blusa me deixa parecendo uma maltrapilha, mas em você ela fica simplesmente a coisa mais sexy do mundo — comentou Liz, fazendo Diana rir.

A loira jogou a coleira cintilante em cima da mesa e em seguida bocejou, mostrando os primeiros sinais da privação de sono.

— Liz, eu acabei de acordar. A última coisa que eu estou é *sexy*.

— Concordo em discordar.

Abraçando a namorada por trás, Liz descansou o queixo sobre o ombro dela por uns instantes e fechou os olhos para sentir o cheiro do shampoo de Diana misturado a café fresquinho. Estar apaixonada pode ser mágico quando a outra pessoa também está apaixonada por você.

A maior livraria do Pátio Paulista estava caótica. A equipe (sim, *equipe*) que cuidava do lançamento do livro de Liz tentava organizar as pessoas que vieram pegar o livro autografado em uma fila, que estava bem maior do que Liz pensou do que estaria, mesmo em seus sonhos mais megalomaníacos. Até usou um bloquinho de papel para treinar o autógrafo e ter certeza de que não havia esquecido como se pega em uma caneta.

Ansiosa, ela segurava entre os dedos a primeira cópia física que saíra das caixas. O plástico da embalagem guardava intactas as 300 páginas do que suas mãos, mente e coração construíram em parceria. E era óbvio que tudo que Liz mais queria era abri-lo, correr os dedos pelo verniz do título, cheirar e folhear as páginas, mas não aquele.

Ao olhar de novo para aquela fila repleta de rostos – alguns conhecidos e vários desconhecidos –, ela suspirou. Em poucos minutos, viveria o sonho de uma vida, ao lado das pessoas que ela mais amava.

Bem, as pessoas que ela mais amava, um bando de estranhos e Érika.

O término de Nina não durara mais do que algumas semanas e por mais que Liz já não tivesse mais nenhum sentimento romântico pela melhor amiga, gostar de Érika era algo em que ela ainda estava trabalhando.

— Ai, meu Deus, minha filha é uma celebridade! — exclamou dona Cindy, admirando a pilha de livros sobre a mesa na qual Liz os assinaria para os leitores, e depois a fila de gente do outro lado da faixa de segurança. — Fica parada aqui, eu vou tirar uma foto.

Revirando os olhos, Liz fez o que a mãe estava pedindo e parou ao lado do banner com a capa do livro para posar pela décima foto do dia.

— Minhas amigas do escritório vão achar isso o máximo — disse Cindy. — Eu já mandei todas elas comprarem o livro.

Liz riu. Isso era tão típico de sua mãe. Nos últimos dias, sua página do Facebook se tornara um fã-clube dedicado a ela.

Era meio assustador saber que em breve as mais de três mil pessoas que havia comprado seu livro na pré-venda o leriam e teriam opiniões sobre ele. Opiniões que Liz não tinha certeza se queria ouvir ou ler, e que só de pensar lhe causava um frio na barriga. Por Deus, como os escritores mais famosos passavam por isso todas as vezes em que lançavam algo novo?

Enquanto refletia sobre isso e batia os pés contra o carpete da loja, Liz sentiu o celular vibrando no bolso.

Diana: Nós estamos chegando

Diana: Minha mãe quis parar numa loja de sapato

Ela riu baixo, imaginando Suzana arrastando a filha e o marido por um corredor de sapatos bem na hora de um compromisso.

Demorou um pouco para ela se aproximar da família Marinho. Di quis esperar a tensão das festas de fim de ano passarem para dar a notícia; o que era muito justo, já que eles estavam todos concentrando as energias no retorno do irmão dela e em como seriam as coisas. Mas após o Natal e ao Ano Novo terem sido passados sem maiores transtornos, Liz enfim fora apresentada a eles como sua namorada.

Eles foram receptivos. É claro que não seria uma clássica apresentação de namorada sem que houvesse perguntas constrangedoras e piadinhas infames do tipo, mas Liz já estava contando com isso. Ao menos um domingo por mês eles almoçavam todos juntos e, Roger, Suzana e Adrian se tornaram quase sua segunda família.

Ao vê-los passar pela porta da livraria, Liz sentiu um frio na barriga. Eles foram para a fila de autógrafos, enquanto Diana a procurou com os olhos e começou a caminhar em sua direção quando encontrou.

Ela estava usando um vestido preto de mangas soltinho, um salto pequeno de tiras e o cabelo preso no alto em um rabo de cavalo com presilhas douradas na franja. Liz sentiu vontade enlaçar o braço no dela e dizer para todo mundo "*Sabe essa mulher espetacular aqui? Então, ela é minha namorada*".

Mas isso deve ter ficado claro para quem estava olhando quando Diana segurou o rosto dela entre as mãos e a beijou.

— Eu tô atrasada? — perguntou, olhando a hora no *smartwatch*.

— Um pouco. Mas eu não ia deixar começarem sem você de qualquer forma — disse Liz. — Você viu a Van e a Nina lá fora?

— Sim. Elas estão mais ansiosas do que você.

— Ok, *disso* eu duvido muito. — Liz suspirou. — Mas enfim, eu queria te mostrar uma coisa antes da sessão começar. Sei que essas coisas são importantes pra você e como a minha vida de famosa em ascensão atrapalhou tudo, achei que seria um jeito de compensar.

— Liz, eu já disse um milhão de vezes que não fiquei chateada. Sério. Você não precisa "me compensar" — ela fez aspas com os dedos — por nada. Estou feliz por estar aqui.

— Tá, tá, mas me deixa falar. — Ela então pegou aquele primeiro exemplar do livro que estivera segurando e o entregou nas mãos da namorada. — Abre.

Com um olhar confuso, Diana começou a rasgar o plástico. Logo o livro estava aberto, a capa em tons frios de vermelho e preto nas mãos de Diana, sentia com a ponta dos dedos longos o verniz sobre o título em caixa alta.

— Ele é lindo — disse Diana, tentando compreender o que Liz queria mostrar, já que ela já tinha visto aquela capa e inclusive opinado sobre ela no momento da criação.

— Abre de novo. Na quinta página.

Passando duas folhas, Diana encontrou a quinta página. A dedicatória dizia:

"Para Diana,
a mulher por quem eu me apaixonei (em queda livre)."

— Você não fez isso — disse Diana, a voz vacilando por um momento enquanto lágrimas ameaçavam cair dos seus olhos.

— Exagerei? — perguntou Liz. Mas o sorriso que se formou nos lábios de Diana falou por si só.

As duas se abraçaram, e ficaram assim por um bom tempo, sentindo uma à outra, o calor e a sensação de leveza daquele momento.

Liz sempre se sentira uma pessoa completa. Não acreditava em almas gêmeas, nem em outras metades da laranja. E desde que deixara Diana fazer parte da sua vida, fora como se ela tivesse transbordado. O que antes era uma redoma repleta das coisas que ela conhecia e acreditava, passou a ser um universo em expansão.

Diana era seu próprio Big Bang, transformando um pontinho denso e quente em galáxias inteiras.

E ela gostava de pensar que era recíproco de algum jeito.

— Foi aqui que tudo começou — disse Liz. — No Pátio Paulista. Era pra ser só um namoro falso e agora eu estou dedicando o meu primeiro livro pra ela.

Elas deram risadas.

— Essa foi a coisa mais bonita que já fizeram pra mim. Obrigada. — Diana a beijou outra vez. — Não precisava.

— Bom, se não fosse por você nada disso estaria acontecendo, então nada mais justo.

— Eu só dei um empurrãozinho. Se o seu trabalho não fosse bom não teria adiantado muita coisa.

— Não estou falando só sobre o livro. Estou falando de tudo, sabe? Sinto que a pessoa que eu me tornei só chegou até aqui porque você estava lá, então eu tenho que te agradecer também.

— Para com isso, por favor. Você vai me fazer chorar e eu vou sair horrível nas fotos.

Liz revirou os olhos.

— Como se isso fosse possível.

— Liz, temos que começar — disse Valentina, surgindo ao lado das duas. — Você já tá pronta?

Após olhar para o aglomerado de gente mais uma vez, Liz respirou fundo. Não, ela não estava pronta. Nada nesse mundo poderia prepará-la para aquele momento que mudaria o resto da sua vida.

Mas, olhando para trás, tanta coisa já havia mudado sem antes pedir sua permissão que ter medo parecia irracional.

— Estou, me dá só um segundo — respondeu Liz, então se virou para Diana de novo. — Depois daqui nós duas vamos comemorar.

— Acho que você quis dizer depois do rodízio de pizza que nós combinamos com nossas famílias e amigos pra comemorar o lançamento — lembrou Diana.

— Foi exatamente o que eu quis dizer! — Liz riu, depois entrelaçou os dedos com os da namorada, e percebeu o quanto aquela sensação intensificava sua conexão com a realidade e a acalmava. — Eu te amo.

Diana sorriu.

— Eu também te amo.

Agradecimentos

Não importa o quanto eu tente, eu nunca vou me acostumar a escrever a seção de agradecimentos dos meus livros. Amo esse espaço onde eu posso contar para as leitoras quem foi importante no processo de escrita e publicação do livro. E é mágico que, por mais que eu tenha o escrito sozinha, envolva tanta gente.

É claro que a merecedora em primeiro lugar da lista é a minha mãe. Muito obrigada por ser a melhor pessoa da minha vida, eu te devo o mundo e ainda é pouco. Te amo.

Obrigada à todas as leitoras beta, e todas as meninas do grupinho que eu fiz para falarmos sobre o livro. Vocês foram mais que importantes para o processo de escrita de Liz Flores.

Muito obrigada à toda equipe da Qualis! À Bibi e Simone que viram potencial na minha história e a acolheram de um jeito lindo. E cada uma das pessoas que se dedicou nesse projeto para que ele acontecesse: designers, revisores, preparadores, etc.

E, por fim, o meu obrigada mais especial: às minhas leitoras, que me acompanham e as que chegaram agora, também. Ainda é surreal para mim ter tantas pessoas me seguindo e me lendo. Nos últimos anos, vocês fizeram parte de um sonho lindo, que era só meu, mas agora fazem parte de algo ainda maior: o crescimento e a visibilidade da literatura sáfica nacional. Ao escrevermos e lermos histórias sobre mulheres que amam mulheres, nós estamos alcançando cada vez mais espaços e indo cada vez mais longe.

Muito obrigada, mesmo.

Victoria Mendes